美丽并不遥远

Meili Bingbu Yaoyuan

张绍光◎著

时代出版传媒股份有限公司
安徽文艺出版社

图书在版编目（CIP）数据

美丽并不遥远/张绍光著.—合肥：安徽文艺出版社，2018.4
ISBN 978-7-5396-4682-4

Ⅰ. ①美… Ⅱ. ①张… Ⅲ. ①游记－作品集－中国－当代 Ⅳ. ①I267.4

中国版本图书馆CIP数据核字(2018)第024649号

出 版 人：朱寒冬
责任编辑：胡 莉 姚爱云 封面设计：钱志刚

出版发行：时代出版传媒股份有限公司 www.press-mart.com
安徽文艺出版社 www.awpub.com
地 址：合肥市翡翠路1118号 邮政编码：230071
营 销 部：(0551)63533889
印 制：安徽联众印刷有限公司 (0551)65661327

开本：787×1092 1/16 印张：20 字数：330千字
版次：2018年4月第1版 2018年4月第1次印刷
定价：68.00元

张绍光

1994 1994 1994 1995 1995

▶ 1994年3月16日
摄于荷兰阿姆斯特丹风车村

▶ 1994年3月23日
摄于荷兰海牙和平宫

▶ 1994年10月8日
摄于越南河内金莲宾馆

▶ 1995年3月20日
摄于德国法兰克福市中心

▶ 1995年4月6日
摄于法国巴黎凡尔赛宫

张绍光

1995 2000 2002 2005 2006

1995年4月8日
摄于比利时布鲁塞尔大广场

2000年5月21日
摄于意大利威尼斯

2002年10月20日
摄于德国慕尼黑奥林匹克公园

2005年6月10日
摄于芬兰赫尔辛基西贝柳丝公园

2006年11月15日
摄于日本富士山

▶ 2007 年 6 月 28 日

摄于菲律宾马尼拉黎刹公园

▶ 2007 年 11 月 1 日

摄于印度克久拉霍西庙群

▶ 2007 年 12 月 21 日

摄于印度泰姬陵

▶ 2008 年 4 月 26 日

摄于墨西哥提华纳市

▶ 2008 年 5 月 6 日

摄于美国华盛顿国会大厦

张绍光

2008 2009 2009 2009 2010

2008年11月4日

与女儿摄于韩国首尔

2009年1月3日

摄于澳大利亚悉尼海德公园

2009年1月14日

摄于新西兰奥克兰市

2009年10月11日

摄于老挝琅勃拉邦

2010年5月27日

摄于马来西亚吉隆坡苏巴伦寺

2010 2010 2010 2010 2011

▶ 2010年6月3日

摄于新加坡鱼尾狮雕像前

▶ 2010年7月28日

摄于挪威奥斯陆市政厅

▶ 2010年8月2日

摄于丹麦哥本哈根安徒生铜像前

▶ 2010年11月29日

摄于埃及开罗国家博物馆

▶ 2011年3月3日

摄于法国巴黎埃菲尔铁塔

张绍光

2011 2012 2012 2013 2013

2011年10月24日

摄于土耳其伊斯坦布尔多玛巴切王宫

2012年7月3日

摄于瑞典哥德堡

2012年7月22日

摄于朝鲜平壤少年宫

2013年10月27日

摄于英国剑桥

2013年11月8日

摄于英国伦敦大英博物馆

2013 2014 2014 2014 2014

► 2013 年 11 月 19 日

摄于爱尔兰都柏林圣三一学院

► 2014 年 2 月 20 日

摄于梵蒂冈

► 2014 年 2 月 28 日

摄于瑞士卢塞恩

► 2014 年 2 月 29 日

摄于奥地利维也纳歌剧院

► 2014 年 11 月 4 日

摄于卡塔尔多哈

张绍光

2014 2014 2015 2016 2016

▶ 2014 年 11 月 6 日
摄于约旦佩特拉女王宫

▶ 2014 年 11 月 10 日
摄于以色列提比利亚

▶ 2015 年 6 月 7 日
与夫人摄于泰国芭堤雅

▶ 2016 年 7 月 5 日
摄于越南胡志明市蜂岛

▶ 2016 年 10 月 9 日
摄于柬埔寨暹粒吴哥

序言：在异域寻找星空的璀璨

陆春祥

熟读唐诗宋词和历代名篇，张口就来，滔滔不绝；一有空，就将所读所游所思诉诸笔端，形成文字。几十年来，温州作家张绍光就这样写下了数百万字的散文随笔。

这一回，张绍光将目光对准了异域。

我读着他的文字，跟着他一个国家一个国家地游览，大开了眼界。他很耐心，带着你，观风景，说人文，谈历史，讲体验。他用独特的眼光，将异域天空那一片璀璨的思想星光都摘下给你，让你如临其境，感同身受。

世界文明璀璨，中国历史悠久，异域同样精彩。

莎士比亚故居，温莎古堡，巴黎名人墓地，柏林墙，莱茵河传奇，布拉格黄昏，日本红叶，巴黎圣母院的钟楼，马赛的小岛，卢浮宫的《蒙娜丽莎》，比萨的斜塔，罗马的大街小巷，夏威夷的色彩，无论亚洲、欧洲、美洲，每一处，都已固定成独特的文化符号，成为世界文化经典，散发出极强的文学光芒。

张绍光异域的脚步一直伸向远方，有许多故事我是第一次听说。

比如，和希腊隔海相望的特洛伊古城遗址的故事。古城多次修建，又多次毁损，在地底下清晰可见九层墙基，只剩下城墙、寺庙和剧院坍塌的石柱，横卧在凌乱的岩石上。作者在残垣断壁中穿行，有一种长远而神秘的感觉。我的脑中也马上闪出了殷墟安阳古城、西安古城、洛阳古城等等，世界文明遗迹好多都是毁了建，建了毁，而正是这螺旋式的渐进，才使人类文明一步步向前发展。

外出旅游，有些人是“上车睡觉，下车拍照”，浮光掠影，走马观花，张绍光则不同。他喜欢与当地民众聊天。在章西古堡，遇到一位会说中文的女教师，就向她了解印度的教育制度和学校生活；在芭堤雅看演出，就抽空去采访那些被称为“亚洲奇观”的泰国“人妖”，倾听他们鲜为人知的悲惨故事；在奥地利维也纳商会访问，与商界名流探讨行业协会的服务功能……这样的例子，在书中时时可见，读来亲切感人。

张绍光善于观察，比如《从细微处看美国》。众所周知，美国的历史文化遗产远远不能与中国等世界文明古国相比，他到美国，就写旅途中以及在游船、机场、饭店、宾馆、公园等公共场所里见到的、听到的场景，通过细致入微的观察，逐一写来，于细微处见真情，在平淡里藏深意。从那些真实的、具有艺术价值的细节，表达自己的感受和认知。在其他国家也是如此。他将目光投向每座城市不同阶层的人士，甚至生活在社会最底层的群体。印度新德里街头乞讨的老太婆，卡塔尔多哈露天茶座抽水烟的阿拉伯女郎，老挝琅勃拉邦村寨里纺织的女孩，土耳其伊斯坦布尔露宿的流浪汉，以及在贫穷中仍保持乐观向上的柬埔寨洞里萨湖的孩子，无不吸引他的注意力，通过对这些人的生活环境的描写，勾画出一幅幅异域“市侩浮生图”。

当然，中国人，特别是拼搏在外的温州人，张绍光更会关注。无论在美国塞班岛谋生的华人店主，还是在卢森堡开餐馆的中国老板，或是古代远渡重洋，到东南亚开通海上丝绸之路的先贤们。

先看《马六甲的中国味》。永乐三年（公元 1405 年），朱棣的心腹、太监郑和，怀揣朱棣的明令和暗令，带着大型联合船队，开始了西洋之旅。

对于这次航行的目的，众说纷纭，不过，明暗两令都言之有理。明令，诏书上写得明明白白：扬我天朝国威，让四方蛮夷归服。暗令，《明史·郑和传》中似乎也明白得很：“成祖疑惠帝亡海外，欲览踪迹。”就是说，事变之后，小朱皇帝，国内遍寻不着，是不是跑到海外去了？跑到海外也要找到他！

集两种目的于一船，郑和下西洋，就有了最好的理由。

郑和一路鼓帆南行，一路留下标记。西沙群岛，就叫永乐群岛吧，我们是永乐的先锋队，我们是大明的探索者。印度西海岸的古里，郑和第一次下西洋到达过那里。张绍光写道：郑和下西洋，曾五次经过马六甲城，大明公主曾下嫁马六甲的苏丹，马六甲有中国山、三保山，马六甲有三分之一的人是华人，马六甲处处都是中国元素。

再看《柬埔寨的温州商人》。

张绍光既写了一个群体——被称为“中国的犹太人”的温州商人，又重墨写了他熟悉的朋友——一个在柬埔寨创业的温州人胡金林。胡金林的不凡经历，张绍光娓娓道来，我们仿佛看见一个普通中国商人，起早摸黑，用汗水，用智慧，用情怀，创下了自己的一片天地。但我却从张绍光的笔下读出，胡金林的经历，启示更多于赞赏，他启发我们：不屈不挠的勇气，再加上勤奋和智慧，在哪里都有成功的可能。胡金林是在异域创业的千万中国人之优秀代表。

张绍光的文字，也使我回忆起了自己游历异域的一些场景。

他去威尼斯，将贡多拉模型带回到书案上，而我去威尼斯，却直奔圣马可广场。

广场上很多人在喂鸽子，手臂上，肩膀上，头顶上，一只，一只，一只……一人身上，多的有十几只，只要你手上有足够的鸽食，那些鸽子，训练有素，甚至会和镜头互动，停在你掌心，小脑袋滑溜溜转，挺立四望，振翅欲飞，似乎在辨人，白的，黄的，黑的，男的，女的，嘿，它们是有记忆力的，它们仿佛在找熟悉的脸孔。

网络与网络之间的绿蓝色海水，在安静地流动，网络与网络之间的行人游客，却热闹非凡。这好像是一个巨大移动的格子岛，建筑物的影子，帆影，人影，时而被贡多拉刺成碎影。

出圣马可大教堂，夹着川流的人群，往北大约400米，曲里拐弯，终于找到了马可波罗故居，这是我去威尼斯的主要目的。

这座三层黄色院落，现在是私人住宅，但里面并不是他的后人居住着，完全不像其他名人故居那样完整修葺保留。院落的一边，夹杂着餐厅、酒吧、旅店，都以“百万”命名。导游介绍说，《马可·波罗游记》，意大利文的译名就是《百万》。一种说法是，在游记中，马可·波罗常常用“百万这个、百万那个”的口头禅来形容他见到的繁华，于是人们称马可·波罗为“百万先生”。在我看来，这个故居只是一个符号，更多的是商业写真，这个符号仅表示，马可·波罗一家曾经在这里居住过。

小马故居虽简陋，临水的墙上，颜色斑驳，有些黄色的小砖块已经掉落，但并不妨碍想象，我的思维在元代的历史时空里充分驰骋。

1275年，17岁的小马，与他父亲和叔叔、一群威尼斯商人，带着罗马教皇写给元朝皇帝的亲笔信，从威尼斯的这座小院出发，沿着陆上丝绸之路，经过四年的艰辛辗转，到达了元朝首都大都（今北京）。在元朝的17年时间里，小马从年轻的威尼斯商人，变成了一个相当有主见的元朝官员。忽必烈极其看重他，常派他到全国各地处理重要事情，有时甚至派他出访邻国，当友好使者。

外国人在中国的朝廷里做官，历史上并不罕见。忽必烈、蒙古大帝、马可·波罗、欧洲商人，似乎天生就有亲近感，强者、智者，能说到一块，也不是什么奇怪的事。

离开马可·波罗故居，沿着马可·波罗桥返回码头，抬望眼，我似乎看到了 17 岁的马可·波罗正站在桥上，在和一群人挥手告别，他要去远方，他要去东方的古老中国。

我去的异域，远不及张绍光十之二三，即便在威尼斯，他也跑得比我多，停留时间比我长，体验比我深。他在异域穿街走巷，将新奇和感受一一展现于笔下，在文明社会里体验文明，也寻找不足，在落后和贫穷的国度里发现亮点。游记文字朴实，视野广阔，不乏睿智，犹如他的为人，诚实憨厚，却时不时给人以温暖和哲思。

正如张绍光的书名——《美丽并不遥远》，是的，他笔下的异域就是个璀璨的百宝箱，一旦打开，你一定会流连忘返。

是为序。

丁酉六月
杭州壹庐

（作者系中国作家协会会员、浙江省散文学会会长、浙江省作家协会主席团成员、杭州市作家协会副主席，一级作家）

目　录

重访伦敦

在中学读书的时候，我心中就有一个“伦敦梦”：那里的学生穿着笔挺的西装；那里的男人头戴礼帽，足蹬筒靴，神气十足；那里的双层观光巴士涂着红色的图画；那里的古堡传说有妖怪出没。

1997 年，终于有了去英国的机会，我独自到北京的英国驻华使馆办理签证。记得那位英国外交官是个和蔼的老头，很有绅士气派。旁边的中国翻译却脸色冷峻，反反复复地问我许多问题，似乎怀疑我有移民倾向。要不是外交官点头，也许我拿不到签证。

那次，去了英国伦敦和格拉斯哥两个城市。虽然只有半个月时间，但英伦的温馨和浪漫，给我留下难忘的印象。回国后，一张彩色的照片，一封发黄的书信，一首怀旧的老歌，或者一道熟悉的风景，都会触动心灵，让我想起在伦敦的日子，有几分美好，有几分感动，有几分憧憬，甚至有几分辛酸。

有了回忆，生命多了一道雨后的彩虹，生活增添了一片浓浓的诗意。这其中既有愉悦，也夹杂些许忧伤。于是，我提笔一口气写了《马克思墓前的鲜花》《伦敦塔的沉思》《自由角见闻》《泰晤士河在脚下流淌》《格拉斯哥风情》《一个温州女孩的闯荡经历》《舒曼先生》等 16 篇散文，在全国各地报刊发表后，收录在我的散文集《海外风》里。

意想不到的是，2014 年 10 月 24 日，我乘坐英航

威斯敏斯特大教堂

1997 年在伦敦

2014 年在伦敦

BA168 航班，从上海出发，相隔 18 年后重访伦敦。由于这次旅行时间长，去的地方多，接触的社会面广，感受自然更深。真正的旅行，不仅是背着行囊，去享受一座城市的风景和情调，更重要的是在孤寂的自我放逐中，去寻找，去观察，去思考，发现它的变迁、它的创新、它的发展，从而加深对这座城市的认知。

与 18 年前相比，伦敦似乎还是老样子，依然繁华，依然美丽，在古板和严谨中，透出迷人的帅气。

伦敦的卫兵还是那样英俊潇洒。他们身穿 17 世纪的军服，鲜红的上衣，黑色的长裤和皮靴，头戴熊皮圆帽，骑着高头大马巡逻。这打扮让人想起古代童话中的精灵。

伦敦的教堂星罗棋布，随处可见，或耸立于繁华的街头闹市，或掩映于乡村的绿树丛中。在林荫路上漫步，在街心花园小憩，时常会听到从教堂传出一阵响亮而舒缓的钟声，那样悦耳，那样恬静，如涓涓细流，滋润着我的心田，把我带进梦幻般的境界。

伦敦的广场总是充满生机和活力。成百上千只鸽子在蓝天翱翔，在地面蹒跚，盘旋于游人之间，栖息于屋顶之上。它们非但不怕人，反而对人有一种亲昵的感情，特别是当人们用饲料喂它们时，更显得温驯，时而在人的手上啄食，时而飞上人的肩头嬉戏。鸽子是和平的象征。在广场上，我经常看到天真烂漫的孩子和鸽群嬉戏，组成一幅生动的风景线。

伦敦的地铁线路纵横，四通八达，经历百年沧桑，仍然在忙碌地运行，据说能通向伦敦任何一个角落。我经常从“泰晤士河站”搭乘地铁到“唐人街站”，沿途每个车站都人群拥挤，熙来攘往。和北京、上海的地铁相比，伦敦地铁票价昂贵，单程就要4英镑多，折合人民币43元，且车厢陈旧，行进中有些晃动。

一位诗人说过："如果你厌倦了伦敦，你就厌倦了生活。因为生活所能给你的一切，伦敦都有。"旧地重游，我觉得这话尽管有点夸张，但也有道理。伦敦不仅是英国的，也是全世界的。这座城市的源流可远溯到2000多年前。这里既有历史的深度，又有现代都市的高度，始终走在时尚的前列。耳闻目睹，尽是经典。

这次到伦敦，我发现这座城市的面貌日新月异。18年前，泰晤士河畔还没有"伦敦眼"。现在，在白金汉宫皇室住所不远的地方，耸立起一座高达135米的庞然大物，号称世界十大最高摩天轮之一。它拥有32个密封式的玻璃舱，全以透明的钢化玻璃打造。舱内宽敞舒适，每舱可容纳15名乘客。每当夜晚，"摩天轮"所有的车厢灯火通明，组合起来像一只大大的眼睛，所以有了"伦敦眼"的名字，成为伦敦新的地标。古老的皇宫和现代的建筑并肩而立，如此和谐，这正是伦敦的魅力。

于是，我买了一张价格为19英镑的门票，登上"伦敦眼"，一睹伦敦的风

泰晤士河上的塔桥

伦敦眼

采。旋转半个小时后，“摩天轮”到达最高处，方圆25英里范围内的景色尽收眼底，有一种飘飘欲仙的感觉，让我突然想起一句话：“我跨过千山万水来到这里，就是为了看你一眼。”

倚着玻璃门向外眺望，弯弯曲曲的泰晤士河像一条银白色的飘带，蜿蜒曲折，婀娜多姿。河上的游轮、地面的汽车和密密麻麻的行人，像蚂蚁一般蠕动，高楼大厦像火柴盒似的矗立着，一切都变得那么渺小。纵横的街道、碧绿的草地和长虹卧波似的桥梁显得小巧玲珑、色彩斑斓。金碧辉煌的议会大厦、闻名遐迩的大本钟，还有两岸千姿百态的现代建筑，为泰晤士河增添了妩媚。“伦敦眼”无愧为眼睛，让我欣赏到另一个伦敦。

从“伦敦眼”上下来，在滑铁卢桥漫步，思绪在蓝天飞扬。在《魂断蓝桥》这部电影里，英国军人罗依和芭蕾舞演员玛拉这对情侣不就是在这里相遇、相爱的吗？此刻，我仿佛看见罗依手拿一个象牙雕刻的吉祥符独自凭栏时的情景，又仿佛看见玛拉毫不犹豫地撞向一辆飞驰而过的军车。凄美的爱情故事总是令人回味。

重返伦敦，感慨良多。那一年来伦敦，我还算年轻力壮，如今已鬓发斑白，脸上刻满岁月留下的皱纹。正如宋代文学家欧阳修所言“渥然丹者为槁木，黟然黑者为星星”，光阴飞逝，时过境迁，此时此刻的我，真是“别有一番滋味在心头”。又想起当年与我相识的那位能说一口流利汉语的大学教授，已溘然离世；我在《海外风》里描写过的老导游舒曼先生，也不知所终，心中不免凄凉。不管如何，风情万种的伦敦、善良友好的英国人，将深深地铭刻在我的记忆里，直至永远。

剑桥的诗韵书香

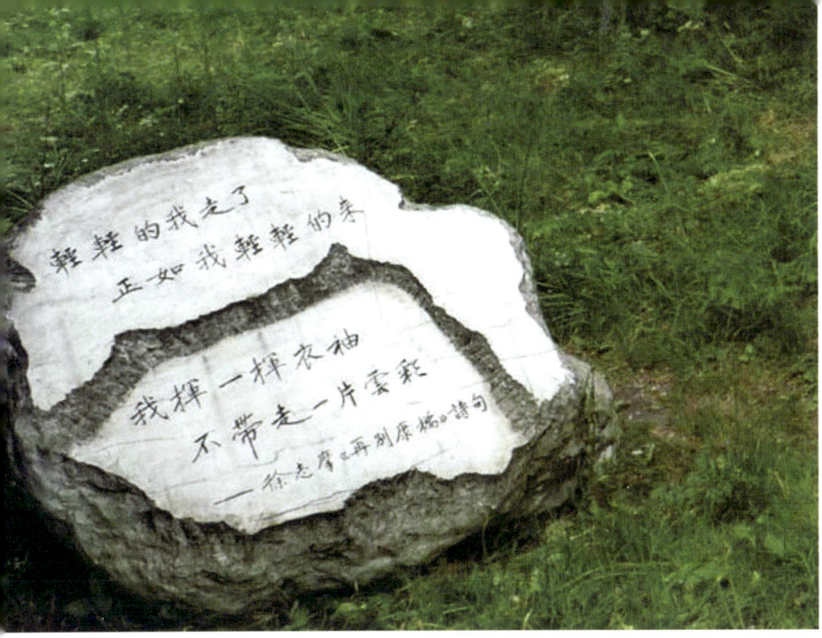

徐志摩诗碑

从伦敦去剑桥的路上，导游李德先生深情地说："昨晚，我手抄了徐志摩的《再别康桥》，请一位志愿者朗诵。"车内一时无人响应，我自告奋勇地走上前，当一回"志愿者"，不看文稿，从容不迫地将这首诗背诵了一遍，博得一片掌声。我对旅友说，徐志摩是我崇拜的偶像。当年，他从伦敦回国，临行时，满怀眷恋地向康桥告别："悄悄的我走了，正如我悄悄的来。我挥一挥衣袖，不带走一片云彩……"他把康桥当作自己的知心朋友，向它做过最后的回眸，才匆匆踏上归途。诗句写得何等从容，何等潇洒。在剑桥求学的莘莘学子，几乎没有不知道这首诗的。今天重游康桥，无限感慨，刚才朗读他的作品，借此表达自己的感受。

李德先生听了，幽默地说，徐志摩是"再别康桥"，你是"重游康桥"。他特地送我一枚盖有邮戳的"首日封"邮票，作为纪念。

康桥是剑桥的别名，距伦敦市中心56公里。它和牛津、哈佛并称世界上三座"大学城"。剑桥大学创建于1209年，它不是那种独门独院的大学，而由大大小小的31所学院组成，这些学院散落在风景秀丽的剑河两岸，彼此独立，相互竞争。

它没有校门，没有围墙，只有在办公大楼上方，才能看到学校的标志。如果要进某个学院参观，游客必须另外付费。每天清晨，你总能见到学生们骑着自行车匆匆赶路，也能见到本地居民闲适轻松地生活着。大学融入了城市的各个角落，整个城市也就是一座大学。

剑桥不大，人口不过 10 万，街市比不上伦敦繁华，但它那古朴的风格、优美的景色以及浓郁的学术气息，吸引了远道而来的客人。特别是弯弯曲曲的剑河，在学院之间蜿蜒穿过，为这座充满书香气息的小城增添了几分柔情。

李德先生首先带我们坐船游览。他说，到了剑桥，主要就看大学、剑河和河上形形色色的桥。坐上平底小船，欣赏大学城两岸风光，是剑桥旅游的特色项目。早在 1702 年就已兴起的这项传统活动，在当地叫作“撑篙”。徐志摩在诗里也曾这样描写：“寻梦？撑一支长篙，向青草更青处漫溯。满载一船星辉，在星辉斑斓里放歌……”

剑河

剑河二丈多宽，河水清澈而平静，河面上游船来往穿梭。两岸是碧绿的草地和古老的建筑，垂柳在阳光下闪烁，鲜花在春风中绽放。此时，我的脑海中又跃出徐志摩的诗句：“那河畔的金柳，是夕阳中的新娘。波光里的艳影，在我的心头荡漾……”有一种走进画卷的感觉。

我们的导游知识渊博，把各种掌故娓娓道来，往往引人入胜。每经过一座桥，他就给我们讲述一段故事。

克莱尔桥是剑河上最古老的桥，至今已有 370 多年历史。这座三孔石桥的两边栏杆上各有对称的 7 个石球，当地人称之为“地球仪”。李德先生指着左

剑桥学子

边护栏第二个球说，这个球被切掉了八分之一。原来是雕刻师完工后，因为拿不到工钱，一怒之下，故意破坏，留下残缺，以泄私愤。走近端详，果真残缺。但故事是真是假，无从考证。相传“数学桥”是牛顿根据“力学原理”镶嵌而成的桥梁，整座桥不用一枚钉子，显得高贵典雅。每逢雨天，木桥散发出浓郁的檀木香味。单孔平跨的“国王桥”，精巧别致，连接着校舍和后院，给人以清幽神秘之感觉。“高潮桥”造型奇特，桥高坡陡。

确实，每一座凌空而架的桥，风格各异，它们倒映在清澈的河水中，深藏着那些尘封的往事。

剑桥的自然风光固然迷人，但它的人文景观更令人倾心。在这座大学城里徜徉，我听到许多熟悉的名字，看到许多伟人的画像，深深体会到培根“知识就是力量”这句至理名言的深刻内涵。

剑桥有 31 所学院、近 60 个学科，剑河两岸洋溢着浓浓的书香，其中最为著名的是三一学院、国王学院和圣约翰学院。

三一学院是亨利八世于 1540 年创办的，无论是学术成就，还是经济实力和办学规模，在剑桥大学现有的学院中均名列前茅。大门入口处有亨利八世的雕像，令人不解的是，威严的国王左手托着一个带有十字架的金色圆球，右手却举着一根椅子腿。李德先生介绍，原先亨利八世右手中握的是一根象征王权的金色手杖，雕像竣工不久，不知是哪位调皮的学生，悄悄地爬上去，把手杖抽出来，用现在的这根椅子腿取而代之。我笑着问："既然如此，为何不更换？"李先生回答："英国人的风格就是顺其自然，何况这传说符合他们幽默的性格。"

无独有偶，三一学院阮恩图书馆的屋顶上，有四座雕刻的人像，分别象征着神学、法学、物理学和数学。据说，1770 年，这所学院的院长戴着传统的假发，有一些学生攀上屋顶，给四座雕像也戴上假发，一直到现在都在。

三一学院里的牛顿苹果树

三一学院的草坪上有一棵苹果树，相传牛顿在树下读书时，看到苹果落地，从而发现了"万有引力定律"，继而又创立了微积分学，奠定了力学的基础，被誉为"历来最伟大的天才"。

据介绍，三一学院曾培养出 5 位英国首相、2 位英国国王，还有许多世界著名的政治家都从这里毕业，走向政坛，如新加坡前总理李光耀、印度开国总理尼赫鲁、巴基斯坦前总理贝·布托……从 1901 年至今，三一学院已拥有包括物理、化学、生理学或医学等领域在内的 63 位诺贝尔奖得主，这是其他任何大学望尘莫及的。科学家牛顿、哲学家罗素、散文家培根、诗人拜伦、小说家萨克利……都是三一学院的骄子。在学院的食堂里，正中挂着亨利八世的巨幅画像，两侧依次悬挂着"三一"名人油画像，他们为"三一"赢得了荣誉，"三一"也永远铭记他们的功勋。

圣约翰学院与三一学院仅一墙之隔，是剑桥最古老、最大的学院之一，建筑群十分壮观，还包括5个庭院。这是1511年由玛格丽特·博福特夫人遗赠而建立的。学院有两座横跨剑河的桥最为著名，一座是厨房桥，另一座就是叹息桥。后者由白色石材砌成，因一些学生失意或失恋时在此叹息流泪，然后跳河自尽而得名，现已封闭成廊桥。桥上有哥特式的尖顶，十分别致，学生们戏谑地称它为“结婚蛋糕”。

圣约翰学院的叹息桥

国王学院由亨利六世于1441年创办，最初只有1名院长和70名学生，是专门为亨利六世创建的伊顿公学毕业生而建立的学院，不收其他学生。为了显示国王的雄厚财力，学院建立之初就追求宏伟壮观的风格，最著名的当属国王学院礼拜堂。这座垂直的哥特式建筑已成为整个剑桥的标志和荣耀，它那精美的雕刻、高耸的塔尖和拱形的屋顶令人赞叹不已。25扇彩色的玻璃窗绘制着《圣经》故事，是中世纪遗留下来的艺术精品。学院左侧灰白色的大厦是举行毕业典礼的地方，每年要举办7次，给那些学业有成的学子戴上“博士帽”，这是他们人生中辉煌的时刻，通常还邀请学生的父母及亲朋好友参加庆典。

圣凯瑟琳学院是亚历山大·凯瑟琳于1473年创建的。她曾被判处死刑，要被钉死在一个轮子形状的十字架上。然而，当她的身体碰到那只十字架时，轮子却奇迹般地断裂了。因此，轮子便成了凯瑟琳的吉祥物。这就是学院大门上那个金黄色轮子图案的由来。

聆听着李德先生叙述每座学院显赫的历史和传奇的人物，置身于古老的建筑和迷人的风景里，思古之情油然而生。我不由得得对这座大学城充满向往，对剑桥人那种生生不息、孜孜不倦地追求真理的精神和意志，感到由衷的钦佩和敬重。

能够到剑桥大学深造的人是十分荣幸的。如果能在剑桥31所院校中历史最悠久的三一学院或国王学院住上一两年，更是一种资格，一种荣耀。因此，剑桥历来是全世界学子向往的地方。虽然，我辈此生与剑桥无缘，但是，能够到这座知识与花园之城走一趟，体味它的诗韵书香，心灵深处也激起阵阵涟漪。临别时，我不经意间看到静静躺在草丛里的石碑，上面刻有徐志摩《再别康桥》的诗句，不由得轻吟起来：

但我不能放歌，
悄悄是别离的笙箫；
夏虫也为我沉默，
沉默是今晚的康桥。

国王学院

瞻仰莎士比亚故居

斯特拉福德是英国著名的小镇，爱汶河从城区穿过，河水平缓而清冽。两岸景色如画，风光旖旎。无论清晨还是傍晚，走在树林中，坐在长椅上，小鸟清脆的鸣叫声在耳边萦绕，青草和鲜花的香味在空气中飘荡，天鹅和野鸭在水中嬉戏，游船与小艇在河面游弋。来自世界各地的游客纷至沓来，不仅仅是感受小镇的风情，更是寻访英国文艺复兴时期杰出的戏剧家和诗人莎士比亚的遗踪。

我们来到斯特拉福德时，正好遭遇狂风暴雨。刚下车，看到爱汶河畔的一组塑像挺立在风雨之中：莎士比亚坐在高高的圆柱上，忧郁的目光注视着前方；其四周有莎翁剧作中的四个人物雕像，那是我非常熟悉的哈姆雷特、亨利王子、麦克白夫人和夏洛克，他们生动的表情、鲜明的性格特征，让人感到特别亲切。

斯特拉福德

莎士比亚一生创作了39部戏剧、3部长诗和154首十四行诗，其代表作有四大悲剧《哈姆雷特》《奥赛罗》《李尔王》和《麦克白》，四大喜剧《第十二夜》《仲夏夜之梦》《威尼斯商人》和《皆大欢喜》，还有历史剧《亨利四世》《亨利六世》和《查理二世》等。他是“英国戏剧之父”，被喻为“人类文学奥林匹斯山上的宙斯”。马克思称他为“人类最伟大的天才之一”。他的作品被译成世界各种文字，剧作也在许多国家上演。他的作品反映的人文主义思想，达到“至真、至善、至美”的境界。

年轻时，我非常喜欢莎士比亚。那是在“文化大革命”时期，莎士比亚作品还被列为“禁书”。有一次，我借到一本莎翁著作，爱不释手，便悄悄地手抄下来，那是《罗密欧与朱丽叶》。手抄本至今还保留在我的书架上。对今天的年轻人来说，这几乎是不可思议的事。读莎士比亚的喜剧作品，我时常不经意地发出笑声，不仅读到甜蜜和温馨，而且得到有益的启迪；读他的悲剧作品，不仅感受到悲情，还有对美好的追求，对未来的希望。

莎士比亚出生于1564年4月26日，逝世于1616年4月23日，为此，联合国教科文组织将4月23日定为“世界读书日”。如今的斯特拉福德，几乎所有的一切都与莎士比亚有关，整座小镇笼罩着他的气息、他的光环，好像小镇的存在就是为了等候这位“戏剧大师”的出生、成长、离别、回归和去世，然后，让后人来此凭吊和拜谒。

我们先到爱汶河边的皇家莎士比亚剧院参观。这是英国最早的剧院之一，建于1879年，现在按原貌重新修复。剧院有1500个座位，是观看莎士比亚戏剧的场所，为皇家莎士比亚剧团（RSC）所有。据介绍，该剧团自1961年成立以来，便将莎士比亚所有的剧本搬上了舞台，每个莎士比亚的剧目都是在此地首演后才在伦敦演出。剧院的墙上挂着各种装饰品，有演出的服装、道具和剧照，多姿多彩，琳琅满目。剧院商店里挤满人群，有购买纪念品的，也有挑选书籍的。虽然，我们没有机会看到演出，但感受到斯特拉福德镇的民众对莎士比亚充满了崇敬。在剧院门前我遇到一位满头白发的老人，他说，这里没有上帝，莎翁就是斯特拉福德的上帝。

从皇家莎士比亚剧院出来，风止雨停，绿叶上缀满水珠，河面上泛着涟漪。

穿过几条街道，我们来到圣三一教堂。这是一座修建于13世纪的古老建筑。1564年4月26日，莎士比亚在这里接受洗礼，他和妻子去世后也安葬于此。教堂珍藏着记载他出生与死亡的资料，附近还有莎士比亚书店、莎士比亚画廊等，难怪英国人称斯特拉福德是“莎士比亚的世界”。

莎士比亚故居

花了3英镑，我买了票参观位于亨利街上的莎士比亚故居。这座带阁楼的二层楼房，木质结构，斜坡瓦顶，外墙涂上泥土的颜色，为典型的16世纪英国民居。要不是临街门板上有一块并不显眼的“莎士比亚故居”英文牌子，人们很难将此地与莎士比亚联系在一起，因为实在太普通了。然而，就在这普通的木屋里，莎士比亚创造出一部部文学巨著。

故居里面光线昏暗，地板倾斜，楼梯很窄，走上去会发出“吱吱嘎嘎”的声响。每个房间都按照当年的式样布置。客厅陈设简单，摆放着伊丽莎白时代的家具、物品、手绘画和纺织品。虽然陈旧，但都是稀有的文物，弥足珍贵。卧室里有莎士比亚出生时睡的小床。2011年6月24日，时任中国总理的温家宝参观莎翁故居时，在留言本上写道：“给人生带来阳光，给梦想插上翅膀。”

莎士比亚父亲是经营羊毛、皮革制品及谷物生意的杂货商。据介绍，他1565年任镇民政官，3年后被选为镇长。莎士比亚幼年在当地学校读书。13岁时，因家庭贫困被迫辍学经商。22岁时，前往伦敦，先在剧院做杂活，后加入剧团，做过演员、导演和编剧，并成为剧院的“股东”。他在伦敦住了20多年，在此期间，他的妻子却一直留在斯特拉福德。1596 年，他回归故里，在斯特拉福德购置房产，后来以他父亲的名义申请“绅士”称号。

历史学家乔治·斯蒂文森说，后人是从遗留的文字档案中，勾勒出莎士比亚生活轨迹的。

故居四周绿树成荫，鲜花簇拥。两位英国演员手拿象征纪念意义的香草，在花园里投入地演绎着《哈姆雷特》经典片段。虽然他们说的是英语，我听不懂，但从表情和眼神里可看出他们的喜怒哀乐。游客们沉浸在诗一般的境界之中，不时地为他们精彩的表演鼓掌，掌声同时也表达了对莎士比亚的敬仰和缅怀。演出结束，游客纷纷和演员们合影留念。

斯特拉福德十分幽静，城中古建筑保存完好，房前屋后都种着各种各样的花草树木，整个小镇像一座大公园。行走其中，一尊莎士比亚的雕像吸引了我的视线。这位文坛巨子斜靠在一叠书旁，睁大眼睛望着前来瞻仰的凡夫俗子，这目光让我惶恐不安。旁边的大理石上刻着他的名剧《暴风雨》第四幕里的台

演员表演《哈姆雷特》情景剧

词：“入云的楼阁，瑰伟的宫殿，庄严的庙堂，甚至地球自身，以及地球上所有的一切，都将同样消散，连一点烟云的影子都不曾留下。”另有一尊莎士比亚作品中小丑的塑像，让人忍俊不禁。

我们参观了装修豪华的哈佛之屋。从16世纪开始，哈佛大学创办人约翰·哈佛的祖辈就在这里居住，由约翰·哈佛的祖父托马斯·罗杰斯重修，现在成为展览馆。还有安妮·海瑟薇的小屋，这是莎士比亚的夫人少女时期的家，为海瑟薇家族所拥有，房子仍然保留了当初的风貌。

我想，斯特拉福德名声远播，完全得益于文学大师莎士比亚。他在作品中讲述的爱情故事，使人们对这座小镇产生憧憬和向往。游客们来到这里，或在林荫道漫步，或在博物馆里徜徉，或在爱汶河上泛舟，或在纪念碑前瞻仰，重温这些绝美的爱情故事，既唤起心中曾经的甜蜜，也洗刷过去的悲痛和忧伤。

哈佛之屋

温莎古堡纪事

朱自清先生在一篇散文中曾用这样的文字描绘欧洲的古堡："两岸山上布满了旧时的堡垒，高高下下的，错错落落的，斑斑驳驳的。有些已经残破，有些还完好无恙。这中间住过英雄，住过盗贼，或据险自豪，或纵横驰骋，也曾热闹过一番。现在却无精打采，任凭日晒风吹，一声儿不响。"

我觉得这段文字妙极了，把那些死气沉沉的古堡写得活灵活现。虽然未曾描写古堡的具体形状，未曾讲述曲折离奇的故事，却以极为简练的笔墨，向人们展现了一幅历史的画卷，耐人寻味，发人深思。

温莎古堡外景

英国朋友介绍，伦敦有许多古堡，温莎古堡是英国女王的行宫，位于泰晤士河南岸的温莎镇，距伦敦市中心约32公里。这座古堡是世界上为数不多的、尚有人居住的古堡，最能体现英国的皇室文化，值得一去。

进入温莎镇，首先看到中央高地上，耸立着一座高高的圆塔。平时，塔顶飘扬着英国国旗，如果女王在古堡，就换成色彩斑斓的"女王旗"。英国朋友风趣地说，你们运气不错，今天，英国女王正在古堡等候你们光临。

古堡入口处，矗立着维多利亚女王的铜像，一副高傲冷峻的仪容，神圣不可侵犯。进了大门，层层叠叠、形态各异、带着岁月斑驳痕迹的古堡群扑面而来，真是蔚为壮观。

温莎古堡是英格兰国王威廉一世于1070年建造的。他原来住在“伦敦塔”，那里是罗马人留下的遗址，他想建自己的皇宫，于是，就骑马在英国大地上寻找地方。有一天，他来到温莎，看到这里地势高，有一种居高临下的气势，就决定在这里修建城堡。为了防御敌人的袭击，又修建了护城河等防御设施，还盖了许多富丽堂皇的宫殿。威廉一世去世后，继承者继续扩大规模，到1400年，成为世界最大的城堡。

历史上，温莎城堡曾经发生过“爱美人不爱江山”的故事，说的是乔治五世的儿子爱德华。他在一次宴会上遇到一位姿色绝伦的贵妇人，他们相爱了，但爱德华的父母不同意这门婚事，因为这女人离过两次婚，且门第极低。爱德华想到英国是基督教国家，大主教有至高无上的权力，于是，他就去找大主教，企图利用大主教的威望说服父母，想不到又被痛骂了一顿。在一班朋友的怂恿下，爱德华不顾世俗的束缚，毅然决定与这个女人结婚。后来在舆论压力下，他离开温莎城堡，移居法国，最终没有回来。

如今，英国皇室已移居白金汉宫，但女王还是经常到温莎古堡，或办公，

古堡雄姿

或休闲，或接待贵宾。当年的护城河已变成花团锦簇的绿化带，围绕着城堡。自从威廉皇帝修建护城河以来，城堡从来没有受到外敌的攻击。

我们抵达古堡大门，外面已排着长队，挤满人群。要经过买票、安检等程序才能进去参观。我们每个人都拿到“语音导航”戴在耳朵上，每到一个区域，只要按下这个区域的编号，就会有中文讲解传来。

古堡分上区、中区和下区。上区是皇宫，这里有900多个房间，显示昔日“日不落帝国”的奢侈和豪华。跨入大厅，首先看到的是白色的女王坐像。按照游览路线，我们依次参观女王的客厅、餐厅、舞厅、画廊等主要景点。每个房间都装饰华丽，摆放着古色古香的中世纪的家具，收藏着大量稀有的珍宝、名画和文物，可以说每一个房间都是一座艺术宝库。其中滑铁卢厅最为著名。

滑铁卢厅又称宴会厅，初建于13世纪，以击败法国拿破仑的“滑铁卢战役”而命名。厅内金碧辉煌，美轮美奂。屋顶上悬挂着巨大的花形水银吊灯，四周墙上挂满了在战斗中立下赫赫战功的英国将领肖像，其中威灵顿将军的骑马铜像最为引人注目。房内还陈列着刀剑盔甲，其中包括为哈尔王子量身定制的一套黄金盔甲。这里是英国王室举办重大活动的场所。戏剧大师莎士比亚的名剧《温莎的风流娘儿们》就是在此厅首演的。

中区是以花园围绕的圆形城堡，最初用木材建筑，到了1170年，亨利二世改用石材构建，一直延续至今。目前尚不对外开放。据说这里储存着来自世界各地的数以万计的宝藏，其中包括大量中国瓷器。

圣乔治教堂

下区有两座教堂，其中圣乔治教堂是英国中世纪晚期的著名建筑，以英格兰守护神圣乔治命名。1475年，爱德华四世时开工建设，直到50年后亨利八世在位时才竣工。英国历史上许多重大事件在这里发生，还上演过王室争权夺利的活剧。据记载，有 10 位君主被葬在这座教堂，其中包括亨利八世和他的妻子。此外，皇室成员的婚礼也在这里举行。圣乔治教堂大厅还是颁发嘉德骑士勋章的地方。嘉德骑士勋章是英国的最高荣衔，每一位嘉德骑士在教堂内都有固定的席位，席位后面的墙壁上悬挂着每位骑士的盔甲、佩剑和旗帜。下区还是王室御林军交接的处所，每天上午，在这里举行换岗仪式。

古堡四周围绕着起伏的山丘、绿色的草坪、明亮的湖泊和茂密的森林。1000 多年来，这里鲜为外人所知。自从向公众部分开放后，才揭开其神秘的面纱。

温莎古堡所在的温莎镇是一个环境优雅的小镇，英国人喜欢到这里休闲旅游。在古堡旁边的街上，我们遇到一位风趣幽默的男子。他抱着一个孩子，牵着两条狗。有人问他：“您家有几个孩子？”他笑着回答：“您看，我抱着一个，拖着两个，加上夫人，一共四个。”英国人对狗有着特殊感情，他们会把狗和父母、配偶、子女加起来计算家庭成员。无论上街购物，外出旅行，或者探亲访友，总是带上他们的爱犬。但公共场所很干净，见不到狗粪。他还说，他是到温莎度假的，也许不经意间还能遇到心仪已久的英国女王。

温莎镇

『我在巴斯等你』

10年前，一位在英国巴斯大学留学的学生给我寄来风景明信片，并邀请我到巴斯观光。他深情地写道：“老师，我在巴斯等你，我相信，你一定会喜欢这座美丽的小城。”听说有人在巴斯等我，我感到非常荣幸。当时忙于事务，未能成行，很是遗憾。10年后，我从布里斯托来到了巴斯，这位学生已离开巴斯大学，终究没有见面。

巴斯被誉为英国最漂亮、最典雅的小城。它的典雅来自古代房屋建筑风格，来自风光旖旎的乡村风情和深刻丰富的文化底蕴。巴斯还是英国唯一列入“世界文化遗产”的城市，也是欧洲旅游胜地。这里群山环绕，树林茂密，爱汶河穿城而过。一排排古建筑或倒映在碧水里，或掩映在绿树中，或耸立在草坪上，环境宜人，景色优美。这里没有喧哗和嘈杂，只有轻松与悠闲，游客可以在古老的历史氛围中品味巴斯的魅力。

巴斯最著名的景观是罗马浴池遗址博物馆。浴池门口有一行字：“国王与王后在此沐浴。”据说公元前800年，罗马王子患上麻风病。按照惯例，他必须被赶出城，以免传染给别人。国王和王后只有一个独生子，百般依恋又无可

罗马浴场遗址博物馆

奈何，暗地里派遣三个仆人尾随，并嘱咐他们，如果发生不测，就立即报告。有一天，王子到了一个风景优美的地方，他兴奋地策马奔驰，仆人们骑着马悄悄地跟着他，意想不到的是王子从马上摔下，掉入一个泥潭之中，仆人们救主心切，也堕入泥潭，终于把王子救出。后来，奇迹出现了，王子的麻风病不治而愈了，他又回到国王和王后的身边了。几年后，他继承了皇位。登基之日，他念念不忘的是那一片泥潭，使他死而复生的泥潭。他终于找到了这个地方，那就是现在的巴斯，治好他的病的就是神奇的温泉。

罗马人发现这里的温泉能健身祛病，便用5000精兵征服了大不列颠，在巴斯设防驻军，开始兴建浴池。这就是罗马浴池的来历。几千年过去了，这些建筑大部分都被埋在地下，直到19世纪末，考古学家才发掘出古代浴池的石头阶梯、浴池基座等罗马时期的文物，在原址上建立罗马浴池遗址博物馆。

我们买票进内参观，首先看到一个大回廊，四周矗立着意大利风格的人物雕塑，有凯撒大帝等古罗马的皇家贵族。从回廊往下看，就是露天浴池，仍有泉水从地下源源不断地涌出。

走到水池边，我们体验当年罗马人享受温泉沐浴的情景。水面上弥漫着淡绿色的氤氲，为浴池平添了几许朦胧；40℃左右的水温，又为浴池带来几分暖意。史书记载，当时修建浴池的同时，还建造了神殿、祭坛、广场等，如今都湮没在了历史长河中，唯有几处残垣断壁，守护着那份让人神往的古老和沧桑，诉说当年的奢侈与辉煌。

巴斯修道院

紧靠浴池遗址博物馆的是巴斯修道院，又称巴斯大教堂，也是年代久远的建筑，已有1000年的历史，这里还曾经是英格兰第一位皇帝的加冕地。教堂外墙有两个楼梯，一左一右，对称而建。最顶部是耶稣的雕像，左边的是彼得，据说是保管天堂钥匙的人，右边的是佰加勒，则是天堂的大管家。

教堂东面的大窗上描绘了耶稣基督一生中的56个场景，堪称奇迹。耶稣于两千多年前出生在中东小镇伯利恒。在生命的头30年中，他在一个平凡的家庭中生活和工作。此后，他云游四方，教导人们关于上帝的真理，在加利利湖畔医治病人。他召唤了12个普通人成为他的助手。他身无分文，也没有著书立言。他没有指挥过军队，也从未掌握权柄。在其一生中，他从未踏足方圆200英里之外的土地。在33岁时，他被钉死在十字架上。耶稣预言他将在死亡3天之后复活。据教堂的资料介绍，如今，地球有将近20亿人将耶稣作为神圣的上帝之子崇拜。

修道院是巴斯的标志性建筑，国际音乐节和其他许多重大节日活动都在这里举办。

巴斯的历史古迹随处可见。爱汶河上的普尔特尼桥建于1774年，桥下湍急的水流形成弧形的瀑布，水面泛起一圈圈的涟漪。沿着河边的石板路散步，真是一种无与伦比的享受。夕阳映照在河面上，河水反射着银鳞般的光芒，河面倒映着两岸茂密的树木、白色的楼房和优雅的石拱桥，那么清新，那么宁静。这就是英国作家简·奥斯汀笔下的田园风光了。

早年读简·奥斯丁的《傲慢与偏见》，陶醉在其优美的文字之中。这部作品是她在巴斯度假时创作的。来到简·奥斯汀故居，门口有她穿着长裙的塑像，仿佛欢迎每个到访的嘉宾。据介绍，简·奥斯汀随父亲迁居巴斯后，融入当地社会生活，以女性特有的细腻，塑造了一个个性格鲜明的人物。她的作品影响整个世界，几百年不衰。

在巴斯，我冒着大雨，辗转于大街小巷，寻找一家最古老的面包店。相传300年前，法国女人萨里伦，凭借她那风味独特的面包，震动整个英国。直到今天，仍有许多人慕名而来，真是“酒香不怕巷子深”。走进狭窄的店门，只见座无虚席，还有一家人撑着伞在门外等候。店里除了一个笑容可掬的女孩外，服务员都是老年人，温和且慈祥。我特意到地下室参观面包制作房博物馆，这里陈列着当年萨里伦制作面包的蜡像，简单的布置保留了几百年前的旧光景。

米黄色的石头城

我花两个英镑买了一个圆面包，口味确实与众不同。也许这是世界上最古老的餐馆了吧，能在这里吃顿饭，真是一次幸运的经历。翻开一本介绍巴斯的小册子，发现这个面包店还是巴斯“八大景点”之一。

与店主聊天时得知，这家神奇的面包店没有开设分店，甚至没有扩大规模的意向，仿佛要永远将这种美味守护在这个温暖的小城里。

坐落在山坡上的皇家新月楼是巴斯最为气势恢宏的大型古建筑群，由连为一体的 30 幢楼房组成，共有 114 根圆柱，形成新月似的弧形，曲线优雅，美不胜收，尽显贵族之风范。据说，建筑师约翰·伍德曾设计一座圆环建筑，他的儿子继承父业，于 1775 年前后设计了皇家新月楼，在建筑史上传为佳话。此楼前面是一个大草坪，后面是巴斯大学，站在这里可以俯瞰整个巴斯城。新月楼一号楼为博物馆，展示许多珍贵的文物。还有皇家新月饭店，是当地最高档的星级酒店。沿着坡路下行，就来到维多利亚公园。

巴斯城中的建筑都是采用本地出产的米黄色大理石建造的，巴斯又称“石头城”。巴斯市政府有过规定，除了经过特别批准外，所有的建筑都要就地取材，做到石材统一、色彩统一。同时，让这种独特的建筑材料，融进独特的建筑设计和建筑风格，使小城充满古典而优雅的神韵。

巴斯没有繁华的商业区，浓郁的历史色彩和静谧的田园风光，让人心驰神往。爱汶河两岸一片片黄色的雏菊、一簇簇粉色的月季、一朵朵红色的扶桑，在葱茏的树木的掩映下，色彩斑斓。那些百年老屋，外表陈旧粗糙，房顶布满青苔，墙壁斑驳陆离，但门窗都很精致，显得古朴而浪漫。

离巴斯 60 公里的“史前巨石阵”是世界闻名的奇观。80 年前，英国政府开始修复“圆形石林”。从此，这里成为英国最热门的旅游点之一，每年都有约 100 万人来此游览。也有人在网上说，“巨石阵”名声虽大，无非就是几块破石头，花 30 英镑转一圈，有点不值。但我总觉得这地方非去不可，飞了一万多公里来到英国，近在咫尺的景点不应该错过。

据考古学家推算，“巨石阵”于公元前 3000 年到公元前 1600 年之间逐步形成。站在这一片空旷的原野上，浮现在我心头的千言万语汇成一句话：岁月失语，唯石能言。

参观巨石阵要经过一条隧道，隧道两侧有许多描绘当年巨石阵的想象图。戴上耳机，按下挂在胸前的“语音导航”键，传来一个沉稳的声音：“现在，

巨石阵

时光倒流，您将穿越到四千多年前，您准备好了吗？”耳机里开始讲述关于巨石的故事。我在梦幻之中走过短短几分钟，神秘莫测的巨石阵突然出现在眼前。

巨石阵由 30 多块巨大的石头整齐地排列成圆形，每块石头重约 50 吨，最高的有 8 米。饱受四千多年的风霜雪雨，至今昂然耸立。没有人知道它们为什么会聚集在这里，没有人知道它们从何处而来。也没有人知道有些竖立的石头之上，怎么会横放着一大块巨石。更不知道在远古时代能用什么工具把巨石搬运到这里，莫非是外星人的杰作？一切都扑朔迷离，无从解答。

巨石阵与仲夏的旭日和冬至的落日连成一线，但其确切用途仍然是一个谜。有人说是用来计算天文历法的，有人说是用来祭祀天地神灵的，众说纷纭。比较一致的看法是巨石阵用于对日月运行的观测，它代表着一年有八个节气的历法。如今，巨石阵带给我们联想和猜测，也带给我们陶醉和灵感。每年 6 月 22 日这一天，那些奉信太阳教的信徒从四面八方聚集在这里，等待第一缕阳光照耀巨石阵，他们举行朝圣仪式，向巨石顶礼膜拜，为太阳神的恩赐默默地祈祷，场面非常壮观。

离开巴斯时，我在微信朋友圈里发了一条微信，并配发了 9 张精美的图片，微信说：“亲们，我不能在巴斯等你们了，但巴斯永远在等你们。”

巴斯街景

苏格兰，强悍中透出温柔

对许多人来说，苏格兰充满着新鲜感和神秘感。它位于英国北部，面积近 8 万平方公里，人口约 508 万，有“北方雅典”之称。苏格兰的古堡深邃曲折，犹如迷宫；尼斯湖的水怪被炒得沸沸扬扬，却没有几个人见过它的踪迹；格拉斯哥刻着“VR”字样的火车，是维多利亚女皇时代的杰作；蓝地白色交叉的苏格兰十字旗，标志着一个民族的骄傲和自豪。苏格兰具有许多独特的元素，成为人们向往的旅行目的地。

我曾两次到过苏格兰。第一次从荷兰阿姆斯特丹飞往格拉斯哥，没有留下深刻的印象。第二次在英格兰坐大巴前往苏格兰高地，沿途感受到的是一种荒凉与凄美。虽然，英格兰和苏格兰没有边境，但有一个被称为“北方天使”的标志，耸立在分界线上。这位咖啡色的“天使”，过于呆板，美感不足，两边对称的造型，像飞机的两翼，也像鸟儿的翅膀，或许代表苏格兰人张开手臂，欢迎来自世界各地的游客。

作为冰河世纪最后一个据点，苏格兰高地有着迥然不同的风貌。它不像英格兰那样精致、华丽，却以天阔地广，苍茫粗犷，呈现在人们面前，被誉为欧洲最后一片广袤的原野。随着海拔的上升，车窗外的景色也逐渐发生变化，不见成群的牛羊，看到的是身躯高大的苏格兰牦牛；不见

苏格兰高地

一朵朵娇艳的玫瑰，看到的是一片片紫色的蓟花。这是苏格兰特有的花，丛生，耐寒，自开自落，死而复生，极具生命力。如果说英格兰是一首田园抒情诗，那么，苏格兰就是一曲雄浑的交响乐；如果说英格兰是清秀可人的女孩，那么，苏格兰就是一个虎背熊腰的壮汉。

由于高地气候并不适合居住或耕作，苏格兰人长期以来在恶劣的环境里生存，在艰苦的岁月中磨炼，再加上长期遭受外敌入侵，造就了苏格兰人强悍、忠诚又固执的民族特性。他们像岩石一般的坚定，像雄鹰一般的矫健。他们的自我意识和独立精神，就是在长期的抗争中形成的。

翻开欧洲历史，苏格兰曾是一个独立的国家。在 17 世纪，苏格兰从美洲输入烟草、食糖、棉花和亚麻，进行转口贸易，商业逐渐繁荣。到工业革命时期，格拉斯哥已成为世界上最大的工业城市之一，这里的造船、机械、钢铁工业特别发达，对人类的贡献有目共睹。瓦特发明的蒸汽机，贝尔发明的电话，贝尔德发明的电视机，麦克威尔奠定的电磁学，都是人类进入文明社会的标志。

苏格兰人才辈出，经济发达，与重视教育有密切关系。早在 1696 年，苏格兰议会就通过法律，规定每个教区设立一所学校，从此，建立了自己的教育制度。工业革命时期，苏格兰有 5 所大学，在校学生有 5000 多人。我曾到格拉斯哥大学参观。这是苏格兰最大的高等学府，创办于 1451 年。记得大门口有一个纪念碑，碑上镌刻着大学的校史和创办人名字。大学建在一个有斜度的山坡上，校舍建筑具有古典风格，一幢幢楼房的式样没有重复的。登上宽敞的平台，格拉斯哥城的景色尽收眼底。校园内的亨特斯安博物馆为格拉斯哥第一所博物馆，收藏着伦勃朗、鲁本斯和惠斯勒等大画家的油画。大学图书馆拥有100万册图书，在英国也是首屈一指。

可是，强大的英格兰总想并吞苏格兰，企图将它纳入自己的版图。1000多年来，两地争论不休，战火不断。时而王室联姻，和平共处；时而兵戎相见，硝烟四起。苏格兰民众顽强地抵抗英格兰人的入侵，但一次次的失败，使苏格兰不得不接受英格兰的统治。1707年，大不列颠联合王国成立，通过了《联合协议》，两国合并，苏格兰议会归附英国国会。英格兰人把“合并”称之为“幸福的联姻”，苏格兰人却认为是“枪口下的婚礼”。

看过美国好莱坞大片《勇敢的心》的人，对英格兰与苏格兰之间“剪不断，理还乱”的爱恨情仇有所了解。直到现在，苏格兰人对英格兰仍然存在着怨恨、嫉妒又无奈的心理。他们有强烈的民族自尊心。如果有人问：“你是英国人吗？”对方肯定会反驳说：“NO，我是苏格兰人。”苏格兰人说的英语，与伦敦等地的发音也不一样。

爱丁堡

如今，英国是一个政治体制较为完善的国家。在联合王国的框架下，苏格兰有自己的货币，有自己的首相，有自己的“国花”，甚至自己的足球队。除外交和国防，苏格兰的政治、经济、教育、文化基本保持独立。但是，许多苏格兰人还是不满意，前些日子，500多万的苏格兰人就“是否脱离英国”

的议题进行“全民公投”，最后以大部分人反对而告终。其实，苏格兰留在英国也不错，何必另起炉灶？所以，我对“公投”的结果颇感欣慰。

爱丁堡城堡

爱丁堡是苏格兰的首都。它的魅力不仅在于它的古老，还在于它的强悍。

在英格兰和苏格兰之间征战或联姻的漫长历史中，爱丁堡总是扮演一个中心角色。这座城市见证了太多的血与泪的故事。

大巴驶入爱丁堡老城区，我恍如置身中世纪的欧洲，肃穆之情油然而生。这里的许多教堂、宫殿和楼房采用黑色火山石建造，高耸的尖塔，别致的造型，具有历史的沧桑感。这是一个周末的下午，广场上、街道旁、公园里到处是人群。他们穿着五颜六色的服装，或跳舞，或高歌，或演奏。他们中间有街头艺人，也有专业歌手，甚至有不少前来观光的游客。在这种欢乐的氛围中，每个人都尽情地展示自己的艺术才华，寻找生活乐趣。

司各特纪念塔

王子大街是爱丁堡最繁华的商业区，有“全球景色最佳的大街”之称。60米高的苏格兰文学家瓦尔特·司各特纪念塔在街上巍然屹立，四面八方都能看到它的雄姿。

司各特是苏格兰的文学家。他身穿长袍的雕像安放在纪念塔中央，那宽大的额头和深思的表情让人过目难忘。对这位作家，我相当熟悉。年轻时读过他的小说《艾凡赫》，后来，他那充满浪漫主义色彩的长诗《湖上美人》，又使我沉醉在苏格兰瑰丽的景色之中。在格拉斯哥乔治广场，我也曾看到他的雕像，可见他在苏格兰人民心中享有很高的威望。

王子大街南北两侧风格各异。街的北侧，集中了时尚服装店、名表专卖店、高档礼品店和美食餐饮店；街的南侧却是闹市中的绿洲，有姹紫嫣红的花坛、芳草如茵的绿地，还有一排排休闲长椅沿街摆开，供游人休憩。

王子大街的尽头是卡尔顿山。这里是爱丁堡的制高点，从这里俯瞰四周，景色如画。我们上山时，天色阴沉，游人稀少，静谧中蕴含着苍凉的美。山上矗立着几座纪念碑，其中一座国家纪念碑是仿造古希腊巴特农神殿建造的，纪念苏格兰与法国交战中阵亡的将士。

爱丁堡城堡建在火山岩山丘上，一面斜坡，三面悬崖。公元 6 世纪就成为苏格兰皇室城堡，比英格兰的温莎城堡早 400 多年，比德国的海德堡更是早 600 多年。16 世纪初，荷里路德宫落成，才取代爱丁堡城堡成为王室的主要住所，但作为苏格兰的精神象征，爱丁堡城堡依然是王室的钟爱之地。

进入城堡，城门上方高悬着代表苏格兰王室的红狮徽章。两旁有人物塑像，左边是苏格兰国王罗伯特·布鲁斯，他登基后，屡败屡战，愈挫愈勇，终于击溃英格兰入侵，迫使英国签订协议，承认苏格兰为独立国家。右边是苏格兰勇士威廉·华莱士，他于 1297 年在苏格兰境内的斯特灵战役中，以寡敌众，打败强大的英国军队，立下赫赫战功。后来，华莱士兵败被俘，凛然就义。大门正中门楣上还书写一行字："犯我者，必受惩。"

拾级而上便是阿盖尔炮台。宏伟的环形城墙，固若金汤。一尊尊大炮长满锈斑，依然威风凛凛，其中芒斯蒙哥大炮最为著名。据说，它于 1449 年在比利时铸造，代表着当时最先进的火炮铸造技术，炮身重 6 吨，可以发射 150 公斤的炮弹，威慑力强，在历次战斗中屡建战功。战争结束后，这门大炮摇身一变，

俯瞰爱丁堡

成了“礼炮”，每天下午一点在爱丁堡空中鸣响，被人们称为“一点炮”。不过，现在的“一点炮”已由其他礼炮替代，芒斯蒙哥大炮似乎到了“耄耋之年”，不再轰鸣，彻底退役。

城堡内的玛格丽特教堂是苏格兰最古老的教堂，由大卫一世 1130 年下令建造，以他的母亲玛格丽特命名。教堂供王室专用的小礼拜堂是一座典型的诺曼底时期建筑，也是城堡建筑群中唯一遗留下来的 12 世纪古迹。

城堡规模不大，也谈不上奢华，但凝重悠久的历史和价值连城的瑰宝，令人叹为观止。古堡内有国家战争博物馆、苏格兰皇家骑兵军团博物馆、苏格兰皇家博物馆、苏格兰国家战争纪念馆、监狱展览馆等多个博物馆，珍藏大量的文物。其中国家战争博物馆展品尤为丰富，苏格兰的“荣誉之剑”长达 5 英尺，是旷世之宝；苏格兰国王的皇冠金碧辉煌，是欧洲最古老的皇冠。“命运之石”是苏格兰国王加冕时的“祈福之石”，这里还有一段惊心动魄的故事，这石头曾经被英格兰抢去放在西敏寺，近年才重返苏格兰。这里的地下军事监狱，曾经囚禁过拿破仑军队的俘虏，墙上至今仍留有法国军人手刻的痕迹。

一件件文物，清晰地记录着苏格兰曾经辉煌的历史，显示苏格兰神圣不可侵犯的尊严和不屈不挠的精神。

苏格兰国家战争博物馆

苏格兰是一个强悍的民族，但强悍中也透出温柔的另一面。

无论在爱丁堡，还是格拉斯哥，自然景色都很优美，红花绿草，怡情悦目；遇见的当地居民，也都温文尔雅，带着热情的微笑。车行在苏格兰大地，两旁闪过起伏的丘陵、广阔的牧场，其间点缀着农舍园圃，路边的苏格兰人，纷纷向我们的车子招手示意。

苏格兰的民族服饰颇有特色。数百年来，苏格兰男子都有穿“基尔特”的习俗。所谓的“基尔特”，就是鲜艳的格子裙。苏格兰天气寒冷，开始，男人们用一大块格子布包裹着全身，后来演变成裙子。1707 年苏格兰并入英国后，国王曾下令禁止苏格兰男子穿短裙，以此来淡化苏格兰人的民族意识。可是，性格倔强的苏格兰人不屈服，到了 1775 年，英国王室不得不取消“禁裙令”。如今，苏格兰的军乐团行进时，仍穿着格子裙，神气十足。

苏格兰人喜爱艺术。走在苏格兰城市、乡村，随处能听到悠扬的苏格兰风笛声，时而高亢，时而低沉，时而欢快，时而忧伤，让人如痴如醉。有人说，风笛发音粗犷，音色嘹亮，采用各种装饰音，善于抒发真情实感。在举行婚礼、节日狂欢等时刻，天性活泼的苏格兰人，吹起风笛，跳起舞蹈，表达自己的喜悦之情。每年 8 月，爱丁堡城堡都举行国际音乐节，优美的风笛吹出一个民族的最强音，奔放的舞蹈展现出苏格人豪爽的性格。

一天晚上，热情的爱丁堡华侨朋友邀请我们到酒吧，品尝苏格兰威士忌。

爱丁堡街头

他说，威士忌是苏格兰的特产，是苏格兰人心目中的“生命之水”。从14世纪以来，苏格兰人一直用它来招待最好的朋友。苏格兰威士忌畅销世界各地，醉倒多少红男绿女，也为英国赚取大量外汇。

“为什么苏格兰的威士忌特别好？”我问道。

他回答说：“每到秋天，苏格兰气温在5℃左右，这对酿造威士忌很有利。此外，苏格兰水质纯净，没有污染，再加上传统的配方独一无二，所以，苏格兰的威士忌味道特别纯正。”

呷一口杯中的威士忌，一缕浓香，沁入心脾，口感确实与众不同。朋友说，威士忌能给人带来灵感，带来快乐。这才是真正的苏格兰。

确实，不仅仅是威士忌，在苏格兰的每一天都是快乐的，每一次呼吸都是新鲜的。零零碎碎的记忆在我的脑海里闪烁，宛如一颗颗美丽的珍珠，我将它们轻轻拾起，串起来，挂在心灵深处。

贝尔法斯特的钟声

北爱尔兰莱恩港

贝尔法斯特是英国北爱尔兰首府，一座现代化的海港城市。在阳光灿烂的秋日，我们从苏格兰凯恩码头，登上一艘混合装载汽车、货物和游客的渡船，横穿北海峡，前往爱尔兰岛。

虽然，北爱尔兰属于英国领土，但由于特殊的原因，安检非常严格，大部分旅客都要打开箱包接受查看。一个警察有礼貌地请我将行李箱再过一次 X 光检测仪，然后开箱检查。他对我带的几盒药品发生兴趣，直到我解释说，这是治疗高血压的药片，才示意我可以走人。

船上设施完善，装饰精美。客舱宽敞，不仅有超市、餐厅，还有电影院、休闲室等。在甲板上可欣赏海上风光。不久，轮船进入大海，水天一色，烟波浩渺。航行两小时后，抵达莱恩港，港口高高的灯塔是“北爱尔兰”的标志。

在 20 世纪 60 年代，我经常在广播中听到“北爱”的消息。那时，这片土地上战火纷飞，硝烟弥漫，两大派别爆发的武装冲突，造成数千人死亡，数万人受伤。

有人把“北爱”说成“悲哀”，把贝尔法斯特称作“悲哀”的“伤心之都”，确实如此，战争曾给“北爱”人民带来巨大的灾难和痛苦。

翻开历史，“北爱”两派的对立由来已久。1801 年，爱尔兰岛被英国合并，成为大英帝国的一部分，许多爱尔兰人不满英国的统治。到了 1921 年 12 月，英国被迫与爱尔兰临时政府签订和约，承认爱尔兰岛南部 26 郡为自由郡，北方 6 郡仍留在英国。于是，英国国名由“大不列颠及爱尔兰联合王国”改为“大不列颠及北爱尔兰联合王国”。但“北爱”信奉天主教的爱尔兰人坚持回归爱尔兰，而信奉基督教的英国移民后裔主张“北爱”留在英国。两派分开聚居，互不往来，唇枪舌战，最终导致暴力事件。1998 年，英国和爱尔兰签署了《北爱和平协议》，两派的斗争才渐渐平息。

贝尔法斯特

如今，这段悲哀的历史已经过去，当大巴抵达贝尔法斯特市中心时，古老的市政厅沐浴在金色的阳光下，洋溢着祥和欢乐的气象。我们参观了在动乱年代修建的隔离墙，现在叫“和平墙”。这是当年英国政府在相互仇视的“天主教”和“基督教”群众之间修筑的混凝土围墙，其目的是分离两派，避免冲突。“和平墙”高大巍然，墙壁厚实，全长约15公里。墙上铺着坚固的金属板与带刺的铁丝网，主要用来防范投掷石块与爆炸物，现在，围墙成了“画廊”。两派民众在墙上随意作画，倾诉自己的政治诉求和价值取向，因此被称为“政治壁画”。

我缓慢地走在“和平墙”下，欣赏这些涂鸦之作。壁画内容丰富，形式多样，风格鲜明，生动幽默。其中一幅画有点恐怖，持枪的士兵踩着满地的骷髅，身后是一只带血的鸽子，令人想起那些血肉横飞的岁月，从而感到和平来之不易。还有的壁画虽然具有政治倾向和宗教色彩，但大都表达对民主自由的渴望，具有一定的艺术感染力。

“北爱”之所以被称为“悲哀”，还由于这里是著名的泰坦尼克号的诞生地。

1909年3月31日，泰坦尼克号在贝尔法斯特开工建造，1912年3月31日竣工，当时被称为“世界工业史上的奇迹”。1912年4月10日，泰坦尼克号从英国南安普敦出发，驶向美国纽约，开始了这艘“梦幻客轮”的处女航。4月14日晚11点40分，悲剧发生了，泰坦尼克号撞上冰山，2小时40分钟后船体裂成两半，最后沉没在北大西洋。

来到建造“泰坦尼克号”的哈兰德·沃尔夫造船厂，远远地看到一群巨大的黄色长臂吊车，上面两个英文字母“W”和“H”特别引人注目，这就是造船厂两位创始人名字的开头字母。

我们参观了曾停泊“泰坦尼克号”的船坞。偌大的地方空空如也，屋顶已经生锈，墙壁长满野草，只有呼啸的海风和远处的波涛，仿佛在为“泰坦尼克号”哀鸣哭泣。

不远的广场上矗立着泰坦尼克号纪念馆，建筑外形像一艘在大海中劈波斩浪前行的巨轮，高昂的船头，银色的船身，其6层楼房正好是“泰坦尼克号”的高度。外部嵌镶的3000块铝制板，在阳光的照耀下熠熠发光。正门右边有一块用激光切割而成的实心钢板标志牌，刻着T、I、T、A、N、I、C英文字母，意思是“巨大的、无与伦比的泰坦尼克号”。它的长度正好与“泰坦尼克号”头等舱豪华套房私人走廊的长度一致。

走进泰坦尼克号纪念馆，可以了解“泰坦尼克号”从建造、出海到沉船的每一个细节。同时，在这里还能看到许多历史人物的照片，我惊讶地发现，其中几个人物与电影《泰坦尼克号》的男女演员外貌非常相像，可见电影编导对历史的尊重和还原。

泰坦尼克号纪念馆是在“泰坦尼克号”沉船 100 周年之际，于 2012 年 3 月 31 日由贝尔法斯特市政府出资兴建的，其目的是提高贝尔法斯特在世界上的知名度。现在，这里已成为热门的旅游景点，人们到此参观，不由得回忆起那段尘封的往事，唏嘘不已，感慨万分。

泰坦尼克号纪念馆

在我眼中，贝尔法斯特是一个有故事的城市，犹如一个真正的男人，略带悲伤，却胸怀坦荡。到了巨人堤，又感受到另一个贝尔法斯特。这里有北爱尔兰最著名、最奇妙的自然景观，1986 年被列为“世界自然遗产”，2005 年被列为“英国第四大自然奇观”。

北爱的天气变化无常，抵达巨人堤时，恰逢暴雨，许多游客躲在旅游车内“望雨兴叹”，但我坚持前往。在风雨中艰难地行走半个小时，终于看到前所未见的景色。成千上万的石柱，在山脚下突兀而出，这些岩石呈相同的六角形状，据说有 37000 根，最高的岩石有 70 米，高低错落，层层叠叠，逶迤 8 公里，然后慢慢地消失在海里，堪称大自然鬼斧神工的杰作。

据“语音导航”介绍，巨人堤位于贝尔法斯特北面安特里姆平原边缘的岬角，这些形成于 5000 万年前的玄武岩柱，数千年如一日地屹立在大海之滨。登上巨人堤眺望，海面上波涛汹涌，声如洪钟，岸边峭壁挺立，气势雄伟。

巨人堤还有一个传奇而带有浪漫色彩的故事。

古时，爱尔兰有个巨人叫芬格，力大无比。有一次，他发现对岸苏格兰也有一个巨人，叫麦克。芬格就隔着大海向他喊话，要他过来比试比试。于是，麦克就在海上铺一条路来到爱尔兰。芬格偷偷地看麦克，发现麦克异常强悍，心想自己打不过他，但又不能认输，于是，告诉他妻子，将他打扮成一个小巨人。麦克到了芬格家，芬格妻子说，芬格出去了，给小孩子买东西去了。隔壁传来鼾声，麦克一看，只见一个巨人躺在床上，就问，这是谁？芬格的妻子告诉他说，这是芬格的儿子。麦克大惊，他想，芬格的儿子都这么巨大，芬格肯定力大无比。于是，麦克借故逃脱，再也无心比赛。在逃走的路上，他从山上搬来一块块大石头，放在自己修筑的路上，阻挡芬格前来

巨人堤

议会大厦

挑战，就这样，海边形成了一条巨堤。

巨人堤如何生成是一个谜，但地质专家考证，它是火山运动后的产物。5000 万年前，火山爆发喷出的岩浆遇到海水后冷凝，再加上海底的地层向陆地推移，把沿海陆地压裂，形成一条条近乎六角形的玄武岩柱体，犹如一排排得密密麻麻的梅花桩，随着海潮涨落，在海面时隐时现，蔚为壮观。

在贝尔法斯特期间，我们下榻市中心华美达安可酒店，这里地理位置优越，环境闲适安逸，距离圣安妮大教堂等景点仅数步之遥，旅游、购物都很方便。酒店附近有一座意大利哥特式的钟楼，站在马路旁边，已有点倾斜，人们唤它“比萨斜塔”，这就是阿尔伯特钟楼。据说，这是为了纪念维多利亚女皇的丈夫阿尔伯特王子于 1867 年建造的，至今有将近 150 年的历史。钟楼正面有阿尔伯特王子的坐像。

离开贝尔法斯特的前夜，正好是西方的“万圣节”。那天晚上，大街小巷充满欢乐气氛。商店橱窗成了“鬼屋”，“僵尸”披上华丽时装，“骷髅”戴上漂亮帽子，商家们利用新奇的创意，推销各种商品。人们穿着怪异的衣服在大街上游行，脸上涂满血淋淋的油彩，虽有三分的可怕，却有七分的可爱。人群狂欢，通宵达旦，尖叫声、呐喊声和欢呼声此起彼伏，响彻城市的上空。

早上醒来，忽然听到阿尔伯特钟楼传来一阵洪亮而清脆的钟声。它是那样美妙，那样悦耳，持续了好几分钟，停歇时，仍余音袅袅，在空气中颤动。这时，我想起一位诗人描写钟声的句子："寂静中，传来了钟声。众钟齐鸣……这不绝于耳的钟乐，一如祭礼的圣诗在空中悠悠飘扬。"心中涌上一阵莫名的感动。

贝尔法斯特激动人心的钟声，给古城增添了无限的韵味，又激起人们多少遐想。这是历史的钟声，将我们带到遥远的过去，带到那些充满血与火的年代，更重要的是让我们展望贝尔法斯特的未来，那是一个光辉灿烂的未来。

我默默地为贝尔法斯特祈祷。

贝尔法斯特的古建筑

美哉巴黎

铁塔晨曦

巴黎是美丽的，令人难忘的。

我以为，巴黎美就美在有一种浓郁的文化气息。走在巴黎街头，犹如徜徉在历史的长廊，读着法兰西民族的昨天和今天；又好像置身于艺术的殿堂，欣赏着几个世纪以来人类最杰出的艺术家的创作，使你不能不感叹巴黎文化的源远流长。

我曾和几个法国朋友谈论巴黎的历史。有人说，巴黎的历史是圣母院那苍凉、悠远的钟声；有人说，巴黎的历史是凡尔赛宫广场中央那骑着骏马的路易十四铜像；有人说，巴黎的历史是卢浮宫里那神秘永远的微笑；也有人说，巴黎的历史是拉雪兹神父墓地的"巴黎公社墙"……

的确，在巴黎到处都能寻找到历史的踪迹，在巴黎到处都能感受到文化的氛围。当你穿过巴黎古老的城区，会有许许多多的才情巨擘与你擦肩而过。如果你抬头远望，卢梭、莫里哀、福楼拜、巴尔扎克的纪念碑会出现在你的眼前；如果你搭乘地铁，你会听到经过的车站也以大仲马、伏尔泰、雨果、左拉命名；如果你走进双叟咖啡馆，你会看到萨特正与西蒙在一旁窃窃私语；如果你步入丁香园餐厅，你会遇到海明威正在那里构思他那"迷惘的一代"的代表作《太阳照常升起》……

无论是文学、绘画，还是雕塑、建筑，巴黎留给人类的文化遗产都是如此丰富。我想，从文艺复兴时期走过来的巴黎，本身就是一部完美的杰作，这是其他城市所不能比拟的。每次到巴黎，我总是去凡尔赛宫，去卢浮宫，体验法国的文化和艺术，每次都有新的启发和感悟，因为这两座宫殿从各个角度，将巴黎的建筑之美、装饰之美和自然之美展现得淋漓尽致。

凡尔赛宫是法国历史上辉煌的一页，人称“法兰西文化的骄傲”“艺术的峰顶”。从外表看，所有的宫殿不过四五层高，且有些陈旧，似乎平淡无奇，但走进这座宫殿，不由得得被其豪华的装饰和奢靡的氛围所震慑。宫内大大小小的厅、室、殿、堂500多间，风格各异，堪称欧洲各国宫廷的典范。

皇家教堂以天然大理石的色彩美，让人感觉满屋生辉。地面的石材绚丽多彩，好像一张五彩的地毯。四周一根根大理石圆柱，洁白明亮，给人以圣洁的感觉。

凡尔赛宫

拱顶上的大理石拼花图案，美轮美奂。整个教堂的色彩配搭得十分和谐。

镜廊则以光和影为特色。无论是 17 扇巨大的拱形窗门，还是与之对称的 17 面大镜子，无论是雕刻着古代天神的壁龛，还是托起高大烛台的女子镀金雕像，都显得雍容华贵，金碧辉煌。每当阳光透射屋内，镜面映出花园里的蓝天白云、绿树红花，流光溢彩，充满诗情画意。

来到凡尔赛的花园，绚丽的花坛、如茵的草地、清澈的水池和别致的喷泉，错落有致，其间散落许多造型生动的雕塑。最令人神往的是阿波罗水池。池中的一组群雕简直呼之欲出，正中的阿波罗神正乘着一辆四马战车跃出水面，几个海妖手持海螺，用力地吹，宣告阿波罗的降临。这组群雕在喷涌的泉水的映衬下，充满了动感和美感，生动地塑造了阿波罗英姿勃发的形象。

凡尔赛宫广场中央矗立着一尊路易十四的青铜塑像。他跃马横戈，冷冷地面对四面八方的游客，仿佛在炫耀自己昔日的辉煌。许多游客在塑像前拍照留影，对此，我不屑一顾。我想，凡尔赛宫是一代又一代能工巧匠们心血和智慧的结晶，是成千上万劳动人民的杰作，真正的辉煌应属于他们。

卢浮宫

坐落在巴黎市中心的卢浮宫是世界上最著名、最浩大的艺术宝库之一，是举世瞩目的艺术殿堂。卢浮宫珍藏的艺术品有 40 万件，从古希腊、古埃及的雕塑到 19 世纪各国名贵的绘画，都是稀世之宝。因此，有人说卢浮宫是一座“金色的监狱”，谁要是盗走里面的任何一件艺术品都要终生服刑。

维纳斯雕像是世人熟知的艺术品。有幸站在这尊公元前 2 世纪的半裸的女神雕像前，我的心情格外激动。据介绍，维纳斯雕像已在大地的怀抱里沉睡了几千年，1820 年被希腊米洛岛上一个农民偶然发现，法国人以巨金购得，并献给法国国王。

在罗马神话中，维纳斯是美与爱的化身。这座维纳斯雕像由一块半透明的白云石雕成，造型典雅，神态庄重，线条流畅，极富魅力。初看，雕像微微有些倾斜，好像倚靠什么似的。仔细品味，这种处理手法恰到好处，增加了她的曲线美和动态美。遗憾的是，雕像出土时已失去了双臂。运到巴黎时，许多雕塑家费尽心机，想弥补这一缺陷。他们对维纳斯两只手的动作进行种种设计，然而始终没有一个令人满意的效果，最后只得放弃这个念头，保持原状。

卢浮宫维纳斯雕像

同维纳斯齐名的胜利女神雕像，也是 1863 年在爱琴海的萨莫特拉斯出土的文物，她的头部和双臂已残缺，虽然人们看不到她秀丽的容颜，但她昂首挺胸、迎风展翅的形象给人以无穷的遐思和美感。据考证，这尊雕像是公元前 190 年一位天才雕塑家为纪念希腊第米特尼尔斯 · 波里奥斯特将军战胜托勒密舰队而作。胜利女神身披纱衣，挺立在战舰上，海风将她那单薄的衣衫吹得紧紧贴在身上，健美的躯体得到绝妙的展示，连衣服上的皱褶都十分清楚。专家认为，

塞纳河畔

她是已知雕像中表现热情奔放与动态的最完美的作品。

意大利文艺复兴时期的艺术大师达·芬奇的《蒙娜丽莎》，是卢浮宫收藏的绘画作品中的佼佼者。这幅高3尺、宽2尺的油画，是达·芬奇花了4年时间创作完成的。当我在卢浮宫二楼展厅中看到它时，发现它不是挂在墙上，而是嵌入墙内，外面还罩上玻璃，用栏杆围住，显然是采取了特别的保护措施。

蒙娜丽莎的原型是谁？有人说是贵夫人，有人说是达·芬奇的情人，也有人说是达·芬奇的母亲，莫衷一是。我想这并不重要。这幅画之所以具有巨大的魅力，是因为达·芬奇捕捉了蒙娜丽莎刚刚开始微笑的一瞬间，描绘出人物难以名状的美，揭示了她丰富而微妙的内心世界。不管你从哪个角度审视，她那深沉的眼睛总是对你微笑。因此，蒙娜丽莎的微笑被后人

协和广场

称为“永恒的微笑”。据说，达·芬奇本人非常喜欢这幅画，1516年，他应邀到法国，随身带上了这幅画。后来，在法国国王弗朗索瓦一世再三请求下，才把这幅作品送给法国君主。1911年，《蒙娜丽莎》曾被盗走，两年后在佛罗伦萨被追回。

巴黎歌剧院

法国大文豪雨果说过：“耶路撒冷是真实的城市，雅典是美，罗马是伟大。而巴黎，则是这三个城市的总和。”在巴黎的耳闻目睹，我体会到这句话的深刻含义。确实，巴黎实在太美了。这是一种具有历史纵深感的美，又是一种具有文化神秘感的美。每个到巴黎的人之所以流连忘返，是因为巴黎在古老中不乏新意，在陈旧中蕴含创造。

美哉，巴黎。

寻访巴黎的名人墓地

年轻时，我特别喜欢法国文学。我曾随巴尔扎克的《人间喜剧》走进巴黎上层社会及贵族夫人们的沙龙，我曾随莫泊桑在香榭丽舍大道上漫步，我曾随左拉去了解巴黎下层社会的贫困生活，我曾随巴比塞来到《火线》，体验帝国主义战争的罪恶……浪漫主义诗人缪塞曾给我创作的灵感，戏剧家莫里哀的作品曾给我深沉的思考，小说家都德的《最后一课》曾使我流泪，“意识流小说的鼻祖”普鲁斯特的《追忆逝水年华》曾使我迷惘……

来到巴黎，我就迫不及待地打听这些作家、诗人的遗迹。听说他们中间许多人长眠在拉雪兹神父墓地，我便搭乘地铁 2 号线，来到位于巴黎 20 区的这个著名的墓地。

拉雪兹神父公墓

拉雪兹神父是法国国王路易十四的宗教顾问和忏悔师，生于 1624 年。他曾多次到巴黎 20 区考察，规划建造墓地。1682 年，墓园落成，并以他的名字命名。几百年来，墓地的面积扩展到 50 公顷，先后埋葬 100 多万名死者的遗骸，其中有为数不少的社会名流。

墓地的入口朴实无华，大门两侧装饰着花环和蜡烛。中间门楣上有五个花环图案。与其说是墓地，倒不如说是公园。这里栽种了 10000 多棵树木，绿树环抱，鲜花吐艳，大路小径，纵横交错，其间还点缀着水池、草坪、广场，排列井然有序，环境宁静清幽。墓地分为 97 个区，如果手中持有一张导游图，寻找名人们的墓园就十分容易了。

空旷而静谧的公墓里，游人稀少，我小心翼翼地放慢脚步，生怕惊扰了墓下的魂灵。守墓者告诉我，魂灵不仅有知，还有性情和喜恶。

我首先来到巴尔扎克墓前。他的墓在 48 区。主人生前不喜欢被人打扰，死后也静静地躺在一个僻静的角落。墓呈方形，正中的石墩上耸立着他的雕塑，还刻着他的生卒年月。这位不知疲倦的作家，一生留下由 97 部小说组成的《人间喜剧》。此刻，难道他还在构思新的作品？巴尔扎克墓前摆满鲜花，这是来自世界各地的游客怀着相同的感情献上的一份思念。

离巴尔扎克墓地不远，我找到了戏剧大师莫里哀和寓言诗人拉封丹的墓。据说，他俩于 1817 年同时迁葬于此，永远相毗为邻。莫里哀以“笑”为武器，

巴黎郊外景色

鞭挞黑暗的社会，留下了《悭吝人》等30余部剧作；拉封丹借动物寓言，揭露贪婪者的嘴脸，表达对人民的同情。他们都是幽默大师，讽刺专家。他们的墓极为简陋，由于受风雨侵袭，墓穴已破残，四周围着栅栏加以保护。

普鲁斯特的墓在偏僻的一隅。他自幼得了一种昏厥病。1909年，在病情加重期间，他奋笔疾书，完成了约300万字的《追忆逝水年华》。他英年早逝，仅活了51个春秋。如今，他长眠在黑色的大理石墓碑下面，他的著作却震动西方文坛。

沿着弯曲的小径，我又找到巴比塞的墓。他的墓碑像他的作品一样朴实无华。望着他干瘦的雕像，我似乎听到他的声音：“我看得太深了，我看见太多了。”是的，他看到了剥削制度是一切罪恶的根源，他看到了人民的力量无比强大，因此，他曾受到俄国革命导师列宁的称赞。

诗人缪塞的墓在大门的左侧。墓前有他的大理石头像，头像下面刻着他的代表作《露西》中的六行诗：

缪塞墓

各位好朋友，我死以后，
请在墓地上栽棵柳树。
我爱柳丝的淡淡哀愁，
苍白的柳丝为我飘拂。
我将长眠的这片泥土，
有柳丝撒落，又轻又柔。

缪塞是法国浪漫主义作家，出身贵族。早期受雨果影响，曾加入浪漫主义文学团体。缪塞的诗热情洋溢，想象丰富，他比其他浪漫主义诗人更注重诗句的形式美、语言美、形象美和音韵美。他是19世纪法国浪漫主义的四大诗人之一。缪塞于1857年去世，年仅47岁。缪塞生前喜欢柳树，但他的墓前墓后并没有柳树。据说是屡栽屡毁。如果缪塞在地下有知，不知会有怎样的感慨？

每座墓风格各异，或俭朴，或典雅，有的装饰着雕塑和喷泉，有的只简单刻着姓名。无论怎样，这里是他们魂灵与精神归属的家园。一些墓地上摆满鲜花，那是人们来凭吊的纪念。另一些墓地却空空如也。哥白尼曾说，一颗星辰陨落了很久，仍能感受到他的光辉。确实如此。

在拉雪兹神父墓地，我还瞻仰了都德的墓，我始终忘不了他笔下的韩麦尔先生的形象。在音乐家肖邦墓前，那个怀抱着小提琴，沉浸在忧伤中的少女雕像，寄托着人们对天才大师的惋惜和哀悼。但是，我并没有找到莫泊桑、左拉、雨果的墓地，只得带着遗憾踏上归程。

肖邦墓

后来，法国朋友告诉我说，莫泊桑长眠在蒙巴那斯公墓，左拉和雨果都安葬在先贤祠，那是人民给予他们更高的荣誉。

寻找名人的遗踪，还可以参观博物馆。据说，巴黎有80多家博物馆，200多个艺术大厅，流连这些艺术天地，真有如沐春风的感觉。我到过塞纳河畔的奥赛博物馆，这里集中了1848年至1914年的绘画和雕塑作品，共有4000多件。在这里，人们可以看到法国各个流派的代表作，如现实主义、浪漫主义、古典主义、折衷主义、象征主义等画派的作品以及以塞尚、马内、德加等为代表的印象派作品，艺术珍品之多，令人目不暇接。此外，以罗丹、雨果等著名艺术家或文学家命名的博物馆，也吸引了众多的参观者。在国内，我曾在照片上见过罗丹的雕刻名作《沉思者》。这次，在罗丹博物馆里观赏到原作，我不由得感到惊讶和震动。在罗丹的手指下，石头有了生命，有了灵气，

在奥赛博物馆参观的孩子们

有了激情。这“沉思者”左手抱膝，右手支着下巴，俯首做永恒的沉思。那强健的筋肉，那凝神的姿态，远非照片所能够表达的。

罗丹是法国现实主义雕刻大师，他的作品以人物为主，运用雕刻艺术表现人类躯体的线条美、动态美，通过脸部的表情，揭示人物内心的喜怒哀乐。他的《沉思者》于 1906 年 4 月 21 日在象征着法国创造精神的先贤祠举行了隆重的揭幕典礼，可见罗丹的作品受到社会的公认。

马赛的传奇小岛

法国马赛港西南约2000米的地中海上，有一个与世隔绝又充满神秘色彩的传奇小岛，这就是大仲马的小说《基督山伯爵》中写到的伊夫岛。这是马赛最小的岛，长不过300米，宽只有180米，以前一直无人居住。

伊夫岛上有一座古堡，本来并不出名，自从1844年大仲马的《基督山伯爵》问世后，声名远播，引来无数好奇的目光。尽管评论家再三强调，基督山伯爵是一个虚构的人物，但很多读者仍对大仲马笔下的故事笃信无疑。不少人甚至远渡重洋来到马赛，为的是看看基督山伯爵曾经被囚禁的监狱。

到马赛后，我也迫不及待地踏上了去伊夫岛的旅程。

伊夫岛古堡

去伊夫岛确实方便，每隔40分钟，就有渡轮往返其间，供游人访古探幽，来回船票需10欧元。轮船离开码头不到20分钟，在甲板上就能看到湛蓝色的海面上横卧着一个荒凉的小岛，这便是大名鼎鼎的伊夫岛。

此刻，我不由得得想起《基督山伯爵》中讲述的那个惊心动魄的故事：青年水手爱德蒙·邓蒂斯被人诬陷，遭到逮捕，被关押在伊夫岛古堡。为了逃出这人间地狱，他偷偷地在牢房里挖了一条地道，希望最终能通向大海。出乎意料的是，在他挖地道的同时，囚禁在城堡另一个牢房里的法利亚长老也在干同样的事。他们在地道里不期而遇。后来，在法利亚长老的帮助下，爱德蒙·邓蒂斯成功地逃离，终于找到了法利亚在临终时告诉他“沉睡在大地怀抱里”的那一大笔金银财宝。于是，他花钱买了一个伯爵爵位，摇身一变，成为基督山伯爵，并策划对曾经陷害他的人进行报复……

囚禁过基督山伯爵的牢房

一声汽笛打破了我的沉思，伊夫岛已近在咫尺。凝神细看，这是一个石灰岩的小岛，四周全是峭壁，似刀削，似斧劈，直插进海里。悬崖上耸立着一座由三个塔楼组成的城堡，堡垒上有一排炮眼，阴森森的，让人恐惧。难怪《基督山伯爵》中写到邓蒂斯初次看到它时，“就像一个被判死刑的囚犯看到了断头台一样”。

导游小姐向我们介绍，伊夫岛古堡的历史可追溯到1519年。当时，为了抵御邻国从海上入侵，法国国王弗朗索瓦一世下令在马赛海上要道修筑城堡，并安置大炮，驻守士兵。1634年，伊夫岛古堡成为关押新教徒与政治犯的监狱。几百年来，先后囚禁过3000多人。1953年，法国政府将其列为国家历史文物保护单位，开始向游人开放。

船靠了岸，我们通过一座木制吊桥进入古堡。这是唯一的通道，真有“一夫当关，万夫莫开”的气势。城堡中央有一个天井，高高的石壁四面环绕，抬头只能见到方形的天空。地面有几条引水沟，据说下雨时，雨水沿着水沟流入深井，作为岛上的储备用水。天井四周有石阶连通，石阶两旁排列着数十间牢房，分三层，每个牢房的门梁上挂着一个牌子，上面写着被关押犯人的姓名。

我们来到左侧一间写着“爱德蒙·邓蒂斯”名字的牢房，这就是当年关押基督山伯爵的地方，里面又窄又小，潮湿阴暗，距地面大约一尺高的地方，有一个可容单身通过的洞，这大概是邓蒂斯挖的秘密地道。斜对面挂着写有“法利亚神父，1811 年”的牌子，这间 6 平方米左右的小屋，四壁空荡荡的，只有一边墙上有一个装着铁栅栏的窗洞。很难想象，在这样恶劣的环境里，法利亚长老是怎样度过 18 年铁窗生涯的。

古堡内还有一个集体牢房，如今改建成伊夫堡的展厅，墙面上一些手工制作的图形和雕刻，是狱友们的“杰作”，谁也看不懂其中的含义，但可以肯定，这是囚徒们的无声控诉。

古堡的东南角有厨房和粮仓，西北角是一个坟地。当年，邓蒂斯就是佯装死去，被塞入尸体袋，从这里的悬崖峭壁被抛入大海。令人不解的是：悬崖离海面至少有十几米，一个被捆在袋里的人怎么能挣脱出来，从大海里逃生？其实，伊夫岛风高浪急，防守极为严密，犯人要从这里逃脱，简直不可能。

然而，没有人对这些细节提出质疑。游客们依然固执、一厢情愿地相信《基督山伯爵》中描写的每一个情节。有人还特意从小摊上买来印着爱德蒙·邓蒂斯基督山伯爵头像的 T 恤穿上，胸前赫然写着一行“我在伊夫岛关押了十四年”的大字。

站在古堡顶部眺望，四周是茫茫的大海，马赛的喧嚣和市井的繁华悄然远去，我的脑海里满是囚徒们的身影，耳边仿佛响起他们的呐喊声和悲泣声。岁月早已湮没在长满青苔和藤蔓的砖墙里，会不会再出现一个类似基督山伯爵的复仇者，谁也说不清。

岛上有许多购买纪念品的地方。不仅仅是 T 恤，还有不同文字、不同版本的《基督山伯爵》小说、装帧精美的连环画以及各式各样的明信片、邮票……不过，所有的纪念品都离不开基督山伯爵这个大名鼎鼎的人物。

圣母守望院内景

从伊夫岛出来，我们还参观了圣母守望院。导游介绍说，圣母守望院建在马赛最高的阿斯纳尔地区山顶上，海拔150多米。无论站在马赛的哪个地方，抬头一望，就可以看到金光闪闪的圣母塑像。因此，这里既是马赛的制高点，也是马赛人的精神支柱。

汽车沿着弯曲的道路盘旋而上，不久就到了圣母守望院的停车场。在导游带领下，我们穿过铁栅栏，一步一步继续向上攀登。

这是一座建于1148年的罗马拜占庭式的建筑，白色的外墙给人圣洁的感觉。塔楼顶上站立的圣母玛利亚，端庄慈祥，雍容大方，她手抱圣子，深情的目光注视着大海，默默地为航海的人们祈求平安。

登上守望院平台，游目骋怀，心情舒畅。蔚蓝色的地中海在夕阳下闪着金光，海面上万吨巨轮隐约可见，附近的岛屿星罗棋布。导游告诉我们，那狭长的灰白岛屿，就是我们刚刚去过的伊夫岛。在平台的另一侧，密密麻麻的高楼掩映在绿树丛中，红顶白墙，色彩绚丽。护栏边上专门架设了一台望远镜，还有一幅有经纬标识的地图，帮助游客辨别方向，寻找景点。

马赛港

在马赛的参观是短暂的，游览的景点也不多，但它留给我的印象和启发却难以忘怀。我想，如果没有基督山伯爵，伊夫岛古堡也许很少有人光顾。一部小说，改变了一个小岛的命运，这正是文学家的伟大创造。

走近柏林墙

柏林墙

在中国人民抗日战争暨世界反法西斯战争胜利 70 周年之际，我正在德国柏林。当天，我特意到“柏林墙”参观，缅怀“二战”那一段历史，看看这堵 1961 年 8 月 13 日开始修建，1989 年 11 月 9 日被推倒的墙，给世界带来怎样的影响，又给人们生活带来哪些变化。

柏林墙是德国分裂和冷战时期的标志性建筑。据资料介绍，这堵墙长 150 多千米，高 3 米，沿途设有 300 多个观察塔、22 个地堡，截断了柏林 97 条大街。28 年来，有数百人在企图越墙逃亡时，被边防部队击毙。柏林墙就是一种奇特的政治现象和地理现象的产物。

如今，这堵曾经隔断东、西柏林的围墙早已倒塌，德国实现了统一，正如德国总理默克尔所说：“这一事件向全世界昭示，梦想是可以实现的。”为了让后代铭记历史，仍有一段长约 800 米的围墙作为文物被完整地保留下来，供游客们瞻仰。

现在，柏林墙静静地站在那里，无声地诉说着那段历史。墙上全是艺术家们创作的政治漫画，五彩斑斓，有的严谨，有的风趣，有的含蓄，有的幽默，其中两位政治人物拥抱接吻的巨大头像，意味深长中带有几分滑稽，令人忍俊不禁。世界上的事物总是充满变化，分裂可以统一，离散可以团聚，干戈可以化为玉帛，仇恨可以随着时间的推移而消除，正如鲁迅在《题三义塔》诗中所写：

“度尽劫波兄弟在，相逢一笑泯恩仇。”

紧靠柏林墙的是施普雷河。如今，硝烟早已散去，河水依旧平稳地流淌，两岸风光明媚，一群鸽子在蓝天上自由地飞翔。柏林墙对面宽广的草坪上花团锦簇，在一只硕大的卡通熊周围，许多孩子在阳光下嬉戏。

柏林墙旁边有几个卖纪念品的小摊，有描写“二战”的书，还有图片、画册、地图等。一个留着长发的德国男子向我兜售一块砖片，他郑重其事地告诉我，这是用柏林墙拆下来的砖头制作而成的，具有非凡的意义。捧着这沉甸甸的砖片，真有一种历史的沧桑感和沉重感。政治本来不是商品，然而，也被人们当作商品在出卖。

勃兰登堡门是德国历史的见证者。1961 年，柏林墙建起之后，它成了分裂的标志。1989 年柏林墙倒塌之后，它又成为德国统一的象征。这座建筑是在公元 1735 年，普鲁士国王腓特烈 · 威廉一世定都柏林时修筑的，以“勃兰登”命名。1788 年，威廉二世统一德意志帝国后重建。当时，设计师为此门顶端设计了一组青铜装饰雕像：4 匹飞驰的骏马拉着一辆双轮战车，战车上站着一位张开双翅的女神。她左手拉着缰绳，右手执着饰有月桂花环的权杖，一只展翅欲飞的普鲁士飞鹰昂立其上。

当年，苏联红军穿过勃兰登堡门进入柏林，攻克了希特勒的地堡和德国国会大厦，宣告了德意志第三帝国的灭亡。当苏联士兵在勃兰登堡门女神像上撑起红色旗帜的时候，德国士兵用大炮轰击，女神雕像受到严重损毁，仅剩下一只马头，如今保存在柏林市博物馆的展览

勃兰登堡门

苏联红军纪念园

厅内。现今勃兰登堡门上的雕像是“二战”后重新铸造的。

勃兰登堡门气势轩昂，威武雄壮。6 根高达 14 米的罗马柱巍然耸立，门内有 5 条通道，中间最为宽敞的通道专供王公国戚行走，通道之间用巨石隔开。两侧的墙壁上镶嵌着 20 幅描绘古希腊神话中大力神海格拉英雄事迹的大理石浮雕。

六月七日大街的少女雕像

穿过勃兰登堡门，来到著名的六月七日大街，这里原是西柏林的地带。一座少女雕塑引起我的注意。她面朝东柏林的方向，双手托着脸部，做用力呼喊的动作。她在喊什么？陪同参观的朋友看出我的疑惑，告诉我说，这个雕塑是在柏林墙尚未拆除前完成的，少女似乎向东柏林的同胞高喊：你们快快过来吧，西柏林期待你们的到来。

令人惊讶的是六月七日大街居然有一座苏联红军纪念园。据介绍，在第二次世界大战最后攻克柏林的战役中，有13600名苏联红军官兵牺牲。当时的联邦德国政府尊重历史，为苏联红军建造了纪念园，并一直加以维护。纪念园主体部分是一条半圆形的长廊。中间是苏联红军持枪的塑像，下方镌刻着碑文，摆放着花圈，两旁是坦克和大炮的雕塑。我们怀着崇敬的心情，拍照留影，以纪念“二战”结束后的和平时光。

六月七日大街的尽头是“自由女神”圆柱，也是柏林的经典建筑。这座圆柱建于1865年至1883年，顶端有一尊8米高的自由女神镀金像。圆柱内部设有旋转楼梯，共285级。登上顶层，柏林全城的风光尽收眼底。在圆柱四周的绿树丛中，点缀着三位名人的雕像，他们分别是德意志第一帝国的三位功臣：首相俾斯麦、陆军大臣陆恩和参谋长毛奇。作为民族英雄，他们夜以继日地守护着柏林的“自由女神”。

自由女神雕像

参观柏林墙归来，经过为纪念“二战”期间被屠杀的600万犹太人而建的波茨坦广场。广场地面上排列着几百块大小不一的长方形水泥砌块，像墓碑，又像石棺。在萧瑟的冬日里，伫立在寒风中，面对冰冷的场景，我们的心更加悲凉，充满对纳粹的愤怒。

历史不能忘记，和平必须珍惜。

感受德国音乐

记得中学时代，我聆听贝多芬的《月光》，仿佛走进如诗如画的境界。高中毕业后，我没能考取大学，在迷惘沉沦之际，贝多芬的《命运交响曲》又给我无穷的勇气和力量，重新唤起我对生活的信心。此后，我对这位自强不息的音乐家产生一种无限敬佩的感情，一直想到他的遗像前献上一束鲜花。

贝多芬故居坐落在波恩市中心。这是一幢18世纪的楼房，在四周高楼大厦的映衬下，显得有些寒碜。1770年，贝多芬出生在这里，生活到22岁。1889年，他的故居被辟为纪念馆，正式对外开放。1930年，在纪念馆前建造了贝多芬的雕像。

贝多芬故居

走进大门，感到贝多芬故居既窄小，又陈旧。上楼时，地板不时发出“吱吱”的声响，房屋也低矮、昏暗。如果这幢楼房不是和一个伟大的名字连在一起，恐怕早就不复存在。如今，人们从四面八方来到这里，怀着虔诚的心，轻轻地进出每一个房间，仔细地观看每一件陈列品，从中寻找这位音乐家成长的足迹。

我依次参观了贝多芬出生的房间以及会客室、练琴室……从3岁开始，他就学习钢琴，7岁能出场演奏，10岁学会作曲，被誉为“音乐神童”。然而，命运之神并没有给这位音乐天才带来幸福。他一生坎坷，备受磨难。26岁时耳聋，到晚年完全失去听觉。他没有结婚，孑然一身，寂寞孤单。面对不幸的遭遇，贝多芬没有屈服，他以惊人的毅力，创作了大量的乐曲，用音乐奉献社会，奉献人类。在当时封建复辟的社会里，一切进步思想均遭到禁锢，贝多芬却坚守“自由、平等”的信念，为理想振臂呐喊。他的《第九交响曲》以磅礴的气势、高昂的旋律，激励了多少热血志士为追求光明而终生奋斗。

站在贝多芬弹过的钢琴面前，我不由得感慨万千。这是极为普通的乐器，和当今舞台上气派豪华的钢琴相比，显得简陋而陈旧。但是，贝多芬就用它奏出一曲又一曲不朽的乐章。此刻，那慷慨激昂的乐声，仿佛还在这低矮的楼房回荡……

纪念馆里陈列着许多珍贵文物。一份贝多芬的遗嘱，吸引了不少参观者。这份遗嘱是他逝世后才被发现的，集中体现了贝多芬不屈不挠的斗争精神和向命运挑战的坚强决心。此外，贝多芬的手稿也引人瞩目。虽然，我不懂这些蝌蚪似的音符，但我相信，这跳动的音符就像贝多芬跳动的心，充满了朝气和活力。

前来瞻仰贝多芬故居的人络绎不绝，有年逾古稀的老人，也有天真烂漫的孩子。人们的国籍不同，肤色不同，年龄不同，语言不同，可是对贝多芬的热爱和崇敬则是相同的。音乐没有国界。

有人问我说，贝多芬和同时代的音乐家莫扎特孰高孰低？我想，他们都是音乐大师，没有高低之分，就像牛顿和爱因斯坦。莫扎特的作品像行云流水，像潺潺小溪，而贝多芬的作品激情澎湃，像波澜壮阔的大海。我对他们都很崇拜。我认为，凡是天才，没有可比性，因为每个天才艺术家都有独到的地方，否则就不是“天才”了。

从纪念馆出来，我在贝多芬的雕像前肃立。虽然，我未能向贝多芬献上一束鲜花，但我能献上一份真诚、一份思念和一份敬仰……

和波恩一样，德国到处充满浓郁的音乐气息。无论繁华的街头，或者宁静的广场，随处可见三五成群的音乐家在献艺。那美妙的乐曲随风飘荡，如醉如痴，吸引了许多观众。

一天，路过柏林市中心广场，一阵钢琴声在耳边响起。那乐曲节奏多变，时而如万马奔腾，高亢激昂，时而如白云飞卷，舒缓悠扬。我挤进人群，只见芳草如茵的绿地上放着一架白色的钢琴，一位身穿红色长裙的少女正在聚精会神地演奏。她的纤纤十指在键盘上灵活地移动；她的表情十分丰富：一会儿紧蹙双眉，似乎有无限的哀愁，一会儿荡开笑靥，好像在倾诉无限的喜悦；她的身子随着音乐节拍不停地晃动，沉浸在音乐的意境之中。四周行人纷纷驻足聆听，向她投来惊羡的目光。听众中有鹤发童颜的老人，有推着婴儿车的妇女，有抱着小孩的男士，大家都是那样专注，那样入神，完全被这动人的音乐所感染。

露天音乐会

这时，站在我身旁的两位黑眼睛、黑头发的姑娘引起我的注意，她们正在用汉语轻轻地交谈。

“你们也是中国人？”我惊喜地问道。

“是的。”她们中间一位点头说，“我们来自台湾，在柏林大学读书。”

“你们爱好音乐？”我又问。

“当然。我最喜欢这首贝多芬的《致爱丽丝》。”另一位披着长头发的姑娘抢着答话。

哦，我明白了，原来刚才演奏的是贝多芬的名曲，怪不得那样耳熟。这两位台湾女学生告诉我，德国是音乐之乡，从巴赫到贝多芬，从亨德尔到瓦格纳，世界上没有哪个国家能造就如此众多的音乐天才。德国人把音乐当作生活中不可缺少的一部分，全国参加音乐协会的人数达260万，每年要举办100多次音乐节、音乐周。在她们的德国同学中，有三分之二的人会演奏乐器，德国青少年听音乐的兴趣远远超过看电视，激光唱盘和录音磁带甚为畅销。她们还说，这些活跃在街头的音乐家，就是德国音乐文化的一种表现形式，德国音乐的魅力是无穷无尽的。

街头乐队

一阵掌声打断了我们的谈话。这时，一位戴着格子呢帽子的中年男子已端坐在钢琴前，开始演奏另一首曲子。热情的观众欢呼雀跃，有的还在一旁手舞足蹈起来。

音乐铺天盖地而来，充盈着我的胸膛，牵引着我的思绪，我的心穿过茫茫的晴空，飞向森林，飞向草地，飞向田野，飞向那遥远的地方。

和两位姑娘话别后，我仍然陶醉在音乐的氛围里。我到过法国等西欧国家，相比之下，虽然德国的建筑、绘画艺术比不上法国，但法国的音乐远比德国逊色。也许优美的环境、如画的山川赋予德国人音乐灵感，大自然的天籁之韵孕育了无数音乐骄子，从而使德国的音乐在世界上享有崇高的声誉。

当我离开德国的时候，特地到书店买了一盒音乐磁带，那是一组名叫《德意志，美丽的家园》的交响乐，直到如今，这乐曲常常伴我度过一个个不眠之夜。

莱茵河

德国莱茵河之旅

几次去欧洲，几度与莱茵河相遇。在瑞士的巴塞尔，在奥地利的布雷根茨，在法国的斯特拉斯堡，在荷兰的鹿特丹，我都见过莱茵河婀娜多姿的身影。

莱茵河是欧洲一条著名的国际河流，她从瑞士境内的阿尔卑斯山走来，一路波涛，一路风尘，走过列支敦士登、奥地利、法国，来到德国的土地，又向北直奔荷兰，在鹿特丹附近投入大海的怀抱，全长1232公里。莱茵河两岸有星罗棋布的名胜古迹，也有浪漫哀怨的故事和传说。

莱茵河在德国境内总长588公里，是德国最长的河流，流域面积占德国总面积的40%。早在公元前，古日耳曼人就在莱茵河沿岸繁衍生息，德国人把莱茵河称为“父亲河”，它不仅孕育了德意志民族，而且创造了德意志光辉灿烂的文化。

10年前，德国华裔刘淮生陪我到圣戈阿尔豪森，沿着莱茵河，先后游览了威斯巴登、波恩和科隆。那次难忘的“莱茵河之旅”，我至今记忆犹新。

刘先生是我的好朋友，当时在《华商报》当编辑。他说，德国人对莱茵河情有独钟，引以为傲，因为莱茵河的精华部分就在德国境内。在他的带领下，我们首先来到莱茵河畔的胜景罗蕾莱山。

罗蕾莱山有一个美丽的传说。

很久以前，莱茵河畔有一位名叫罗蕾莱的少女。她披着金色的头发，穿一件白色的长裙，出没于莱茵河的群峰之间，船夫们时常在云雾中看到她若隐若现的倩影。早晨，她坐在石崖上，对着太阳梳妆；傍晚，她来到河边，一边沐浴，一边唱歌。她的歌声甜美而动人，那些在莱茵河上驾舟的船夫常常陶醉在她的歌声里，以致触礁沉船，葬身河底。为此，罗蕾莱深感不安，于是，她化为一座山峰，为人们指点迷津。人们在危急时，只要对着山峰呼唤一声，便能听到她的回声，随后就能化险为夷。后来，德国大诗人海涅将这一传说写成诗歌：

莱茵河畔

不知道什么缘故，
我是这样的悲哀。
一个古代的童话，
我总是不能忘怀。

天色晚，空气清凉，
莱茵河静静地流。
落日的光辉，
照耀着山头。

那最美丽的少女，
坐在上面，神采焕发。
金黄的首饰闪烁，

她梳理金黄的头发。

她用金黄的梳子梳，
还唱着一支歌曲。
这歌曲的声调，
有迷人的魅力。

小船上的船夫，
感到狂想的痛苦。
他不看水里的暗礁，
却只是仰望高处。

我知道，最后波浪，
吞没了船夫和小船。
罗蕾莱用她的歌唱，
造下了这场灾难。

罗蕾莱塑像

在海涅的笔下，罗蕾莱的美貌是那么摄人心魄，罗蕾莱的歌声又是那么甜美迷人，这动人的故事打动我的心弦。

我们下船来到罗蕾莱山下，沿着蜿蜒曲折的河岸，寻觅这位美丽的金发女郎的踪迹。罗蕾莱峰高

132 米，陡峭挺拔，宛如亭亭玉立的少女，脉脉含情地凝望着莱茵河。两旁峰峦叠翠，林壑幽深，山上栽种着一排排果树。据说，这里气候湿润，土地肥沃，农业发达，尤其以葡萄种植业闻名，沿岸的葡萄园绵延数里，被誉为德国的“葡萄之路”。 如今，河畔仍然屹立着长发及腰的罗蕾莱的雕像，海涅的神来之笔把罗蕾莱塑造成莱茵河浪漫的象征。

我对着山峰大声呼喊：“罗——蕾——莱——”

空旷的河面上传来阵阵回声，却不见人的踪影。抬头远望，一只老鹰在寂寥的山头盘旋着，还有一面黑、红、黄三色组成的德国国旗在风中飘动。

在绿树丛中，我们参观了几座古堡和塔楼。刘先生介绍，莱茵河还是欧洲的古战场。当年普法战争期间，德国人曾在河边的堡垒屯兵；第二次世界大战时，盟军也是沿着莱茵河进攻德国本土的。然而，除遗留下来的这些残损古堡外，又从哪里寻觅当年鏖战的踪迹呢？

这是一个晴朗的夏日，和煦的阳光照在莱茵河上，湛蓝的河水闪闪烁烁，泛着金色的涟漪。两岸的青山绿树倒映在河面上，动荡不定。

在威斯巴登，我们参观了集市教堂。这教堂高 98 米，全部由红色砂岩砌成，

波恩老市政厅广场

其间点缀着白色的饰纹和浮雕，它是威斯巴登最高的建筑。

我们乘车由威斯巴登前往波恩。车窗外掠过碧绿的田野、青翠的山坡、美丽的果园、明亮的湖泊，间或有一幢幢红瓦白墙的房屋点缀在绿海之间，在阳光下变幻着耀眼的色彩。

波恩是一座美丽的城市，到处是遮天蔽日的树林、柔软湿润的草地和诗情画意的田野。刘先生介绍，威斯巴登到波恩仅100公里。波恩原来是德国的首都，虽然面积仅141平方公里，森林、绿地却占了四分之三，市内有大小公园120个，占地490公顷，因此，有“绿色都城”之称。在街头漫步，菩提树的白色花朵散发出阵阵幽香，沁人心脾。波恩没有一般城市的喧嚣和嘈杂，使人感到田园般的清新和宁静。

刘先生带我们参观了波恩大学。这是德国最大的高等学府之一，建于1777年，初为学院，1786年改为大学，革命导师马克思和著名诗人海涅都曾在这里读过书。波恩大学有8个院系，近40000名学生。这座赫赫有名的大学没有围墙，我们走过几条街道，来到波恩大学主楼。

从波恩到科隆，我们选择了乘坐莱茵河的游船。这艘船只有两层，一层是餐厅，二层是露天甲板。下午3点15分，游船准时启航。我们坐在遮阳伞下，一边喝咖啡，一边欣赏莱茵河沿岸的秀丽风光。郁郁葱葱的葡萄园、如诗如画的小村庄、历史悠久的古堡、错落有致的楼房，缓缓地在眼前晃过。每当游船停靠码头时，船上就响起“叮叮当当”的铃声，游客们仿佛来到18世纪的欧洲，一种怀古的感觉在心中油然而生。

经过两个小时的航行，游船抵达科隆。

科隆是德国第四大城市，横跨莱茵河两岸，公元前38年，成为古罗马要塞。由于位居欧洲东西和南北交通要冲，中世纪时就是经济繁荣的城市。到19世纪中叶，随着鲁尔煤田的开发，科隆的经济迅速发展，公路铁路四通八达，既是陆路交通枢纽，又是重要港口。

刘先生说，到科隆必须要参观科隆大教堂，因为它有几个之最。首先，它是德国最大的教堂，占地8000平方米，拥有10个礼拜堂。其次，它是世界上建筑时间最长的教堂。1248年，霍赫斯特大主教仿照法国亚眠大教堂开始动工兴建，1560年，战争爆发迫使工程中断，直至1842年才按原设计方案续建，1889年全部建成，前后历时641年，跨越7个世纪。第三，它的南北双塔是世界上最高的教堂塔，气势非凡，巍峨壮丽。第四，它在欧洲教堂中收藏品数量最多，陈列室珍藏着各个世纪留下来的皇帝圣衣、手稿、圣器，石棺里保存着教皇遗骸，还有耶稣受难的木雕等文物。

黄昏时，我们来到科隆大教堂前的广场。西边的天空，飘荡着绚丽的晚霞，大教堂沐浴在夕阳的余晖中，显得金碧辉煌。正面仰望这庞大的建筑，只见两座尖塔好像两把利剑直刺青天，用望远镜仔细观看，塔尖各有一尊紫铜铸成的圣母像，圣母双手高举小耶稣，构图优美，形象生动。教堂四周耸立着无数座小尖塔，如众星拱月，将两座主塔衬托得更加雄伟。

绕到南边，从侧面察看，整个建筑由磨光的石块砌成，精雕细刻，线条明快流畅，比正面观赏更具有灵动、变化的感觉。

大教堂中央是一个大礼拜堂。圣坛上耸立着一个巨大的十字架，据说这是欧洲大型雕塑中最古老、最著名的珍品。圣坛两侧排列着104个木制席位。教堂四壁上方有10000多平方米的窗户，镶嵌着描绘《圣经》人物的各种颜色的玻璃，在阳光反射下熠熠生辉，五彩缤纷，令人叹为观止。

刘先生说，沿着509级台阶盘旋而上，可登上98米高的教堂最高处，科隆市景色和莱茵河风光尽收眼底。可惜时间已晚，我未能登临远眺，留下一个小小的遗憾。

第二次世界大战期间，科隆遭到盟军260余次的大规模轰炸，整座城市几乎夷为平地，幸运的是大教堂虽中了14枚大小炸弹，居然奇迹般地保存下来，战后只做了局部的修缮。

科隆大教堂是德意志人民心血和汗水的结晶，凝聚着德意志人民的勤劳、智慧和创造，也显示了德国能工巧匠的高超技艺。在当时科学技术并不发达的年代，

莱茵河岸田园风光

建造如此规模的建筑，其难度可想而知。成千上万的劳动者把毕生的精力奉献给上帝的祭坛，可是上帝又赐予他们什么呢？

一声巨响打破我的沉思，那是大教堂发出的铿锵钟声。据说，科隆大教堂钟楼有9座钟，其中最大的摆钟直径有3.1米，重24吨，难怪钟声如此洪亮，震耳欲聋。此刻，多少家庭打开窗户，多少行人驻足聆听；继而，四面八方的钟声也奏响了，一起加入晚祷。这庄严而深沉的钟声如波澜壮阔的洪流，此起彼伏，气势磅礴，久久地回荡在科隆的上空。

虽然，这次莱茵河之旅只有短短两天时间，但莱茵河的故事让我如痴如醉，莱茵河的魅力使我为之倾倒。我想，莱茵河是一首诗，浪漫的故事、美丽的传说插上诗的翅膀飞翔，伴着诗的韵律流淌；莱茵河又是一首歌，悠久的历史、沧桑的岁月都化成音符，只有在她的涛声中，才能听到历史的脚步。

莱茵河是一条生命之河，是地球上的一条动脉血管。它不仅属于德国，属于欧洲，也属于全人类。

穿行在罗马的大街小巷

背着相机，我独自穿行在罗马的大街小巷，寻找历史的踪迹。

这是我第二次到罗马。记得2002年的秋天，我跟团到意大利旅游，短短几天里，走马观花，行色匆匆，感到意犹未尽。临别之际，朋友告诉我，如果你背对着特莱维喷泉，心中默念一个心愿，然后用左手绕过右肩往池里扔一枚硬币，若硬币落进水中，就能梦想成真。于是，我按照他的指点，试着投出1欧元的硬币，心中默默地念道：

特莱维喷泉

罗马，我还要再来的。

2015 年春天，我再次来到罗马。这次不同，有足够的时间，有足够的阳光，13 年前许下的美好心愿最终实现了。

在我的心目中，罗马是一个露天博物馆。这里的一砖一瓦，一草一木，甚至空气中弥漫着的都是艺术，都是美感。这次的罗马“深度游”就从特莱维喷泉开始。

自古以来，这里就流传着一个美丽的故事。很久以前，古罗马将军带着士兵到这里寻找水源。一天，在一个名叫特莱维的女孩的指引下，他们找到了泉水。于是，士兵们修筑水道，将泉水引入罗马城。为了纪念这位聪明善良的姑娘，这条水道被称为“少女水道”。1732 年，教皇克莱门泰开始建造喷泉，历时 30 年，1762 年才竣工，命名为“特莱维喷泉”，又名“许愿泉”。许多人在这里许下美好的愿望。

罗马是一个喷泉之城，不论街道广场，还是公园庭院，几乎都可听到泉水喷涌的声音。据说罗马有 300 多座喷泉，其中特莱维喷泉名气最大，到这里来的人特别多。台阶上、水池边到处是游客，有赏景的，有聊天的，有自拍的，还有许愿的。晶莹洁净的泉水从上而下，汹涌奔腾，宛如万颗明珠跌宕起伏，美不可言。到了夜晚，五彩灯光和四周景色交相辉映，此时此地，游人如置身于水晶宫中。

特莱维喷泉的背景建筑是一座海神宫，设计师巧妙地将喷泉与宫殿雕塑融为一体，显得更加雄伟壮观。池中有一个庞大的雕塑群，主雕塑为海神尼普顿，他驾驭两匹神态各异的骏马，其中一匹狂暴，另一匹温顺，象征海洋的变幻莫测。海神雕塑的左右是象征“富饶”和“康乐”的两组雕像，上方则立着四位少女石像，分别代表春夏秋冬四季，栩栩如生，生动传神。电影《罗马假日》的许多镜头都是在这里拍摄的。

和特莱维喷泉相比，西班牙广场的船形喷泉另有一番趣味，喷泉的造型如一艘船，泉水从中间涌出。“船”上积满了清澈的泉水，有的还从“船”的“破洞”中溢出。广场前上百级台阶上密密麻麻地坐满了人，年轻人在那里纵情开怀，谈笑风生；老年人与伴侣喁喁私语。在他们的脸上，读不到压力、读不到忧郁，只透出一份“什么都不管”的潇洒。

随后我们来到罗马市中心威尼斯广场。1870 年，为了庆祝意大利的统一，用了 25 年时间，罗马建造了这座最壮丽的广场。站在远处就看到维克多·埃曼纽尔二世的骑马铜像，他身后是由 16 根圆柱组成的弧形的纪念馆。纪念馆屋顶两旁是两座巨大的青铜雕像，象征“思想”和“行动”。台阶下面有米开朗基罗创作的飞狮雕像，还有两组喷泉，右边的象征第勒尼安海，左边的象征亚得里亚海。威尼斯广场从构思、设计到建造，凝聚着意大利艺术家的智慧和创造，每一个细节都一丝不苟，每一处雕塑都精美绝伦，豪华而典雅，庄严而大气。1921 年，广场上增建无名英雄墓，与纪念馆合称“祖国祭坛”。每逢国庆节，意大利总统都要亲自向无名英雄敬献花圈，并举行阅兵仪式。到意大利访问的各国首脑，通常都要到这里敬献花圈。

威尼斯广场

威尼斯广场因其西面的威尼斯宫而得名，这是意大利文艺复兴时期的建筑。第二次世界大战时期，威尼斯宫曾是意大利法西斯党魁、独裁者墨索里尼的官邸。他经常站在二楼正中的阳台上，发表煽动性的演说和训话，狂叫“征服，从阿尔卑斯山横扫到印度洋”，向民众灌输法西斯思想。这不仅给世界带来了巨大的灾难，更葬送了无数意大利青年的生命。1943 年，墨索里尼垮台后，威尼斯

墨索里尼阳台

宫改为艺术博物馆，馆内收藏大量绘画、珠宝、挂毯、陶器以及盔甲武器等。也许是担忧法西斯主义的复活，墨索里尼演讲的阳台一直处于封闭状态。2011 年 2 月 15 日，意大利政府才决定重新开放。如今，阳台挂上意大利和欧盟的旗帜，成为罗马的一大景观。游客可以登上阳台参观。

长期以来，我总在想：古罗马的中心在哪里？考古学家经过论证，认为圆柱广场是古罗马的中心，罗马城就是围绕它而逐步扩建的。从威尼斯广场走过一段路，能看到广场上矗立的一根 30 多米高的白色大理石圆柱。圆柱外部镌刻

圆柱广场

着螺旋纹路，雕刻罗马皇帝的征战故事，雕刻细腻，富于变化。内有200级阶梯直通顶端，进入圆柱内部参观，了解到圆柱建于公元193年，更奇妙的是圆柱借着外部纹路的隙缝采光，其结构可谓巧夺天工。

圆柱上的雕刻

坐落于圆柱广场的基季宫是一座四层楼的巴洛克式建筑，现在是意大利总理府，以“基季家族”姓氏命名。那是一座“口”字形的建筑，中间有天井。与它一街之隔，还有众议院大楼。虽然这里是意大利政治中心，但四周没有高高的围墙，也没有森严的戒备，仅有几个警察守护总理府大门。

纳沃那广场是罗马最迷人的公共场所之一。广场上不仅有教堂、喷泉、宫殿和方尖碑，还有餐厅、酒吧和咖啡厅。街头艺人在这里表演，画家们摆开画架为游客画像，古典的韵味和现代的繁华水乳交融。

广场的“四河喷泉”是贝尔尼尼设计的大型雕塑，象征着欧洲的多瑙河、非洲的尼罗河、美洲的普拉特河与亚洲的恒河，气势磅礴，闻名遐迩。与高高耸立的埃及方尖碑以及富丽堂皇的圣埃格尼斯教堂交相辉映，构成了一幅宏伟的画卷。

在纳沃那广场的东边有一座万神殿，沿着指示牌走，没几分钟就到了。

万神殿是一座公元前27年兴建、公元120年重建的建筑，记载了罗马政治与宗教2000年的历史，能完整地保存下来，展现在人们的面前，确实令人匪夷所思。1980年，世界教科文组织将其列入“世界文化遗产”。

万神殿门口的16根圆柱，让人联想到古希腊建筑，铜门和拱门屋顶完整如初。步入大门，抬头仰望，圆形的穹顶高达40米，从殿顶向下延伸，与地面相接，形成一个完整的球体。在科学技术并不发达的古代，能够建造如此完美的建筑，可谓是一个奇迹。四周没有门窗，光线透过穹顶的缝隙照在室内，这种独特的

纳沃那广场

设计让人叹为观止，米开朗基罗赞叹为“天使的设计”。万神殿里有拉斐尔和埃曼纽尔二世的墓。

万神殿附近至今保持着几百年前的石板路，让人想起一句谚语“条条大道通罗马”，说的就是这种石板路。公元前 1 世纪，罗马帝国为了加强其统治，修建了以罗马为中心，通向四面八方的大道。据说，当时从意大利乃至欧洲的任何一条大道开始旅行，只要不停地走，最终都能抵达罗马。

在川流不息的人群中穿梭，我仿佛行走在历史的长廊，2000 多年来，在罗马这个大舞台上，出现了多少叱咤风云的人物，演出过多少可歌可泣的活剧，为人们留下极其丰富的文化遗产和艺术瑰宝。

残缺的辉煌

罗马是一座美丽的城市。那金碧辉煌的宫殿，那气势恢宏的广场，那流光溢彩的街道，那千姿百态的喷泉，无不充满神奇，充满诱惑。然而，我感到罗马那些残缺的废墟，是一曲余音未落的古罗马帝国的挽歌，是一部闪烁着文明、智慧和创造的历史，是一座永远高耸在人们心头的丰碑。

史书记载，罗马建于公元前 753 年 4 月 21 日。如今，漫步在罗马市区，不时看到一些形状怪异的残垣断壁，或是一堵尘封土积的城墙，或是一块严重毁坏的石碑，或是一根突兀耸立的圆柱，或是一堆凹凸不平的黄土，点缀在现代建

古罗马斗兽场

筑之间，构成了罗马独特的风景线。虽然它们受风雨的侵袭已经变得破损，但只要是历史文物，罗马人都视为至宝，围上栅栏，甚至装上了厚厚的玻璃框加以保护，让人刮目相看。在市中心威尼斯广场四周，在帝国大道两侧，古罗马的遗址让人目不暇接，其中最使我激动、难忘的是被称为世界八大名胜之一的古罗马竞技场。

穿着当年角斗士服装的彪形大汉

古罗马竞技场，又称斗兽场。这是罗马皇帝提多斯为了纪念征服耶路撒冷的胜利，强迫数万名犹太、埃及俘虏于公元 80 年建造的，工程历时 8 年。竞技场外观呈正圆形，除了一侧还高耸着围墙外，大部分已坍塌。整座建筑宏伟而不失秀美，凝重而不失灵巧，看上去像一座现代化的圆形运动场。

花 8 欧元买了一张门票，我到斗兽场里面参观。虽然中间椭圆形的舞台、观众出入的拱门以及四周可容纳 6 万人的阶梯式看台都破败不堪，但仍然显示出雄伟的气势。舞台大约长 60 米，宽 60 米，是当年斗兽、竞技、赛马、歌舞及海战模拟表演的场所。据文献记载，罗马皇帝特拉扬为庆祝达奇之战胜利，动用 10000 名角斗士和 11000 头野兽进行搏斗；另一个皇帝蒂图斯喜欢海战模拟表演，引湖水进场淹灌成池，由 3000 名角斗士分两组进行水中决斗，以一方全部死亡而告终……公元 397 年，奥诺流斯曾下令禁止进行角斗表演，但后来又恢复，直到公元 523 年才停止。

站在高处，俯瞰全场，我不由得得想起《斯巴达克斯》这部小说中所描写的血淋淋的角斗场面。统治者为了寻欢作乐，让奴隶与凶猛的野兽搏斗，或让奴隶互相残杀。在那些王公贵族狂热的喝彩声中，成千上万的奴隶在血光中被撕碎、被吞噬，这是何等野蛮的行径。竞技场是一个杀人屠场，这里的每一寸土地都浸着奴隶的鲜血，每一块石头都系着一个冤死的灵魂。

随着时光的流逝，竞技场早已百孔千疮，但正如诗人拜伦所说的：“只要古罗马竞技场还矗立着，罗马就巍然不动。一旦竞技场倒塌，罗马也就倒下。”因此，罗马人把竞技场当作永恒的象征。

罗马竞技场旁边还有一座建于公元315年的君士坦丁凯旋门，凯旋门拥有3个拱门，拱门上的雕塑精美绝伦、恢宏大气。千余年逝去，凯旋门仍在风雨中巍然挺立，与古罗马竞技场共同见证辉煌。两个穿着角斗士服装的彪形大汉，身佩刀剑，凶猛威武，在广场寻找与他们合影的游客。

离斗兽场不远有一个白色的石门，墙上的牌子写着“罗马考古遗产监管局”字样，原来是帕拉蒂尼山古迹和古罗马广场入口。

帕拉蒂尼山是罗马七座山丘中的一座，高40多米，从山顶上往下望，一侧为古罗马竞技场，另一侧为古罗马市苑遗址。

古罗马市苑是古罗马政治、经济、司法的中心和公共生活的聚集地。这里曾殿堂相连，庙宇密集，商业发达，市井繁华。记得古罗马著名的作家普劳图曾用生动的语言，描绘当年的社会面貌和人物形象。他写道：“法官们在大会堂里侃侃而谈，演说家们在讲坛上慷慨陈词，广场上马尔西亚的雕像周围，律师们和证人们争论不休，大会堂边上的新老店铺前围满了狡诈的妓女、精明的店主、贪婪的高利贷者和能言善辩的经纪人……”

古罗马市苑

然而，如今的古罗马市苑荒草丛生，满目疮痍，当年的繁荣早已烟消云散。著名的艾米利亚大会堂只残存了一座雄牛浮雕和几块刻有罗马起源的石头，一度辉煌的马森齐奥殿堂几乎荡然无存，相传“圣火永久不灭”的威斯塔女神庙一片狼藉，以华丽著称的萨图尔诺神农庙只剩下 8 根石柱支撑的大门，卡斯托雷神庙只剩几根孤零零的柱子伸向蓝天白云，似乎都在诉说那久远年代的故事。

在古罗马市苑的废墟上漫步，我的心中不由得涌起对罗马帝国没落的悲凉。历史是无情的。随着时间的推移，统治者的荣华富贵终究成为过眼云烟，只有人类创造的文明永远不会泯灭。

罗马市中心的卡拉卡拉浴场曾是古罗马最大的浴场，场内不仅能同时容纳 1000 多人沐浴，而且设施完善，装饰豪华。据说，古罗马人到浴场来，不单是为了洗澡，他们可以在这里商量买卖、和解诉讼，正如我们上茶馆上饭店一样。现在，偌大的卡拉卡拉浴场只剩下一大堆遗址，让游客凭吊。但只要细心观察，人们从错落有致的布局，从断头缺腿的雕像，从精雕细刻的壁画，从色彩鲜艳

残缺也是一种美

罗马的观光马车

的地面，仍然可以联想出当年的辉煌。

我想，有时候残缺也是一种美。和完整的建筑相比，残缺的美是难以言状的，能震撼你的心灵，唤起你的想象，启迪你的思维。

行走在罗马的废墟，我真正感悟到一句话的分量：“罗马不是一天建成的。”这个经历了2000多年荣辱交替的城市，留给世人太多的荣耀与遐想。罗马人让历史的每一页都完整地保存下来，让人们去咀嚼，去品味，他们不仅安详地守护着曾经的辉煌，而且努力地去实现未来的梦想，这是何等难能可贵。

比萨奇迹

比萨一直是我神往的地方。每次到欧洲，都与比萨擦肩而过，留下遗憾。此次去意大利，在选择行程时，我毫不犹豫地圈定了比萨。

我对比萨情有独钟，是因为那里有一个奇迹广场。在上小学的时候，我就听说广场上有一座倾斜的塔。长大后，在图片上、在电影里，我又看到这座斜塔的雄姿。随着时间的推移，它的倾斜程度不断增大，但始终没有坍塌。1972年，比萨发生地震，斜塔依然巍峨屹立。对这样超乎寻常的奇迹，我既感到惊讶，又感到迷惑：它到底蕴藏着什么秘密呢？1987年，奇迹广场上的比萨斜塔、比萨主教堂、圣乔瓦尼洗礼堂和比萨纪念墓园等4座古建筑，一并被联合国教科文组织列为“世界文化遗产”。

比萨位于意大利中部阿诺河之滨，隶属于意大利托斯卡纳大区。从佛罗伦萨乘坐旅游大巴到比萨，仅一个小时的车程。在古罗马时期，比萨既是陆上交通要道，又是海上军事基地，居民以捕鱼为生，造船业发达。罗马帝国灭亡后，比萨几易其主，仍保持繁荣昌盛的态势。1016年开始，比萨共和国建立，其疆域包括撒丁岛、西西里岛、科西嘉岛等主要海港城市。那时候，佛罗伦萨还处于中世纪的蒙昧之中，比萨已经确立了地中海霸主的地位。13世纪以来，连绵的战争使比萨走向衰落，比萨被佛罗伦萨梅迪奇家族统治。1860年，在托斯卡纳和平革命之后，比萨成为意大利的一部分。

我抵达比萨时，晴空万里，艳阳高照。从大巴下来，我改乘游览车去奇迹广场，远远看到一群雄伟的建筑耸立在绿草如茵的广场上，斜塔高大的身影背衬着蓝天白云，显得分外雄伟。

奇迹广场位于比萨市中心，广场周围还保留着古代的城墙和城门。这里的建筑形成于 11 世纪到 14 世纪，无论从空间设计，还是审美角度去观赏，都是独一无二的经典杰作。作为中世纪文化艺术的精华，奇迹广场对后世产生深远的影响。

比萨斜塔原先是钟楼，始建于 1174 年，竣工于 1350 年，历时 176 年。据说，比萨王国在一次战斗中赢得胜利，掠获大批财宝。为了炫耀功绩，比萨国王决定建造包括钟楼、教堂在内的“奇迹广场”。没想到钟楼建到第 3 层时就向南倾斜，只得被迫停工。94 年以后，比萨人请来著名的建筑师皮萨诺，经过测量计算，认为此塔虽斜，却没有倒塌之虞，因此，比萨人按照原来的蓝图继续施工。据塔基上的碑文记载，由于塔身过重，地基松软，塔每年以 1.25 毫米的速度倾斜，到 1999 年 1 月，塔顶中心线偏离垂线已达 4.8 米。

斜塔“斜而不倒”的现象堪称建筑史上的奇迹，在全世界声名远播，每天有 10 万多人慕名前来瞻仰。如果它是一座端端正正的塔，比萨也许不会如此风光。世界上许多事情，都是“歪打正着”，出其不意。但这座经历 800 年风雨侵蚀的古塔，究竟还能保持多久，实在难以预料。

来到斜塔下，我仔细端详这座圆形建筑。它由纯白色的大理石砌成，每层有数目不等的圆形石柱环绕四周，从下至上共有 8 层、213 个拱形券门。

比萨斜塔

塔内有296级石阶，游客由此直达顶层钟楼，眺望比萨城区的秀丽景色。

从塔下向上望去，我不由得为在塔顶观光的游客捏把汗，担心他们随时会有掉下来的危险，也许这正是“天下本无事，庸人自扰之”的最好例证。

在斜塔下漫步，我不由得想起一位与斜塔有关的伟人，他就是意大利16世纪的科学家伽利略。

1590年，伽利略是比萨大学年轻的教授。他对古希腊哲学家亚里士多德关于“重量不同的物体，其下落的速度也不同”的理论深为怀疑。于是，他在比萨斜塔上做了一个实验。他让学生把一大一小两个铁球，从塔顶上同时坠落。结果，“砰”的一声，两个铁球同时落地。人群中响起了一阵欢呼，“自由落体定律”从此诞生。之后，人们运用这一理论，开始对“运动”进行研究，终于发明了火车、汽车、登月飞船等等。

比萨主教堂内景

虽然，比萨斜塔没有伽利略的雕像，但我记起不久前参观佛罗伦萨主教堂时，进门后第一个看到的就是伽利略的雕像。他正襟危坐，长须齐胸，一双眼睛坚定地望着前方。他的右手握着一大一小两个铁球，左手拿着一个也是他发明的天文望远镜，象征着他对物理学和天文学的重大发现。凡是对科学发展做出贡献的人，历史都会记住他。

比萨主教堂是意大利罗马式教堂的典型代表，共4层，修建于12世纪后半叶，正面朝向西方，以此表示对西方文化的尊重。那层层叠叠的圆柱，那一扇扇半圆形的窗户，那刻着圣母和耶稣生平事迹的铜门，那“拉丁十字架”式的建筑造型，处处透着典雅神圣的气质。教堂内绘画作品出自大师的手笔，每一个细节都体现作者精妙的构思和深沉的寓意，凝聚画家的心血和才智。

圣乔瓦尼洗礼堂是一座混合式的建筑，巨大的圆顶体现哥特式的建筑风格，拱廊的石柱又具有罗马建筑风格，两者巧妙结合，搭配完美。洗礼堂四周有4扇大门，刻着耶稣门徒的头像，内部是八角形的洗礼盆。一尊描述耶稣降生的雕像引人注目。圣母玛利亚侧卧一旁，抱着刚出生的耶稣，下方围绕着一群绵羊，寓有耶稣来到世界上是为了拯救民众，民众就像一群迷途的羔羊。

圣乔瓦尼洗礼堂

比萨墓园呈回字形，中央区域是一个长方形的庭院，芳草萋萋，绿意盎然。这里埋葬着自中世纪以来600位先贤，他们是比萨的杰出人物。墓园里还有大师们创作的壁画，其中以《死的胜利》最为著名。壁画的背景广阔，骑士、仕女、

比萨墓园

恶魔和僵尸同时出现，表达作者对死亡的藐视。看到一座座精致的墓碑、一具具白色的石棺，我不禁想起印度诗人泰戈尔在《飞鸟集》中的名句："生如夏花之绚烂，死如秋叶之静美。"

几座雄伟的建筑汇集在同一个广场上，至今依然风姿绰约，优雅得体，这确实是奇迹。意大利作家邓南遮在小说中，用"旋转了基督的天空，旋转了奇迹的草地"的句子，描绘它给人们带来的震撼。奇迹广场的名字就来源于此。

坐在奇迹广场的绿草坪上，我眺望着斜塔无比刚毅和坚强的身姿，心潮始终不能平静。经历了 800 余年风雨的比萨斜塔唯一吸引人的就在于它的"斜"，这种"斜"其实并不是建筑师们着意设计的，而是建筑学上的一个失误造成的。大千世界，瞬息万变，如果一切都循规蹈矩，反而平平淡淡；一个小小的失误，也许会带来意想不到的成功，比萨斜塔不就是一个很好的佐证吗？

在威尼斯乘坐贡多拉

威尼斯

我家的装饰柜里摆着一件从意大利带回来的工艺品，那是一只威尼斯特有的小船——贡多拉的模型。船体黑色，平底，船舷上装饰着金色的海马图案，舱面铺着红地毯，深蓝色的座椅上并肩坐着几个游人，船尾还站着一个正在划桨的船工……

我很喜欢这件贡多拉工艺品，因为它能唤起我对威尼斯美好的回忆。

威尼斯建于公元 5 世纪。当时，威内托人为了躲避北方入侵者，来到这个四周被海水包围的圣马可岛。圣马可岛从 10 世纪开始发展，15 世纪进入全盛时期，成为意大利最强大的海上共和国，也是地中海贸易中心之一。如今的威尼斯西北角有一条长堤与大陆相连。坐船到圣马可岛，望不尽海上景色。

威尼斯是一座名副其实的“水城”，整座城市都浸在海水之中，除了建筑物与广场，几乎看不到陆地。城内开门见水，出门乘舟，运河成了大马路，水巷成了小街道，正是“处处街巷绕碧水，家家都在画图中”。

处处街巷绕碧水

威尼斯不仅没有汽车，没有霓虹灯，没有广告牌，也没有夜总会，它的魅力在于水，在于岛，在于桥……纵横交错的170多条河道，将城市分为120多个岛屿，岛屿之间架起400多座桥梁。于是，游轮、汽艇、小船……成为主要的交通工具，而贡多拉是威尼斯独具魅力的游船。

贡多拉有点像我国南宋词人李清照笔下那种“载不动许多愁”的“舴艋舟”，首尾尖翘，单桨划水，具有浪漫色彩，其历史可以追溯到11世纪。不过，早期的贡多拉被涂上绚丽的色彩，铺上金丝绒毯，装饰颇为豪华，甚至成了人们炫耀财富的手段。1562年，威尼斯政府为了抑制奢靡及攀比的风气，规定贡多拉的船身一律涂上黑色，直到现在仍没有改变。

我体验了乘坐高速汽艇在大海上驰骋的快意，观赏了托卡雷王宫精美的雕塑和油画，目睹了穆拉诺岛上技师们娴熟的玻璃工艺品制作表演……最后，踏上了贡多拉，去领略威尼斯的温馨和浪漫。

贡多拉的船夫是一位意大利小伙子，高挑的身材，硬朗的轮廓，穿一件蓝白的横条纹上衣，黑长裤，配上一副墨镜，显得风流洒脱。他不仅能说英语，还能讲几句简单的中文。他告诉我们，他叫斯里西奥，他的爷爷、他的父亲都是贡多拉船夫。威尼斯有 500 多名贡多拉船夫，大都是儿子继承父辈的工作。不过，现在从事这一行的年轻人，必须上两年的学校，学习外语、礼仪及操作贡多拉的技术，取得资格证书后方能“上岗”。

水巷里的贡多拉

看来，斯里西奥很喜欢自己的职业。他的贡多拉整洁、雅致，船上还摆着鲜花与酒壶。坐在船上，欣赏两岸旖旎的水乡风光，一种惬意、舒适的感觉油然而生，这真是人生不可多得的享受。

贡多拉在蜿蜒的河道里穿行，两旁爬满苔藓的古老建筑触手可及，家家户户的门前有一个木制的码头，拴着汽艇或船只，台阶从水面一直通向门廊客厅。水道边还有一排排木桩，木桩上的彩色条纹则是一种标志。红白相间表示公家船只的泊位，蓝白相间表示私人船只的泊位，没有涂上色条的是公共泊位，所有的贡多拉都能停泊。

斯里西奥一边轻快地摇着桨，一边不停地向我们介绍沿途的风光。他不仅爽朗、健谈，而且有一副好歌喉，说到动情的事便拉开嗓门，引吭高歌。他的歌声洪亮，音色优美，唱的又是我们熟悉的《桑塔露琪亚》《我的太阳》等意大利民谣，使人情不自禁地在歌声中陶醉。

当小船即将穿过一座石桥时，斯里西奥停止了歌唱，他的手指向前方说：“看！这就是有名的叹息桥！”

这座桥长不到 5 米，造型美观，小巧玲珑。封闭的桥面呈半圆形，两侧各有一个方窗，上方雕刻着花纹图案。斯里西奥说，这桥建于1600年，两头分别连接着总督府和监狱，是当年死囚走向刑场的必经之路。每当囚犯经过这里，和等候在桥下的亲人垂泪诀别的时候，无不仰天长叹。因此，这座桥有了一个伤感的名字，叫“叹息桥”。

叹息桥

有人问，为什么叹息桥是封闭的呢？斯里西奥给我们讲了一个故事：有一次，一个死囚从桥上经过，看到自己的女人正和一个男人在贡多拉上热情地拥抱接吻……他一气之下，痛苦地将头撞向石栏杆，坠入水中。从此，叹息桥被遮蔽得严严实实，成了封闭的石桥，以避免类似的悲剧发生。斯里西奥边说边笑，我怀疑，这故事是他自己胡编的。

仰头观望，总督府是一座欧洲风格的白色建筑，另一端的监狱比总督府略低，外墙显得粗糙，呈黑色，两者形成鲜明的对比。贡多拉从桥下驶过，我仿佛听到总督府里轻歌曼舞的欢笑声和监狱里传来的囚犯的哀号声。

贡多拉继续前行，不久，驶入了宽阔的河道，斯里西奥将小船停在里阿尔托桥，让我们上岸参观。据说，里阿尔托桥曾是欧洲的商业中心，莎士比亚戏剧《威尼斯商人》的故事就发生在这里。

里阿尔托桥建于1588至1591年之间，是一座大理石独孔拱桥。桥上有宽敞的走廊，两边开设肉铺、蔬菜店和鱼市场，慕名而来的游人摩肩接踵，呈现一派繁荣景象。下了桥，我们走街串巷，寻找威尼斯的历史踪迹。在土耳其客栈，在多罗大厦，在马可·波罗故居，历史上的一幕幕从眼前掠过，威尼斯确实有太多的故事、太多的传说。在每一幢楼房，在每一家商店，甚至在每一块砖石前，你都可以听到远古的诉说，都铭刻着历史的记忆。

俄罗斯画家列宾说："在威尼斯，艺术就是本城的呼吸，它感动每一个威尼斯人。对于这一个城市，还有什么话可说呢？它的最普通人家的烟囱，仿佛都是由某一个惊人的建筑天才修造的。"

但威尼斯也有它的烦恼。有些地方，海水已经淹过层层台阶。某些专家预言，在不久的将来，威尼斯会被海水吞没，从此从地球上消失。这耸人听闻的传言引起一些居民的恐慌，他们开始考虑离开这座古老的城市，向外埠移民，以避免悲剧真的发生。

上了岸，我们来到圣马可广场。这里是威尼斯的心脏。鸽子与游人嬉戏，涛声和人声交织，终日熙熙攘攘，热闹非凡。广场的南、北、西三面分别是圣马可教堂、新旧总督府和拿破仑王宫。圣马可钟楼气势雄伟，色彩绚丽，从屋顶可俯瞰威尼斯全景。每当整点时辰，钟楼上的雕塑人手执大锤，自动敲钟，

圣马可广场

声音激越。

时间尚早，同伴们想去品尝咖啡，斯里西奥自告奋勇地带我们到弗罗里安咖啡馆。他说，这是威尼斯最古老最浪漫的咖啡馆，是一家创办于1720年的老店，大文豪巴尔扎克、歌德、拜伦、狄更斯都曾是它的常客。他的介绍引起我们浓厚的兴趣，大家不约而同地决定，到这家咖啡馆坐坐，感受它那优雅的氛围。

弗罗里安咖啡馆并不大，只有三个厅，但室内依然是300年前的装饰，斑驳的墙壁上挂着卡纳莱托的风景画，年老的侍者行动却灵活敏捷，显然受过良好的训练。我们坐在歌德当年坐过的座位上，点了几杯咖啡，还有巧克力糕点和冰淇淋，大约花了50欧元，价格显然比一般的咖啡馆贵了许多。一位白发苍苍的老人，在角落里聚精会神地拉着小提琴，美妙的音乐缓缓流出，他目光忧伤，不苟言笑，那种忘我、那种超脱，仿佛另一个世界的人……

贡多拉返回时，斯里西奥似乎并不在意威尼斯是否会消失，他仍然悠闲地荡着桨，水面上摇曳着一片碎金似的光辉。随着贡多拉轻轻地摇荡，我的心情始终难以平静……

当晚，我们离开威尼斯。临行前，我特意在商店里买了一只贡多拉模型，作为永久的纪念。

从意大利归来已有半年，每当我看到这件雕刻精美、色彩和谐的工艺品，就不由得想起威尼斯，想起在碧波上荡漾的贡多拉，斯里西奥的歌声又萦绕在耳边，伴随着大海的涛声，组成一曲威尼斯亘古不变的绝唱。

米兰，米兰

抵达米兰已是傍晚时分，我住在郊外的一个小旅馆里。这里地处偏僻，灯火稀落，不由得让人感到一丝冷清。无聊中，我打开电视，电视正在播放 AC 米兰和尤文图斯的一场意大利足球甲级联赛比赛。狂热的球迷挥舞着旗帜，高唱《米兰，米兰》（AC 米兰的队歌），声嘶力竭地摇旗呐喊。顿时，房间里的气氛变得热烈起来。

米兰风光

我不是球迷，但喜欢看球。足球与人生一样，有着不可预测性。在 2014 年巴西世界杯上，谁能预测巴西队第一个进球竟踢进自家球门？谁能预测荷兰队 5 比 1 狂胜对手？谁能预测科特迪瓦队在两分钟内连进两球逆转局势？谁能预测曾经的冠军西班牙队仅赛两场便黯然出局？ AC 米兰虽然是世界上最伟大的球队之一，曾多次获得意甲冠军和欧洲冠军，但也曾两次降入乙级联赛。一切都是扑朔迷离，这就是足球的魅力，这就是足球带给我们的惊喜和思考。到米兰的第一夜，我把时间交给了足球，和许多

史芳哲可斯城堡

球迷一起，为球队助威，最后 AC 米兰不负众望，终于取得胜利。

米兰之所以出名，不仅仅是因为足球，还有史芳哲可斯城堡、米兰大教堂、达·芬奇塑像和史卡拉歌剧院，更有著名的埃曼纽二世拱廊。

第二天，在当地华人导游带领下，我们到米兰的市中心参观。她介绍，米兰的景点比较集中，有足够的时间自由活动。

我们第一站到史芳哲可斯城堡。城堡建于 15 世纪，是米兰的象征，也是意大利境内保留最完整的古堡。城墙周围设有深深的壕沟，相当于中国古代的城池，作为防御工事。斑驳的砖墙上布满苔藓，高大的碉堡隐约可见弹痕。如今，古堡已成为博物馆，展出许多文物，其中有雕刻的墓碑，有古老的拱门，有地下出土的石棺，还有历史久远的管风琴、小提琴等乐器，让人仿佛回到了中世纪。

从古堡出来，步行穿过几条街道，一座无比壮丽的建筑便矗立在面前，这就是米兰大教堂。

我不知道为什么米兰大教堂如此出名。有人说，拿破仑曾在这里举行加冕典礼；有人说，达·芬奇在这里发明了电梯；有人说，著名的《米兰敕令》就从这里颁布，从此奠定了基督教的地位；还有人认为，米兰大教堂气势恢宏，仅次于梵蒂冈的圣彼得教堂，雄踞世界第二。

作为一个普通的游客，我完全被这座建筑所震撼，除了感叹设计者的聪明才智、工匠们的精湛技艺外，已经无暇顾及米兰大教堂出名的原因了。

这是一座哥特式建筑，不计其数的尖顶直指苍穹，每一个尖顶都是那么精致。墙壁四周镶嵌着许许多多的人物浮雕，据说有2000座，每一座雕刻都是那么传神。中央塔上有圣母玛利亚的镀金雕像，显得金碧辉煌。整个建筑外立面全由浅黄色的大理石铺贴而成，马克·吐温曾称它为“大理石铺成的诗篇”。史书记载，米兰大教堂始建于1386年，全部竣工于1897年，前后用了500多年时间，见证了米兰的历史沧桑。

教堂内部同样富丽堂皇。我在一份资料上看到两个数字，说教堂可容纳40000人，四周窗户共镶嵌着146块彩绘玻璃，可见空间之大、装饰之美。玻璃上描画的是《圣经》人物和故事，构图精致，色彩鲜艳，更令人惊叹的是历经

米兰大教堂

埃曼纽二世拱廊

数百年而色泽不变。

米兰大教堂前面是一个大广场，正中耸立着意大利国王的雕塑，他一身戎装，跃马向前，似乎正带领士兵冲锋陷阵。广场上有成百上千只鸽子，或在地上啄食，或在空中翱翔。

广场一侧的埃曼纽二世拱廊，是米兰繁华的商业街区。拱廊上部是透明的拱形屋顶，两边则是典型的欧式建筑，屋顶悬挂着象征美洲、亚洲、非洲、欧洲四大陆的镶嵌画。这里名牌云集，精品荟萃，世界各国著名的设计师及高端、时尚的专卖店都在此落户，各种品牌的衣服、皮鞋、拎包和化妆品应有尽有。

在川流不息的人群中漫步，感受时尚之都的氛围，也是一种享受。

拱廊尽头的史卡拉歌剧院建于1778年，是意大利最大的歌剧院。它是在一座古教堂的遗址上建成的，有3个拱门入口，能容纳3000位观众。剧院内部装饰豪华，意大利大音乐家威尔地和普契尼的许多歌剧都是在这里首演。能登上这个舞台表演，成了多少音乐家的梦想，一旦实现，就象征着其艺术生涯达到顶峰。

我终于来到文艺复兴时期著名艺术家达·芬奇的雕像前。他头戴帽子，身着长袍，抄手而立，低垂着头，一副专心思索的样子。四方石柱的四个角上，站立着四个年轻的学者，据说是达·芬奇的学生。这些雕塑个个栩栩如生，每一个细节都精雕细刻。

当我们回到米兰大教堂广场时，夜幕已悄悄降临，五彩的灯光将米兰映衬得更加美艳。广场上聚集着一些穿着AC米兰球衣的球迷，也许是准备庆祝昨晚的胜利。《米兰，米兰》的歌声再次在耳边响起：“米兰，米兰，只愿拥护你；米兰，米兰，永远为了你。我们走在英雄的身旁，在绿地上，在蓝天下，我们又获得一颗星星，闪烁在我们之间。”

这歌声，唱出了我此时此刻的心情。

达·芬奇雕像

到维罗那寻找爱情

《罗密欧与朱丽叶》是英国大文豪莎士比亚于 1595 年创作的一部戏剧，作者在序诗中写道：“我们的戏发生在维罗那，一座美丽的城。”400 多年来，罗密欧与朱丽叶的爱情故事几乎传遍了世界的每一个角落，因此，意大利的维罗那也成了数以万计的痴情男女向往的爱情圣地，并被列入《世界遗产名录》。

在朋友的陪同下，我终于有机会来到阿迪格河畔的这座历史名城，去看一看罗密欧与朱丽叶的故乡，寻找莎士比亚的爱情故事。

据说，在公元 1 世纪的时候，维罗那已成为罗马军事、商业和文化的中心。15 世纪中叶的文艺复兴运动，为维罗那

历史名城维罗那

古城墙

带来了艺术繁荣。17世纪，战火蔓延到古城，1882年维罗那又遭到阿迪格河洪水的席卷，第一次世界大战期间维罗那再遭重创。虽然如此，维罗那仍不曾失去其文化重镇的地位。

大巴在高速公路上飞驰。远处，终年覆盖着积雪的阿尔卑斯山影影绰绰，依稀可见；近处，明亮的湖泊如一块块不规则的镜子，镶嵌在翠绿的田野上，在阳光下闪烁不定。当汽车穿过一片郁郁葱葱的葡萄园后，维罗那就呈现在我们的眼前。

我们先去竞技场参观。这是1世纪末罗马时代遗留下来的椭圆形的建筑，虽然外面围墙大都倒塌，但残存的大理石依旧鲜亮。登高望远，维罗那的全景尽收眼底。逶迤曲折的阿迪格河、纵横交错的街衢、红瓦白墙的楼房，还有尖塔高耸的教堂，都融入温柔的阳光中，显得分外的雅致。

离开竞技场，从香草广场折入帽子街，再往前走几步，经过一个穹形的门洞，我们来到写着23号门牌的院子，就到了传说中的朱丽叶的故居。

朱丽叶家的阳台

那是一个小小的四方庭院，葱茏的树木掩映着一幢中世纪的楼房，虽然墙上的泥灰已斑驳脱落，但仍然有一种贵族气息。院内最惹人注目的是一个石雕的阳台。当年，罗密欧在一次晚宴上认识了朱丽叶。虽然，他们两家有着深仇大恨，但爱情的力量驱使罗密欧冲破重重阻隔，当晚来到朱丽叶家的阳台下，表达炽热的爱情："那边窗子里亮着的是什么光？那就是东方，朱丽叶就是太阳。"当朱丽叶在阳台上出现时，罗密欧抑制不住心头的激动和幸福："那就是我朝思暮想的恋人！"如今，这几句出自莎士比亚《罗密欧与朱丽叶》的台词也被镌刻在阳台下的一个石碑上，阳台成了爱情的见证，许多游客纷纷以此作背景拍照留念。

院子的中央还耸立着朱丽叶的铜像。她脑后挽着一个松软的发髻，细长的颈项上有一张秀美的脸庞，脉脉含情的眼睛注视着前方。她身材婀娜，小口微敛，左手捂在胸前，右手提着飘逸的长裙。整个雕像生动逼真，惟妙惟肖，既流露出少女羞涩的神情，又充满着对爱情的渴望；既透出青春的气息，又洋溢着一种难以言状的美。意大利的朋友介绍说，凡

朱丽叶铜像

是到这里参观的人，只要摸一下朱丽叶的铜像，男人就能找到真正的爱情，女人就能找到知心的伴侣。

维罗那女郎

从朱丽叶的故居出来，我的心始终不能平静。罗密欧与朱丽叶的爱情，从萌生、发展直到双双殉情，不过发生在短短几天时间之内，为什么竟产生如此巨大的魅力呢？也许是他们爱得热烈而真挚，死得悲壮而哀婉，即使是短短的一瞬间，也迸发出灿烂的火花，足以令人扼腕叹息。正如德国大诗人歌德所描述的：“你真美啊，请停留一下。”爱情创造了罗密欧与朱丽叶，也毁灭了罗密欧与朱丽叶。由此可见，爱情真是无比神秘，可以给人带来愉悦和欢乐，也可以给人带来痛苦和哀伤。

当天晚上，我离开维罗那时，不由得默诵起莎士比亚《罗密欧与朱丽叶》中的几句台词，作为临别赠言：“再会吧！这一朵爱的蓓蕾，靠着夏天暖风的吹拂，也许在我们下次相见的时候，开出鲜艳的花朵来。晚安，晚安，但愿这恬静的安息，同样降临在你我两人的心头。”

佛罗伦萨：『花之城』

学生时代读徐志摩的《翡冷翠山居闲话》，对“翡冷翠”这个洋溢着诗情画意的地名心醉不已。稍后，知道“翡冷翠”就是佛罗伦萨，是意大利托斯卡纳区的首府。无论在拉丁语或意大利语中，佛罗伦萨都是“花之城”的意思，它是欧洲14至17世纪文艺复兴的发祥地，造就了达·芬奇、米开朗基罗、但丁、卜伽丘、伽利略等诸多的历史名人，许多著名的建筑、雕刻、绘画、文学作品在这里诞生……自此，佛罗伦萨就成了我向往的艺术殿堂。

一个秋高气爽的季节，我有幸来到佛罗伦萨，欣赏托斯卡纳山野美景，寻觅几百年前“文艺复兴”的踪迹，心里始终充满着惊奇和喜悦。

佛罗伦萨坐落于北亚平宁山麓亚诺河河谷的一块平川上，四周环抱着丘陵。当大巴驶入市区时，车窗外掠过绿草如茵的牧场、姹紫嫣红的花圃、苍劲挺拔的树木、古色古香的建筑。陪同我们参观访问的导游介绍说，佛罗伦萨

佛罗伦萨全景

佛罗伦萨

气候温和，雨量适中，以种植橄榄、葡萄和牧草著称。15世纪，大银行家梅迪奇家族在这里当政，佛罗伦萨进入极盛时期。经济的发展推动了艺术的繁荣。从那时起，佛罗伦萨大兴土木，修建了不少教堂和宫殿。一批有思想、有才华的艺术家在这里崭露头角，领导意大利的文艺复兴运动。那时，佛罗伦萨是欧洲最著名的艺术中心，并一度成为意大利王国的首都。

沿着石子铺成的小路，导游带我们去参观市政广场，路边不同风格的文艺复兴时期的建筑令人目不暇接，马车摇曳着“叮咚叮咚”的铃声，不时从身旁驰过。走在狭窄的小巷里，仿佛置身于一座中世纪的古城。

市政厅广场

市政厅广场据说是意大利最美的广场，周围有许多著名建筑和名胜古迹。西尼约里亚宫高94米，全部由方形石头砌成，曾经是麦迪奇家族的私人住宅，如今是市政府所在地，又称市政厅。宫内装饰极其华丽，珍藏许多出自名家之手的艺术作品。琅琪敞廊是一座哥特式风格的建筑，建于1376年至

1391 年之间，廊内陈列着一尊尊精美绝伦的雕像作品。

徜徉在这些雕像前，我感受着从古砖雕纹中溢出的欧洲古文化的风情。无论是海神喷泉水池中间双轮战车上立着的巨大的海神，还是那个脚踩女妖躯体、手提女妖头颅的帕尔修斯；无论是海克力斯揪着卡科斯头发时的神情，还是《萨宾人的劫掠》中一个男人和两个女人流水般的造型，或豪放，或细腻，或威严，或神奇。尽管艺术风格不同，但都将历史故事、神话传说、人物风采活脱脱地展现在人们面前，让人们感到艺术那种震撼人心的力量。

花之圣母教堂

佛罗伦萨到处弥漫着浓郁的艺术气息。在亚诺河畔，一群艺术家在演奏名曲，吸引不少观众驻足聆听；在花之圣母大教堂前，许多街头画家为来往的游客作画；在圣约翰洗礼堂，慕名前来观赏被誉为“天国之门”的游客络绎不绝。“天国之门”是基贝尔蒂的旷世之作，作品将《旧约全书》的故事情节，描绘成十幅画面，分别镶在十个镶金的框格内，各种各样的人物浮雕，姿态动人，令人叹为观止。在翡翠画廊，在鸟菲奇宫，在比蒂宫……收藏着数以千计的绘画珍品，堪称世界绘画宝库，其中不乏达·芬奇、提香、拉斐尔、波蒂切利等大师的名作，向人们展示意大利乃至全世界画家多姿多彩的艺术风格。漫步佛罗伦萨的街头，仿佛置身于一座露天博物馆，随意拐过一个街角，都能领略到这座城市特有的古典、精致和浪漫。

傍晚时分，我们顺着高利大道从佛罗伦萨南坡盘旋而上，大约走了6公里，便登上了位于圣米纳多高地上的米开朗基罗广场。佛罗伦萨的灿烂辉煌，再一次展现在我们的面前。

广场中央矗立着一座身高5米左右的大卫的青铜雕像，这是米开朗基罗流芳百世的《大卫》的复制品。米开朗基罗是意大利著名的雕刻家、画家和建筑师。他的作品以雄浑、豪放、雄伟著称。《大卫》是他年轻时的成名作，他将《圣经》中的一个孩子，雕成一个正走向战场的斗士。那卷曲的头发，那深沉的目光，那刚毅的神态，那优美的姿势，真可谓栩栩如生，逼真动人，还有那浑身上下强健的肌肉，把人物的"力"和"美"和谐地交融在一起。凝望着眼前的大卫，我强烈地感到伟大的艺术家那种冲破中世纪黑暗的勇气和渴望自由的呼声。米开朗基罗创作的大卫，不就是真、善、美的化身，战斗精神的体现吗？

大卫雕像下有四个小塑像，分别是米开朗基罗的代表作《昼》《夜》《晨》《暮》，均给人以生动、深刻的印象。

米开朗基罗广场

站在高处，纵目远望，佛罗伦萨的全景尽收眼底。亚诺河悄无声息地从市中心流过，一座座古桥掩映在夕阳的微光里，诉说着远古的故事。当

广场上的雕像

我的目光锁定在亚诺河上那座14世纪的维其奥古桥时，不由得想起小时候看过的一幅描绘佛罗伦萨的风景画，画面的背景就是这座古桥，桥的两头各有雕像，桥上店铺林立，商贾云集，不少情侣手牵手地在桥上散步，互诉衷肠。相传意大利诗人但丁就在这座桥上和他终生相爱的恋人贝雅特里齐相遇。

薄暮时分的佛罗伦萨是宁静的、温馨的，城里最著名的几座建筑清晰可见，花之圣母大教堂、乔托钟楼、西尼约里亚宫……如一个个威武的卫兵高高耸立，忠诚地守护着这座美丽的古城。不远处，一座座红瓦覆盖、鳞次栉比的楼房，掩映在绿树红花之中，显得格外的鲜艳夺目。这一刻，我默诵着徐志摩的《翡冷翠山居闲话》中的一段："那边每株树上都是满挂着诗情最秀逸的果实，假如你单是站着看还不满意时，只要你一伸手就可以采取，可以恣尝鲜味，足够你性灵的迷醉。"是的，我迷醉了，迷醉在如诗如画的佛罗伦萨的黄昏里……

是的，能卸下工作和感情的重负，怀着轻松的心情，踏着轻盈的步履，走一趟佛罗伦萨，值得！

卢森堡见闻

在卢森堡，我下榻 CASPIVO—2000 酒店。这家酒店远离市区，位于一个环境清幽、风光宜人的山谷中，和伦敦、巴黎等城市相比，少了几分喧嚣，却多了几分宁静。

酒店设有一个大赌场。据说，到这里投宿的游客，大多为“赌”而来。虽然，我对此道颇不精通，也没有妄想一夜之间成为百万富翁，但是，被好奇心所驱使，还是决定到赌场走一趟。

卢森堡市政厅

由于赌场内曾发生过暴力事件，因此，进入赌场首先要接受安全检查。我们通过了安全门，便来到宽敞明亮的大厅。据导游介绍，这里赌博的种类很多，有“老虎机”，有“一赔三十五倍”的“大轮盘”，还有什么“廿一点”“百家乐”等等，可谓五花八门，样样俱全。前来赌博的人大都是来自世界各地的游客，从大富豪到小职员，从社会名流到的士司机，大家都聚精会神地围在赌

卢森堡大公国开创者纪念碑

桌旁，睁大眼睛，屏着呼吸，享受着赌博带来的无穷刺激。

赌场里最吸引人的是“老虎机”，一字排开，足足有几十台。每台机器前都挤满了人。据说，这种赌博方式最为简便、易学，只要你投入硬币，转动手柄，便可见输赢，因此，又称“摇银机”。我看到一位中年妇女，投入几枚硬币，随着一阵铃声，一个个硬币从“出币口”流出，有50多枚。她大喜过望，并不满足，一个劲地再往里投。不久，所有的硬币都被“老虎机”吃光了，她才悻悻地离开。

为了方便赌客，赌场里设有几处专门的柜台，经营货币兑换筹码的业务。筹码有红、绿、黄等不同颜色，分别代表着不同的价值。此刻，赌客们正排着队，等候兑换，赌场生意兴隆，略见一斑。

在人群中，我遇到一对青年男女，交谈中，得知他们来自香港。昨天开始，他俩就通宵达旦地在赌场寻找刺激。我问他们运气如何？那位先生说，输了一万多美元。然而，他们不打算“鸣锣收兵”，还要继续干下去，把损失夺回来。我预祝他们会有好运，他握住我的手，连连表示感谢。

我从一张张赌台走过，每张赌台前都端坐着三四名工作人员，他们穿戴整齐，为赌客发牌、摇宝、收发筹码，手脚极为麻利，脸部却毫无表情。那些赌客们有的兴奋，有的沮丧，有的冷漠，有的畏惧，尽管他们表情各异，赌场的气氛却相当平静，没有歇斯底里的狂叫，没有喋喋不休的争吵，秩序井然，几乎看不见维持治安的警察。可惜赌场不能拍照，要不然，我定会用照相机记录下这盛大的场面。

从赌场出来，已是深夜了，回头眺望，那里依然是人头攒动，灯火通明。我想，等到明天太阳初升的时候，又有多少人迈着沉重的步履，从赌场出来。他们满怀希望而去，抱着失望而归。大把的钞票在一夜之间换成轻轻的叹息和久久的惆怅，这值得吗?

卢森堡是一个小国，面积仅2586.4平方公里。首都卢森堡市，人口不过8万。然而，这弹丸之地，竟有160家中餐馆，听说还有增加的趋势，可见中餐馆在当地颇受欢迎，竞争也相当激烈。

无需别人指引，也不必到处寻问，只要留意卢森堡街头巷尾的中文招牌，就很容易找到中国餐馆。

中餐馆的环境布置具有民族特色。有的在大门口供奉一尊菩萨，前面摆着几碟水果，燃着几根香烛，大概祈求菩萨保佑生意兴隆；有的在大厅里摆放古色古香的方桌、漆凳，墙上画着龙凤的图案，或挂着大红“喜”字，营造一种吉祥、温馨的气氛；还有的餐馆播放着江南丝竹之类的古典音乐，空气中弥漫着茉莉花茶的清香，顾客仿佛置身于中国江南的茶楼……

一天，我们上一家名叫“龙凤酒家”的中餐馆就餐，穿着中国旗袍的女侍者笑脸相迎，先用中国话表示“欢迎”，然后引我们入座，送上热茶、毛巾，服务态度相当不错。这家餐馆规模不大，装饰却相当豪华。店堂里大红灯笼闪着柔和的光，四周全是中国字画，显得格调高雅。

我和一位跑堂的男青年攀谈起来。他说，外国人很喜欢中国菜。和单调的西餐相比，中国菜色、香、味俱全，品种较为丰富，再加上价格低廉，因此，外国人经常到中餐馆就餐。我打量四周，餐馆里座无虚席，绝大部分是外国顾客。他们吃得津津有味，不时地发出爽朗的笑声。

这位男青年还告诉我，这家餐馆的老板姓杨，四川人，他是老板的远房亲戚，在这里打工已有两年。我问他的生活景况，他说，他是餐馆的“头号劳动力”，凡是重活、粗活都由他包揽，每天工作十几个小时，有时感到很累。我又问他想不想自己开店当老板，他憨厚地笑了:“那能行吗?我文化程度低，语言又不通，还能做什么?”话音里流露出一种自卑感。

据了解，像这位男青年一样的打工者，在卢森堡中餐馆里为数不少。他们采取各种办法走出国门，梦想到欧洲淘金。然而，许多人由于人生地疏，语言不通，再加上文化素质不高，只得在中餐馆里打工度日。他们工作时间长，工资低，生活极为艰难。伴随他们的往往不是鲜花和欢笑，更多的是孤独、辛酸和泪水。

圣母教堂

中餐馆的老板大都来自中国。说起餐馆的创业史，他们感慨颇多。有一次，我们在卢森堡王宫附近一条街上就餐，结识了一家中餐馆的王老板。他五十开外，微胖，秃顶，浙江人，到国外谋生已有30多年。刚到时，他风餐露宿，饱尝艰辛。如今，他不仅有两家餐馆，还拥有一家超市，仅房产就价值200多万美元。他说，他是以勤奋起家，凭苦干创业，靠信誉经商，几十年如一日。他的中餐馆在卢森堡很有名气，时任国家主席李先念于1987年访问卢森堡时，曾到他的餐馆用餐。我问：“既然这样，你们为什么不把照片挂在大堂上？”王老板非常严肃地说：“他曾是我们中华人民共和国的国家元首，我怎能用他的形象做自己的商业广告呢？”从他坦诚的话语中，我相信他是恪守商业道德的生意人。

我想，中餐馆是海外华人生活的一个缩影，这里有他们成功的喜悦，也有失败的痛苦。卢森堡的每一家中餐馆都有一个勤劳创业、开拓发展的故事，都体现了中华民族自强不息、艰苦奋斗的精神。

荷兰小镇弗朗丹

美丽的荷兰小镇

欧洲有许多小镇，虽然没有大都市的繁华，但它们精致而美丽，朴实而典雅，像璀璨的珍珠撒在欧洲的大地上，远离喧嚣和烦躁，保持宁静和平和。当人们看惯了许多“标志性”的景观之后，往往会从汹涌的人流中转身，来到那些散发出艺术气息的小镇，呼吸清新的空气，重温昨日的梦境……

到阿姆斯特丹后，荷兰朋友特意安排我们在一个海边小镇住一夜。他说，那里的许多酒店面对大海，枕着涛声入眠，会别有情趣。

小镇名叫弗朗丹，距阿姆斯特丹约20公里，是一个新兴的卫星城。据说，过去它是一个偏僻的小渔村，后来通过围海造地，扩大了范围。那些厌倦都市生活的富商巨贾纷纷到这里买田置地，在海边修筑了许多豪华别墅，小镇才逐渐繁荣起来。

郁金香盛开的国度

漫步小镇，最耀眼的是遍地的鲜花。街头、路口、河畔、山坡，甚至每家每户的门前、窗下、阳台上都缀满了一簇簇鲜花，真可谓“姹紫嫣红开遍”。

荷兰人最爱鲜花，将它视为美的化身、爱的使者、生命的象征。鲜花不仅装扮居住空间，还成为荷兰人生活不可缺少的一部分。

弗朗丹还有一条大约500米长的“花街”，那鳞次栉比的花店，令人目不暇接；那浓浓的花香，让人心旷神怡；走在路上，说不定会被街道旁居民住宅里伸出的花枝挡住去路，说不定还会和装载鲜花的花车不期而遇……这里简直是花卉的王国，五彩的世界。

小镇最迷人的地方是一个半月形的海湾，倚山傍海，风光旖旎。登上堤岸眺望，远处，海水浩渺，帆船点点；近处，碧波荡漾，海鸥逐浪，充满诗情画意。海湾里挤满大大小小的玻璃钢游艇，这都是有钱人的私人财产。别看这些游艇小巧玲珑，装潢却十分考究，里面的生活设施一应俱全。荷兰人喜欢海上运动。休闲时光，全家人乘坐游艇在大海上驰骋，尽情享受阳光的抚爱和海浪的冲击。不远的码头上，停泊着许多渔船。据介绍，附近海域有丰富的渔业资源，盛产鲱鱼、鳕鱼和鲐鱼，弗朗丹的捕鱼业兴旺发达。

海湾停泊的游艇

我们登上一艘白色的游艇出海兜风。游艇约10米长，顶部和四侧镶嵌着透明的玻璃，透过船舱就可观赏窗外的景色。船长是热情的中年男子，他一边驾驶，一边讲解，虽然我听不懂他的语言，但他那自信的表情和爽朗的笑声，深深地感染了我。船返回码头，他让我戴上水手帽合影留念。

到达下榻的旅店，已是晚上九点，天还没有黑。这家旅店规模不大，只有几幢三层的西式楼房，造型却别致。红的屋顶，白的栏杆，色彩也很和谐。旅店每个房间都有一个濒临大海的阳台，阳台四周摆满盆花，中间安放着一张小圆桌和几把椅子，供旅客休憩谈心，环境清幽且舒适。

也许是太饿了，大家匆匆地梳洗一番，便来到旅店的餐厅用餐。餐厅里窗明几净，雪白的桌布餐巾，锃亮的刀叉杯盘，一尘不染，悠扬的乐曲在空中轻轻地飘荡，为餐厅增添几分温馨的气氛。我在一张临窗的餐桌就座，一边啜着咖啡，一边观赏窗外大海的景色，感到无比的惬意。

餐厅的服务小姐不仅年轻漂亮，而且笑容可掬，态度温和。她们的眼睛特别的蓝，我想，也许是她们的眸子里饱含一泓海水的缘故吧！

尽管我不大喜欢西餐，然而，这一晚却吃得津津有味。

饭后，我和荷兰朋友到海边散步。这时，天渐渐地黑了，海面上看不见帆影，只听到波涛拍打堤岸的声音，仿佛是谁在呢喃低语。海风掠起我们的头发，轻拂我们的脸庞，空气中弥漫着缕缕清香，旅店旁边花园里的郁金香在晚风中怒放。

“谁能料想，我们脚下的这片土地，在20年前还是大海。”我的朋友打破沉默，动情地说，“荷兰人多地少，政府只得靠填海来扩大土地面积。如今，弗朗丹不仅向大海要了十几平方公里的良田，还靠填海兴建了许多公共设施。”

“真不简单！”我不由得赞叹道。

回到旅店，我久久不能入睡，披衣来到阳台，想起荷兰朋友的那一番话，心潮如大海起伏。我想，论地理条件，荷兰地处海平面以下，是有名的“低洼之国”，生存条件很差；论人口密度，荷兰在欧洲各国中又最为稠密。然而，荷兰人以惊人的毅力、顽强的精神，长期以来与大自然搏斗，他们化劣势为优势，化不利为有利，靠自己的双手移山填海，建设家园，这是多么难能可贵。

弗朗丹面向大海

卢塞恩的休闲时光

卢塞恩火车站

有个童话说，上帝创造万物，将世间财富分给穷人。在西欧中部有一小块土地特别贫瘠，什么矿藏都没有，为了弥补这一欠缺，上帝给了它巍峨的高山、幽深的峡谷和明镜般的湖泊，这就是瑞士。

瑞士位于阿尔卑斯山山脉中段，素有“欧洲屋脊”“世界公园”等美誉。我去过瑞士一些大城市，秀美的景色给人留下难忘的印象。但我感觉，作为国际金融中心的苏黎世，适合银行家洽谈贸易；作为国际政治中心的日内瓦，适合政治家商讨天下大事；而卢塞恩却是瑞士的“后花园”，自然美景和人文景观浑然一体，适合于旅行者在此尽情地享受休闲时光。

当大巴驶进卢塞恩时，绿草如茵的牧场、枝繁叶茂的树林，不时地从车窗掠过。在雪山和田野之间，点缀着一座座农舍。虽是深秋，仍有各种野花竞相开放，景色宜人。

山坡上随处可见葡萄园，引起人们的遐想。

卢塞恩湖为小镇增辉添色。广阔的湖面上游艇如织，蓝天白云倒映在清澈的湖水中，显得那样美丽。两岸的建筑物错落有致，每一座楼房都是一件精致典雅的艺术品。湖上天鹅游弋，水鸟成群，它们时而在水面觅食，时而在空中飞翔。

卡贝尔廊桥

从平缓如镜的湖面上望过去，可以看到欧洲最古老的卡贝尔廊桥。确切地说，这是一座建于13世纪的、有屋顶的水上走廊。桥长200米，鲜花将外部装饰得姹紫嫣红，桥的横梁上描绘着100多幅瑞士历史故事或宗教题材的彩画。据介绍，廊桥曾在1993年的一场大火中被烧毁，重修后，仍然保持原先的风采。桥旁还有一个八角尖顶的水塔，几百年来，这里曾做过哨所、监狱、金库和档案馆。走在桥上，人们仿佛穿越历史，回到遥远的中世纪。

薄暮时分，我们到卢塞恩湖畔散步。此时，坐在河岸边喝咖啡、晒太阳的人渐渐散去，湖水拍打着堤岸，水鸟轻声地吟唱，一切都显得那么安逸，那么恬静。工作了一天的瑞士人，显得那么悠闲，有的一家人围坐在庭院里，一边饮酒，一边闲聊，不时地传来阵阵笑声。有的独自一人在湖边垂钓，透明澄澈的湖水之上，泛起金黄色的涟漪。还有一对满头银发的老夫妻，悠闲地驾着游艇在湖面驰骋，身后划出一条雪白的弧线。另一对情侣在碧绿的草坪上携手相依，倾诉衷情……大自然将优雅的环境赐予瑞士人，而瑞士人以独有的浪漫回报。

卢塞恩曾是瑞士的首都，公元8世纪建成。据说，当年的城墙气势恢宏，墙外有一道护城河。如今仅留下一段古城墙遗址，那就是穆塞格城墙。卢塞恩大街小巷，仍保留着文艺复兴时期的宫殿、古堡、宅邸以及百年老店，湖光山色和历史遗址交相辉映，悠游其间，如梦如幻。

瑞士是一个信奉天主教的国家，教会活动成为瑞士人生活的重要内容。从城市到乡村，随处可见各式各样的教堂。卢塞恩豪夫大教堂是瑞士文艺复兴时期风格的天主教堂，高耸的双塔直指苍穹，显得庄严肃穆。该教堂于 17 世纪重修，依然保持着 8 世纪的修道院格局。

卢塞恩游船

狮子纪念碑是卢塞恩的胜景。在陡峭的悬崖上雕刻着一只垂死的雄狮，威严雄壮，仰天长啸，但它却被长矛刺伤，痛苦不已。这座雕像建于 1821 年，由丹麦雕刻家特尔巴尔森设计，据说是纪念在法国大革命中，因保卫法国国王路易十六及其家族而献身的 800 名瑞士雇佣兵。美国作家马克·吐温称其为“世界上最哀伤、最感人的狮子”。

在卢塞恩旅行，常常能和著名的文学家、哲学家和艺术家“相遇”。尼采、歌德、瓦格纳、司汤达都在这里留下足迹。早在 1856 年，托尔斯泰曾经写过一本题为《卢塞恩》的书，称它是瑞士“最浪漫的地方”；席勒曾将卢塞恩湖上的民族英雄威廉托尔反抗奥地利总督统治的故事写成剧本；希尔斯广场有德国诗人歌德的故居；法国作家大仲马旅居卢塞恩时，把这座小镇比喻为“世界上最美的蚌壳中的明珠”。

铁力士雪山属阿尔卑斯山脉，海拔3238米，是卢塞恩著名的休闲胜地。由于地势高峻，铁力士雪山山顶终年积雪，深受国内外旅行者的喜爱。从山下的英格兰堡搭乘缆车，分3段上山，每程都会旋转一圈，让游客感受沿途不同的风光，时而看到牛群在碧草如茵的盆地里游荡，时而看到精致的小屋依傍在青山绿水之中。缆车攀升到海拔1800米的特里布站，山顶上的雪、陡坡上的树，在特里布湖中轻轻地荡漾。如果有时间，游客可下来换乘马车，慢慢地欣赏美景。可惜我们旅程紧张，未能如愿以偿。当缆车继续上升到标高2450米时，眼前出现白雪皑皑的冰川。到达史坦德站后，乘坐旋转360度的全景缆车直奔峰顶。这时，坐在观光平台上，四周皆白，银装素裹，向东面远望，阿尔卑斯山的少女峰、尚峰和艾格峰，在阳光和云雾中若隐若现，似梦似幻。这雄伟、壮观的美景，令人心驰神往，恍如在仙境。

雪山湖泊

我们在山上的餐厅小憩，由侧门通过冰洞，进入冰川。爱好运动的人们大显身手，有的在滑雪，身轻如燕；有的坐雪橇，在冰雪上驰行；还有的在打雪仗，玩得不亦乐乎。

卢塞恩之美在于湖水，在于雪山，在于天空，在于建筑，更在于生活在这里的居民。走在路上，遇到的卢塞恩人都很友好，他们面带微笑，主动问候。他们的言语谈吐、思维方式显得格外自由，格外浪漫。受其感染，我也在浓浓的诗情画意中沉醉，心里荡起了几分莫名的悠闲。

布拉格的黄昏

夕阳下的布拉格

抵达捷克首都布拉格，已是下午3点。当地朋友说，你们来得正是时候，今天，天气晴朗，夕阳中的布拉格风景最美。橘红色的余晖洒在古老的建筑物上，为这座城市披上金色的盛装，人们称之为“金色布拉格”。他带领我们登上布拉格城堡，居高临下，俯瞰全城。

布拉格城堡建在起伏不平的山丘上，伏尔塔瓦河像一条白色的玉带，缓缓地穿过城区。城堡建于公元9世纪，距今已有1000多年历史，既是布拉格的标志性建筑，也是《吉尼斯世界纪录》记载的现存面积最大的古堡。

布拉格城堡又称“总统府”。这个规模宏大的古堡，占地45公顷，将近700亩，堪称欧洲历史上最伟大的建筑群，被誉为“露天博物馆”。城堡内宫殿、教堂、豪宅鳞次栉比，街巷纵横交错，置身其间，仿佛走进童话世界，梦幻般的美景让旅行者目不暇接，流连忘返。千百年来，这里一直是捷克历代王朝权力的中心。时至今日，仍是总统府与国家机关所在地。

城堡入口处有持枪的卫兵把守。他们外表威严，却和蔼可亲。游客走上前要与他们合影，也不会遭拒绝。每天中午 12 点，卫兵们举行传统的换岗仪式。他们手持钢枪，步伐矫健，军容整齐，英姿飒爽，举手投足之间，颇具欧洲军人的气质。大批游客聚集广场，驻足观看，向他们投去钦慕的目光。

总统府共有 4 层，建筑富丽堂皇。一楼的维拉迪斯拉夫大厅是其核心，许多重要仪式都在这里举行。 在 16 世纪哈布斯堡王朝统治之前，这里就是波希米亚国王的住所，历任国王都曾有不同程度的修缮。总统府前广场中央矗立着两根旗杆，每逢外国元首来访时，旗杆上便升起主宾两国的国旗，总统亲自陪同外国元首检阅仪仗队。广场南侧是国家美术馆，收藏有 13 世纪以来的绘画、雕刻等艺术品。

捷克总统府

当总统在城堡内办公时，大门右翼上方升起一面雄狮图案的旗帜。一旦总统出国访问或出外巡视，这面旗帜就徐徐地降下。

毗邻总统府的圣维特大教堂是布拉格城堡中最古老的建筑。教堂宏伟壮丽，金碧辉煌，是一座哥特式和巴洛克式的混合型建筑。塔尖高耸入云，圆顶环绕四周，有“建筑之宝”的美誉。

圣维特大教堂是皇帝举行加冕典礼的场所，他们与世长辞后，也长眠在这里。教堂历经千年岁月洗礼，亦不改其原有风采。外墙上有许多精美的雕塑，记录历史的场景和故事。在古代，欧洲建筑的落水口都设计成魔鬼的形状，用来避邪，这里的排水口也是一个妖怪的造型，可见每个细节都别具匠心。

圣维特大教堂

教堂内的玻璃窗色彩斑斓。窗户上半部呈半圆形，下半部是长方形。窗户上由彩色玻璃拼嵌成宗教人物图画，题材广泛，形象生动。这是布拉格著名画家穆哈的作品。教堂内还有许多雕塑等艺术品，件件精美绝伦，处处流光溢彩。圣约翰墓用纯银打造，圣温塞斯礼拜堂用黄金涂饰，人们不时地停下脚步，细细品味。

圣维特大教堂后面的圣乔治教堂是一座保存完好的仿罗马建筑，呈红色，虽经多次扩建，但教堂基石和两个尖塔从公元10世纪一直保留至今。

黄金巷是城堡里另一个著名景点。小巷两旁全是店铺，宛如童话故事里的小巧玲珑的房舍，惹人喜爱。店里出售各种纪念品和特色工艺品，有的专卖手工绘制服装，有的出售木质玩具，有的用锡铸成布拉格城堡的卫兵，还有的打造金银首饰。黄金巷原是工匠们居住的一条街，专门给王公贵族制作金器，后来聚集一批炼金的术士，因而得名。巷的尽头是坡德塔，那是一座阴森可怕的中世纪监狱。

黄金巷名声远扬，还得益于一位伟大的作家。当年，出生于布拉格的犹太人卡夫卡，曾以每月20克朗租了黄金巷21号的房子居住。他喜欢文学，在这里完成了长篇小说《城堡》《审判》和短篇小说《变形记》等，现在这里已辟为“卡夫卡故居”，供游客参观。

透过故居的门窗，我仿佛看到卡夫卡趴在昏暗的书桌上奋笔疾书的情景。他将自己的孤独和悲哀，化作激情飞扬的文字，向读者倾诉。他的作品内容怪诞离奇，形式新颖别致，艺术风格独树一帜，深刻揭示人物的内心世界。他还精通中文，是20世纪对中国影响最大的西方作家之一。记得在2010年上海世界博览会上，捷克馆设立“卡夫卡展位”，让中国观众有机会全面了解这位作家。

夜幕降临，华灯初上。沿着石板小路，在老城街巷里穿梭，我不知不觉来到了横跨伏尔塔瓦河上的查理大桥。

查理大桥于1357年开始建造，1400年竣工。当时，查理四世在位，国力强盛，经济繁荣，下令修建大桥，连接布拉格全城。走进哥特式门楼，迎面是查理四世的全身雕像，桥上装饰着捷克艺术大师创作的30尊雕像，有圣人、国王、女神和武士，大多取材于《圣经》故事和民间传说。虽然长满锈斑，每尊雕塑仍然形神兼备，栩

查理大桥上的圣约翰雕像

栩如生。其中有最著名的圣约翰雕像。传说当年这位主教因为拒绝向国王泄露皇后忏悔的内容，被扔进伏尔塔瓦河，河水淹没他的片刻，天空奇迹般地出现 5 颗银光闪闪的星星。因此，圣约翰被奉为“查理大桥的守护神”。他的身旁有一个围栏，里面摆着金色十字架，那就是圣约翰被扔下去的地方。许多捷克人相信，只要摸一摸圣约翰的雕像，就能给自己带来好运。

查理大桥长 516 米，宽 9.5 米，却没用一枚钉子、一块木料，全用石头建成。当时到底使用什么黏合剂，仍是一个谜。1996 年，联合国教科文组织将其列入《世界遗产名录》。为了保护文物，桥上的雕像已经换成复制品，大部分原件移入捷克国家博物馆。

600 多年来，查理大桥见证了捷克辉煌的历史。国王加冕时，从桥上走过；军队凯旋时，从桥上经过；群众游行时，也从桥上经过。桥面的石板已被踩得锃亮发光，许多故事仍然在流传。

一位老人告诉我，他住在桥边的小胡同里，每天不是在查理大桥上，就是在去查理大桥的路上。这话有些夸张，但表达捷克人民对查理大桥情有独钟，充满深情的爱。“捷克音乐之父”作曲家斯美塔在晚年回忆著名交响诗《我的祖国》的创作经过时写道：“1874 年秋天，因患耳疾，我痛苦万分，一度想结束生命。那天清晨，我缓缓地走上查理大桥，没有人知道我想干什么。就在这时，我突然听见了伏尔塔瓦河的激流在撞击查理大桥的声音，仿佛是捷克人心灵的呼唤……顿时，我产生灵感，完成了这部作品。”

旧市政厅广场位于查理大桥东边，四周环绕一座座年代久远又风格各异的建筑。广场中央耸立着查理大学校长胡斯的塑像，这是 1915 年为纪念这位博学多才的校长而建的。广场上挤满人群，街头艺术家特别忙碌，有的在演奏乐器，有的在放声高歌，有的在翩翩起舞，每个表演场地都有观众呐喊助威。小贩们的食品摊位飘出诱人的香味，这里有捷克烤鸭、鸡蛋薄饼、小牛里脊、油炸排骨、现烤鲜鱼等，还有捷克苹果派等甜点。人们一边品尝美食，一边抬头仰望钟楼，等待天文钟的响起。

布拉格天文钟也称布拉格占星时钟，建于1410年，是一座中世纪天文钟，安装在旧市政厅的南面。它的知名度不亚于伦敦的大本钟。每到整点，天文钟上方的窗户开启，死神开始鸣钟，耶稣的十二门徒在圣保罗的带领下也逐一现身，还有分别象征欲望、贪婪和虚荣的木偶亮相，整个过程，紧凑而热闹，最后以“雄鸡啼鸣”结束。

这座设计精美的大钟走时准确，分毫不差。我驻足广场，打开自己的手机，和天文钟校对时间，当时，正好是晚上6点。

平时在这个时候，我也许在林荫路上散步，梳理那“剪不断，理还乱”的思绪；或者坐在窗前灯下，翻开一本自己喜欢的书，独自沉浸在闲适和温馨之中；要不然，约几个亲朋好友，喝杯茶，唱首歌，海阔天空，无所不谈，这也算是黄昏的一种享受。此刻，在遥远而陌生的异国他乡，难免产生惆怅的情绪。

唐代诗人李商隐用“夕阳无限好，只是近黄昏”的诗句，感伤生命的衰老，流露出一种凄凉和无奈；现代文学家朱自清则反其意而用之，“但得夕阳无限好，何须惆怅近黄昏”，仅增改了几个字，便充满乐观向上的精神。不同年龄、不同

布拉格天文钟

心境的人，面对黄昏，会产生截然不同的感慨。

其实，生命从诞生，到成长，到衰老，直至死亡是不可抗拒的客观规律。许多人想到自己“老冉冉其将至”，由此产生消极悲观的情绪，也是自然的。我倒是欣赏刘禹锡的“莫道桑榆晚，为霞尚满天”，他以积极的态度去看待人生，难能可贵。在生命的黄昏里，依然有满天晚霞，绚丽无比，只有加倍地珍惜那失去不再的光阴，才能活得更有滋味，更有意义，更显示出生命的价值。

布拉格的黄昏，是一幅色彩斑斓的画，是一首耐人寻味的诗。历史在夕阳下凝结成光环，建筑在夕阳下蜕变为剪影。人们常说，文学、音乐和美术作品，具有普遍的世界性。布拉格的黄昏撩起我的思绪，让我想起中国的几句古诗，就像斯美塔那交响诗《我的祖国》，同样能震撼当代中国人的心灵。

赫尔辛基散记

2002年10月15日，我乘坐芬兰航空公司的麦道11型飞机，从北京飞往赫尔辛基。这是一架大型的“空中客车”，可乘载400多位游客。从北京到赫尔辛基空中距离6400公里，途经蒙古、俄罗斯等国，飞行了8小时10分，飞机抵达赫尔辛基万塔国际机场。

在机场出口处办理入境手续时，我看到指示牌上写着三种文字。接机的朋友解释说，第一行是芬兰语，第二行是瑞典语，第三行是英语。瑞典统治芬兰长达500年之久，因此，当地人大都会讲瑞典话。芬兰的宪法规定，芬兰语和瑞典语都是官方语言。

在机场大厅，我还看到墙上两幅巨大的广告。一幅画着一个愁眉苦脸的男人，在严寒的天气里冻得浑身哆嗦，显出痛苦不堪的神情；另一幅画的同样是这个人，他正在享受“芬兰浴”，额角沁出汗珠，容光焕发的脸上绽开舒心的微笑……虽然，我读不懂广告上的文字，但对广告的旨意早已心领神会。从鲜明的对比中，不由得使人对“芬兰浴”产生浓厚的兴趣。

朋友介绍说，“芬兰浴”又称“桑拿浴”，是芬兰最有特色的民俗，已有数千年的历史。芬兰全国人口仅500万，但桑拿浴室竟有130万个，平均不到4个人就有一间。每个芬兰人从孩提时代就依偎在母亲的怀抱里，接受“芬兰浴”的熏陶和洗礼。对芬兰人来说，“芬兰浴”就像空气和面包，是人们日常生活不可缺少的组成部分。从1986年开始，芬兰将每年6月的第2个星期天，定为“桑拿日”。我的朋友曾对我说，到赫尔辛基不洗“芬兰浴”，就等于白来。他还引用一位当代诗人的名言证明自己的观点：“芬兰浴是天堂的入口，也是地狱的出口。”

我们下榻的Seaside Hotel就有一间桑拿浴室。当天晚上，我经受不住诱惑，慕名到这里体验一下“芬兰浴”的奇妙。

走进浴室，我看到靠墙的三层阶梯式的木椅上已坐着几个芬兰人，他们大汗淋漓，正在喁喁私语。看到我，他们很有礼貌地微笑，并示意我坐在他们身边。

浴室不大，由木头搭建而成。木材的表面没有油漆，已被熏得发黑。屋子中间有一个火炉，里面堆满已烧得滚烫的石块，旁边还有一桶冷水。一个芬兰人不停地用木勺舀水，浇在炽热的石头上，只听见“吱”的一声，顷刻化为阵阵氤氲，屋子里弥漫着雾气。在朦胧的灯光中，我看到几个芬兰人拿起一旁带着树叶的桦树枝条，使劲地拍打全身，空气中散发着一缕新鲜的桦木的芳香。据说，用桦树枝条拍打身体起到按摩作用，能使汗水出透，促进血液循环，有益健康。

在浴室里蒸了几分钟，我感到汗流浃背，通体舒畅，但随着室内温度升高，我逐渐觉得体力不支，便匆匆逃离了浴室。

浴室不远有一个室内游泳池。我不会游泳，只好坐在池边的藤椅上喝咖啡。不多久，我看到刚才和我在一起的那几个芬兰人也光着身子走到游泳池边，一头扎进冰凉的水里游泳。游了一会，他们又重新进了热气腾腾的浴室……

原来，芬兰人洗桑拿要经过一热一冷多次的反复。他们认为，只有这样才能洗出味道，才是地道的“芬兰浴”。

在浴室里，我还听到一些关于“芬兰浴”的传闻。早在战争年代，芬兰士兵奔赴前线时，未挖战壕，先挖“战地桑拿浴室”；芬兰人外出旅游，要带上“篷式桑拿浴室”；芬兰运动员在国外比赛，住所一定要有桑拿浴室；芬兰总统宴请外国首脑，也要到桑拿浴室……可以说，没有“芬兰浴”便没有芬兰。

在芬兰人的心目中，桑拿浴室不仅是洗澡的地方，还是人们交流的最佳场所。在节日里，芬兰人全家老少都会聚集在桑拿浴室，一边享受桑拿，一边谈笑风生，这种无拘无束的气氛，体现了芬兰鲜明的民族特色。芬兰男人们在谈生意，请客的时候，也会到桑拿浴室来，彼此一丝不挂，坦诚相对，没有官衔，一律平等，便于交流，达成共识。

芬兰人把桑拿浴室视为圣洁的地方。他们常说，神灵就住在浴室的木椅底下。因此，在沐浴时不能高声喧哗，更不能打闹取乐，要像上教堂做礼拜一样规规矩矩，不能惊扰神灵。到今天，芬兰浴室仍男女有别，一直保持着自己的纯洁性，绝不是什么色情场所。

为什么芬兰人如此喜欢“芬兰浴”呢？有人说，“芬兰浴”能使人永葆健康的体魄、旺盛的精力；也有人说，“芬兰浴”从“极热”到“极冷”，可以磨炼人的意志，锻炼人的精神；还有人认为，芬兰人性格豪爽，通情达理，他们喜欢用桑拿这种形式，与别人沟通……也许他们说得都有道理，“芬兰浴”不过是芬兰古代文化和现代文明完美结合的一种习俗罢了。

赫尔辛基坐落在芬兰湾的狭长半岛上，三面为波罗的海所环绕，是芬兰最大的港口，整个城市就像浮在海面上，一个个岛屿由桥梁连接。市内古迹众多，风景秀丽，在空中看去，明亮的湖泊犹如一双双蓝色的眼睛，闪闪发光。

帆船之都

在赫尔辛基匆匆停留几天，我骑着自行车走遍大街小巷，感受“芬兰浴”以外的风情，体验赫尔辛基人文景观和自然景色。

议会广场是赫尔辛基的中心，占地7000多平方米，地面覆盖着40万块灰红相间的花岗岩，四周的新古典式建筑群是芬兰建筑艺术的精粹。中央竖立着建于1894年的俄国皇帝亚历山大二世铜像，以纪念他给予芬兰广泛的自治，铜像下端还有几个雕塑，分别象征团结、信念和自由。广场东、西两侧分别为政府大楼和赫尔辛基大学，南面不远处是总统府、最高法院和市政厅。

欧洲城市建筑中最漂亮的是教堂。教堂其实是一种集建筑、雕塑、音乐、历史、人文于一体的宗教文化场所，它往往是当地人们精神向往、灵魂栖息之地。赫尔辛基的三大教堂就是如此。

赫尔辛基大教堂建于1852年，其结构之精美、气宇之非凡，堪称芬兰建筑艺术史上的精华。赫尔辛基大教堂呈乳白色，顶端是带淡绿色圆拱的钟楼。由于这个教堂高出海平面80多米，在大海上一眼便能望见，因此便成了赫尔辛基的地标性建筑。走上几十步台阶，来到教堂大厅，厅前是圣母雕像，用木栅栏

赫尔辛基大教堂

围住，两侧和大厅后有大型的管风琴，四面的玻璃窗格外明亮，给人以宽敞的感觉。

赫尔辛基大教堂是芬兰最受欢迎的结婚场所。为了能在这里举行婚礼，新人们需要提前一年半预约。此外，赫尔辛基大学的神学院每年都会在赫尔辛基大教堂举行传统而又隆重的毕业典礼。

乌斯潘斯大教堂内景

乌斯潘斯大教堂是源于俄罗斯的“东正教”教堂。在历史上，芬兰曾被俄罗斯统治过，“东正教”也随之传入芬兰，成为许多贵族信奉的宗教。教堂为拜占庭式的建筑，设计巧妙，外观漂亮，红砖尖塔，极为醒目，具有浓郁的莫斯科建筑风格。教堂内有基督像及12门徒的壁画，还埋葬着芬兰民族英雄马达汉将军，他曾率领芬兰军队抵抗俄国入侵。

造访赫尔辛基的游客必到岩石教堂。这个教堂建在一块起伏不平的巨大的岩石下面，既没有通常的尖塔，也不见彩绘的门窗，连基督和门徒的形象都深深地藏匿于地表之下。想当初，工匠们将岩石下面凿开、掏空，修筑起这样一个能容纳750人做礼拜的教堂是何等的艰难。岩石教堂简直是一个天才建筑师的奇特之作，充满北欧人的天赋和浪漫。

当我走进岩石教堂时，只有为数不多的信徒坐在长椅上祈祷。正厅左侧的岩壁上摆放着一架巨型的管风琴，张开的金属管道呈扇形，犹如一本打开的《圣经》。风度翩翩的管风琴师正在演奏古典乐曲，低沉浑厚的音乐在大厅里缓缓地流淌，气氛宁静而安详。祭坛的供桌是由一整块大理石板材制成，上面长年供奉着耶稣十字架，祭坛旁边有一个用三块石头支起的铜盘，里面盛满圣水。

岩壁上有几排点燃的蜡烛，闪烁着微弱的火光。环视四壁，凹凸不平的岩石都已被烟火熏成黑色。教堂上方有一个直径约 20 米的铜制圆形拱顶以及 180 个呈放射状的天窗，透过天窗可见蔚蓝的天空和洁白的云彩。教堂内的陈设简洁，给人一种朴实无华的感觉。

西贝柳丝纪念碑

离岩石教堂不远的西贝柳丝公园，是为纪念芬兰作曲家西贝柳丝而修建的。公园濒临海边，海面上停泊着帆船及游艇。公园内鲜花怒放，碧草如茵，是市民休憩的好地方。每年 6 月，赫尔辛基都要举办“西贝柳丝音乐节”，以这座公园为中心，举办各种音乐会，吸引了许多古典乐迷前往观赏。

公园里的西贝柳丝纪念碑是一座由不锈钢管组合成的超现实意象的造型，洋溢着浓厚的现代气息。同样用不锈钢制作的西贝柳丝头像，用夸张的手法突出他的耳朵，表示西贝柳丝对音乐的敏感。

据介绍，西贝柳丝从 9 岁开始作曲，到 92 岁去世，一生谱写了 7 首著名交响乐。他经常在森林中、大海边漫步，从大自然中获得灵感。他创作的《芬兰颂》，在芬兰可谓家喻户晓。人们称赞他的交响乐“具有贝多芬的逻辑、柴可夫斯基的风格”。他和贝多芬、柴可夫斯基、施特劳斯、舒曼等音乐大师齐名，闻名世界乐坛。因此，芬兰政府将海边的森林辟为公园，以纪念这位伟大的音乐家。

在赫尔辛基，提起阿曼达真是无人不知，无人不晓。她是矗立南码头广场上圆形喷池中的一尊裸体少女青铜塑像。她面向大海，一手托腮，静静地凝望着芬兰湾，被人们誉为“大海女神”。

阿曼达是芬兰著名雕塑家瓦尔格伦1905年在巴黎创作的。1907年曾在巴黎展出。翌年，阿曼达塑像在赫尔辛基市中心揭幕，当地许多妇女和保守主义者反对在公开场所展示裸体少女形象，认为有伤大雅。但是，阿曼达端庄清秀、温柔娴雅的神态和优美流畅的线条，栩栩如生地展示出一位纯情少女内心和外表的美，赢得了大学生的赞赏。在他们的保护下，阿曼达塑像一直保留至今。现在，这座铜像已成了赫尔辛基的象征，不论春夏秋冬，凡到这里观光的游客都要与她合影留念。

阿曼达塑像

以“芬兰浴”闻名的赫尔辛基，既有欧洲古城的浪漫，又充满国际化大都市的韵味。同时，她又是一座都市建筑和自然风光巧妙结合的花园城。在大海的衬托下，不论夏日海碧天蓝，还是冬季流冰飘浮，这座城市总是显得那样的美丽，因而赢得了“波罗的海女儿”的称号。

赫尔辛基港

品味爱尔兰

我几次到欧洲，都与爱尔兰共和国擦肩而过，不免遗憾。这次从贝尔法斯特驱车 170 公里前往爱尔兰，我心中充满期待。

爱尔兰共和国虽然建国不到 100 年，但有深厚的文化底蕴。我听过爱尔兰女歌唱家恩雅的歌声。1986 年，她为电影《青蛙王子》配乐一举成名，后来红遍欧洲乃至整个世界。还有旋律优美的爱尔兰民歌。16 世纪都柏林诗人汤麦斯·摩尔作词的民歌《夏天的最后一朵玫瑰花》，具有浓厚生活气息和浪漫主义色彩，深受全世界人民的喜爱。我读过爱尔兰诗人威廉·巴特勒·叶芝的诗篇，他的《当你老了》这首诗感动了成千上万的读者，至今我还记得诗中最经典的句子："多少人追慕过你，当你楚楚动人。他们如此痴迷你的美貌，假意或者真心。唯有一人偏爱你沧桑的脸庞，圣洁的灵魂。" 我欣赏过爱尔兰别具一格的踢踏舞《大河之舞》，舞者上身直立挺拔，舞姿美妙优雅，动作简洁有力，脚步灵活多变，体现了爱尔兰的民族精神。

爱尔兰面积仅 8.4 万平方公里，共有 26 个郡。1922 年前属于英国。但在 19 世纪中叶，爱尔兰岛发生灾荒，由于英国政府对灾民的漠视，引发爱尔兰人的强烈不满，他们开始为自己的命运而斗争。一部分人选择移民，到国外谋生，著名小说《飘》中女主人公郝思嘉的父亲就是爱尔兰移民。更多的爱尔兰人选择反抗，争取独立。经历多年的艰苦努力，他们终于在 1922 年宣布除了北部 6 个郡之外，其余26郡成立爱尔兰共和国。而北部的6个郡，现在统称“北爱尔兰”，仍是英国的领地。

都柏林是爱尔兰岛上最大的城市，也是爱尔兰的首都。丽妃河穿城而过，横跨河上的10座桥梁，把南北两岸连成一体。如果说爱尔兰是大西洋上的绿宝石，那么，都柏林则是绿宝石中最为靓丽的一颗。著名作家乔伊斯说过：“假如你能走进都柏林的内心深处，你就能走进世界任何一个城市的心。”短短几天，我不能走进都柏林的内心，更谈不上内心深处，但这座城市给予我的惊喜和愉悦，永记于心。

欧康纳尔大街

欧康纳尔大街是都柏林最繁华的街道。两旁高楼鳞次栉比，布满来自世界各地的名牌商店，游人摩肩接踵。街上绿树鲜花簇拥着许多人物雕塑，最惹人注目的是一根高高竖立的“爱尔兰之针”，又称“千禧柱”，高达130米，它的顶端很细，在风中轻轻摇晃，成为都柏林地标性建筑。走在丽妃河岸边，古典和现代，在这里水乳交融；诗情与画意，在这里相互辉映。由于许多高科技企业聚集于此，所以欧康纳尔大街有“欧洲硅谷”之称。

爱尔兰的文化底蕴，突出表现在爱尔兰教育方面的成就。

圣三一学院是爱尔兰一所名校，与英国的剑桥、牛津大学齐名，享有国际声誉。该校由伊丽莎白一世创建于1592年，具有悠久的学术传统，文学、神学、法律和医学等专业学科堪称一流，在全世界大学中名列前茅。圣三一学院免费开放，可自由参观。

我在这所学院逗留了3个小时，印象最深的是学院图书馆。这座建筑建造于1712至1732年间，电影《星球大战》曾在这里取景拍摄。在“圣三一”图书馆能借阅到任何一本在欧洲出版的书刊。图书馆还拥有爱尔兰史上最多的珍贵手稿。有1000年前的《凯尔经》，那是年代最久远的手抄本《新约圣经》；还有《乌托邦》作者托马斯·摩尔、荒诞剧之父塞缪尔·贝克特的手稿等珍贵藏品，这是任何一个大学图书馆都望尘莫及的。

在校园，我遇见两个中国留学生。他们告诉我，圣三一学院是爱尔兰人心目中的精神象征，学校曾培养了众多的爱尔兰知名人物，包括《格列佛游记》的作者、著名的爱尔兰传记作家乔纳森·斯威夫特，著名的剧作家奥利弗·歌德史密斯，著名的唯美主义作家奥斯卡·王尔德以及爱尔兰第一任总统道格拉斯·海德等。他们说，圣三一学院入学的要求很高，英语托福成绩在600分或雅思7.0分以上，才能进这所学校学习。目前，学院有来自80多个国家的12000名学生，他们可以徜徉于藏书450万册的图书馆，可以参加各自感兴趣的学生社团，可以享用体育、卫生设施，还可以加入有50000名会员的校友会，并能获得就业指导。因此，他们感到无比自豪。

凡是到爱尔兰的游客，大都喜欢到健力士黑啤展览馆坐坐，体味爱尔兰独特的啤酒文化。

健力士黑啤展览馆位于都柏林市中心，原先是“健力士黑啤”的生产场地。1904年，厂家在创建“健力士”品牌时，和出租方签订了长达9000年的合同。如今，厂房早已迁徙，这里辟为展览馆，每年都要接待数以万计的旅游者，已经成为爱尔兰最热门的旅游点。当年这张特殊的租赁合同仍陈列在入口最显眼的地方，人们不得不佩服“健力士”创始人的高瞻远瞩。

展览馆总共有八层，既能品尝到纯正的健力士黑啤，又能看到黑啤的酿造过程；每个楼层展示爱尔兰各种各样的文化精品，有健力士黑啤创意广告，有爱尔兰音乐和乐器介绍，还有爱尔兰画家的雕塑、绘画作品。一层楼中展示的一架大竖琴特别引人注目，这是爱尔兰人民喜欢的“天使之琴”，象征着宁静、和平和博爱，鼓舞人民不屈不挠、奋勇向前。爱尔兰国徽就是“竖琴盾徽”，天蓝色的盾面上绘有金黄色的竖琴，蓝色象征爱尔兰人蓝色的眼睛，还有大海和天空，金黄色则代表爱尔兰辽阔的国土。

端着一大杯黑啤，我来到顶层观景台。这里人声鼎沸，空气里都溢满了鲜黑啤和苏打水的混合气味。从落地玻璃窗往外望，整个都柏林城尽收眼底。我选好一个位置，慢慢地品尝杯中的黑啤，开始感到不习惯，后来渐渐接受这独特的口感，觉得苦中有甜。

在健力士黑啤展览馆，我还了解到“吉尼斯世界纪录”就是在这里诞生的。当年“健力士”老板休比佛爵士和朋友们一起打猎，没有射中一只金斑鸟，为了挽回颜面，爵士就说那是欧洲飞得最快的鸟。但当时无资料可查，于是他就萌生了“为什么不可以有一本记录世界之最的书呢”的想法，“吉尼斯世界纪录”因此诞生。我想，这无非是“健力士”老板的一种创意，其目的是提高品牌的知名度而已。

如果到都柏林咖啡馆坐坐，你就能了解爱尔兰的咖啡文化。爱尔兰的咖啡做法特殊，是用威士忌调制的。威士忌既拥有独特而浓烈的熏香，又有淡淡的甜味，以威士忌调成的咖啡，能将咖啡的甜味衬托出来，又让咖啡散发出一丝成熟的忧郁感。都柏林的大街小巷，散布着许多咖啡馆，以独特的风格吸引众多时尚的年轻人。三五好友，促膝谈心，每人捧一杯热热的爱尔兰咖啡，实在是再美妙不过的享受。这已经成为爱尔兰人的生活方式。

都柏林之夜

爱尔兰的“城堡文化”源远流长。几百年来，这个宁静的小岛上没有发生战争，也鲜有地震之类的自然灾害，城堡保存完好，建筑风格多样，有的奢侈豪华，有的古朴典雅，几乎每个城堡都有故事，都能激发人们的怀古之情。历史上很多名人都选择在城堡里举行婚礼，留下一段段佳话。置身爱尔兰的城堡，你仿佛能听到历史的回声。

都柏林城堡是最富盛名的古建筑之一，可以追溯到公元 1204 年，由当时占领都柏林的英格兰王公建造。这座城堡既是总督府邸，又是存放金银财宝的仓库。1684 年的一场大火，将它烧得面目全非。现在人们只能在地宫的遗迹中，探寻到它最初的模样。如今的都柏林城堡建于 18 世纪，是爱尔兰人民争取独立的见证，是人们到都柏林旅游观光的必去之地。

爱尔兰除了多元的文化之外，还有美丽的自然风光。在威克洛郡的群山峻岭中深藏的鲍沃斯考特庄园，被誉为“欧洲最美的庄园”。

鲍沃斯考特庄园原先是皇家领地，后来被赐予多位贵族。1603 年，屡获战

鲍沃斯考特庄园

功的爱尔兰元帅理查德·威菲尔德家族成为庄园的主人，庄园由德国著名建筑师卡斯特尔兴建。在漫长的岁月中，庄园几易主人，经过精心设计，巧妙布局，逐渐成为爱尔兰规模最大的园林，其独特的风貌始终没有改变。

步入庄园，首先呈现在人们眼前的是意大利式园林。远处起伏的山峦，近处错落的梯田和圆形的水池，构成一幅自然天成的画卷。沿着罗马式大理石阶梯前行，池塘中央有一座带喷泉的雕像，细细的水柱腾空而起，随风飘荡，像一位婀娜多姿的少女在翩翩起舞。周围摆设许多精致的铜雕塑像，有意大利式的飞马、俄罗斯式的花瓶，高大的树木郁郁葱葱，各种花草争奇斗艳，恍如走进梦境中的“世外桃源”。

来到塔谷，树木越来越密集，可以用“遮天蔽日”来形容。这些树木枝干硕大粗壮，形状千奇百怪。据介绍，这些树木经过200多年的精心培育，已有150个品种。

鲍沃斯考特庄园还有许多著名的景观。园中园里的雕塑“朱利安的纪念”，宁静的小池塘折射出第七世子爵对母亲的尊敬与怀念。海豚池塘有一扇“英国门”，铁门上点缀着玫瑰、蓟和三叶草的图案，分别象征了英格兰、苏格兰和爱尔兰。垂藤湖边的“双翼马”势欲飞动，惟妙惟肖。宠物墓地埋葬着几百年来鲍沃斯考特家族的许多宠物，许多墓志铭饱含丰富的感情，读来趣味横生。

朱利安的纪念

鲍沃斯考特庄园不仅风景秀丽，而且融入了许多文化元素，更增添了活力与激情。

街头雕像

爱尔兰还拥有许多世界闻名的文学家，如诺贝尔文学奖得主萧伯纳和塞缪尔·贝克特以及詹姆斯·乔伊斯。在离开爱尔兰的时候，我们还慕名参观位于都柏林湾的乔伊斯塔。这里是乔伊斯著作《尤利西斯》故事发生的地方。作者在小说的开篇写道：“他庄严地向前走去，登上圆形的炮座。他朝四下里望望，肃穆地对这座塔和周围的田野以及逐渐苏醒着的群山祝福了三遍。”

乔伊斯塔于1804年建成，原来是爱尔兰人为抵御外敌入侵而在海边修建的防卫塔。100年后，由于乔伊斯在这里居住过，辟为“詹姆斯·乔伊斯博物馆”，这里收藏了他的手稿、信件、照片和各种版本的作品。

从旋转石梯上到二楼，便是当年乔伊斯使用的书房，书桌上还有一本打开的书，旁边放着旅行箱，似乎预示着主人随时准备出发。再攀上一层，便到了塔顶平台，眼前豁然开朗，浩瀚的大海，广阔的原野，还有乡村小屋，这如画的景色曾赋予乔伊斯创作的灵感。我想，这座海边的炮楼并没有特别的意义，正因为它和乔伊斯的名字联系在一起，才焕发出夺目的光彩，有了新的生命和价值。

爱尔兰文化之旅带给我无限快乐和启迪。

滑铁卢畅想曲

稍稍了解欧洲历史的人都知道滑铁卢。1815 年 6 月 18 日，这里曾发生过一场决定欧洲命运的战斗。以英国威灵顿公爵为统帅的英、荷联军击败了称雄一时的法国军队，从而打破了拿破仑称霸欧洲的美梦，这就是著名的滑铁卢战役。此后，拿破仑·波拿巴黯然退位，结束其政治生涯。

与欧洲其他国家的许多小镇一样，滑铁卢非常普通，并无特色，但它的名字却传遍世界每一个角落，甚至成为人们的口头禅——如果某个人事业失败，或经营失利，或情场失意，都会被形容为“遭遇滑铁卢”。“滑铁卢”逐渐成为“失败”的代名词。

100 多年过去了，如今的滑铁卢镇成为比利时的游览胜地。来自五大洲、四大洋的游客慕名而来，凭吊历史遗踪，抒发怀古之情。

滑铁卢镇距布鲁塞尔南郊 18 公里，建于一片宽阔的丘陵地带。我们驱车前往时，浓云垂野，满天阴霾，狂风呼啸，大雨将至。汽车停在一座大约 50 米高的铁狮峰前，导游带我们拾级而上，直达山顶。他介绍说，这是一座人工堆积的小山，建于 1826 年，当年还没有推土机，是当地妇女用背篓从几公里外的地方背土垒成的。

登高远目，当年万马鏖战的沙场尽收眼底。此刻，我的眼前仿佛浮现刀光剑影、血肉横飞的场景；我的耳畔仿佛响起鼓号齐鸣、人喊马嘶的声音……山顶上屹立着一只铁铸的雄狮，它的前蹄紧紧地抓住一只象征着世界的铁球，在阴沉的苍穹下，昂首傲视，气宇轩昂。据说，这座高4.45米、长4.5米、重28吨的铁狮子是威灵顿公爵用法军遗弃在战场上的枪炮熔铸而成的，人称“滑铁卢雄狮”，它面朝法国方向，象征着英、荷联军的胜利。

滑铁卢雄狮

从铁狮峰下来，天空果然飘起了雨。我们冒雨来到滑铁卢纪念馆参观。纪念馆呈圆形，二楼大厅的环形墙壁上有一幅高10米、长100米的巨幅油画，这是法国画家路易·杜默兰和他的五位合作者于1912年共同创作的。油画以写实的手法，巧妙的布局，鲜明的色彩，生动的形象，再现了滑铁卢战役那惊心动魄的场面。为了渲染气氛，油画前还陈列着几件雕塑作品，有战死沙场的战士、腾空跃起的战马、丢弃路旁的兵器、东倒西歪的房舍……这一切是那样逼真，给人身临其境的感觉。

在战场南面还有一幢红顶黄墙的两层楼房，门前写着“小石头村”的字样，相传是当年拿破仑指挥战斗的司令部。这里陈列着拿破仑用过的指挥刀、望远镜、行军床等物品。北面的一座古堡，则是威灵顿公爵的指挥部，现在成为“威灵顿纪念馆”。城堡至今保存着比利时国王的“授封书”，授予威灵顿“滑铁卢亲王一世”称号，并将滑铁卢周

滑铁卢纪念馆

围 1083 公顷的森林和土地同时封授。此称号和封地永远有效并可世袭。

雨越下越大，我们只得进一家旅店躲雨。旅店的大厅里正在放映一部名为《滑铁卢之战》的电影，守门的警卫穿着 1815 年时的军装，笔直地站立着。导游告诉我们，滑铁卢本来是没有什么名气的穷乡僻壤，因为有了那场举世闻名的战争，才变得如此显赫。镇上的居民很会动脑筋，想办法，他们利用古战场的有利条件发展旅游业，招徕四方游客，还建成蜡像馆、购物店，陈列或出售与滑铁卢战役有关的资料、书籍和纪念品，向人们形象地述说那场战争的悲壮和惨烈。但是，无论是图片还是纪念章，几乎都是拿破仑 · 波拿巴的头像和名字，很难见到与威灵顿公爵有关的纪念品。

作为失败者，拿破仑竟成为人们追捧的对象，胜利者威灵顿公爵却被冷落，甚至有人还不知道他的名字，这实在是令人费解的怪事。

凝望着窗外的倾盆大雨，我忽然想到，1815 年 6 月 18 日那天不也是风雨交

滑铁卢厅

加的日子吗？由于道路泥泞，步兵陷入泥淖，骑兵难于奔驰，法国军队才被迫推迟进攻时间。后来威灵顿公爵的增援部队赶到，才导致法军的失败。倘若那几天不下雨，倘若法军及时发动攻势，倘若英、荷联军未能得到增援……欧洲的局面也许早已改变，历史可能重写。正如法国文学家雨果在《悲惨世界》一书中所写的："多了几滴雨或少了几滴雨，那对于拿破仑成了一种胜败存亡的关键。上天只须借几滴雨水，便可以使滑铁卢成为拿破仑的末日。一片薄云违反着时令的方向穿过天空，便足以使整个世界崩溃。"

然而，假设不可能替代事实，历史是无情的。滑铁卢战役最终以法国人引为耻辱、以英国人引为荣耀而载入史册。

离开滑铁卢时，我看到远处的水泥基座上耸立着拿破仑的铜像。这位一向高傲自大的法国皇帝，头戴战帽，脚蹬长靴，身体略微侧斜，双手抱在胸前，目光依然自信，却流露出无可奈何的神情。无情的雨水打在他的脸上，眼角仿佛闪烁着晶莹的泪花。面对游客们的匆匆一瞥，他又有什么感慨呢？

雨过天晴，西方的天空出现一抹淡淡的晚霞。

萨尔茨堡的骄傲

萨尔茨堡全景

萨尔茨堡是奥地利西部阿尔卑斯山上的一座山城，海拔 3800 米，是萨尔茨堡州的首府，奥地利的第三大城市。美丽而宁静的萨尔茨河从市区流过，将全市一分为二。这是一座值得当地人骄傲的城市，它不仅仅拥有悠久历史、灿烂文化，也不仅仅拥有湖光山色、古堡塔影，更重要的是萨尔茨堡哺育了音乐大师莫扎特，从而成为国际上著名的音乐之乡。

在萨尔茨堡任何一个地方，我仿佛都能听到一种悠扬而动人的旋律，在萨尔茨河里流淌，在阿尔卑斯山麓回响，在圣彼得大教堂前荡漾，在米拉贝尔花园上空盘旋……有了音乐，萨尔茨堡就有了灵魂；有了音乐，萨尔茨堡才更具魅力。

4 年前，我在萨尔茨堡访问。那明净的湖水，那绿色

街头钢琴演奏

的森林，那透明的蓝天，那白色的山峦，清晰地印在我的脑海里。有一次，我在街上散步，偶然遇到一位穿着黑白相间的西服的男人，坐在钢琴前演奏莫扎特的《安魂曲》。他头发凌乱，表情哀伤，全神贯注地沉浸在音乐的旋律中。

那是一个晴朗的夏日，蓝天上飘浮着白云，绿树间点缀着红花，美妙的音乐如怨如慕，如泣如诉。有人介绍说，这是一支哀乐，它的主题是死亡。然而，在我听来，这是生命与死神的搏斗，这是意志与病魔的抗争，乐曲在明媚的春光和神圣的礼赞中结束，死神败退了，生命得到升华。

此时，我看到坐在长椅上的一个胖乎乎的女孩热泪盈眶，她身穿一件黄色的衣服，颤巍巍地站起身来，向音乐家致意。

跨过萨尔茨河上的莫扎特大桥，我走进老城区的步行街，瞻仰位于粮食大街 9 号的莫扎特故居。狭窄的街道上充满古典欧洲的气息，来自世界各地的游客摩肩接踵，他们莫非同我一样，到这里寻找莫扎特的遗踪？

街道两旁的小店铺挂着美轮美奂的铁铸招牌，像一件件艺术品。店内货架上摆满各式精美绝伦的商品，其中印有莫扎特头像的香水、陶盘和巧克力特别引人注目，有的店铺里还飘出莫扎特的钢琴曲。徜徉其间，仿佛走进艺术和商业糅合的长廊，一路赏心悦目，美不胜收。

莫扎特故居是一幢米黄色的五层楼房，和四周的建筑物没什么区别。唯一不同的是有一面奥地利国旗，从屋顶垂挂而下，以显示这位音乐大师在萨尔茨堡人心目中的位置。现在，故居的四楼已被辟为博物馆，陈列着老式钢琴、乐谱，还有莫扎特出生时躺过的摇篮……

莫扎特故居

据介绍，莫扎特于1756年1月27日诞生在这里。他的父亲是宫廷乐师，也是莫扎特的启蒙老师。从小，莫扎特就显露出超人的音乐天赋。他5岁开始作曲，并能演奏钢琴和小提琴。7岁时随父亲在欧洲各地演出。11岁时在维也纳完成几部德文和意大利文的歌剧。16岁时便成为萨尔茨堡市管弦乐队指挥。25岁那年，莫扎特不顾父亲的反对，毅然与大主教公开决裂，只身来到维也纳，想做一个“自由的音乐家”。然而，等待他的是饥饿、贫穷和疾病的折磨。在那艰辛的岁月里，莫扎特没有屈服，始终保持乐观的精神和旺盛的斗志，他创作了歌剧《费加罗的婚礼》《魔笛》《唐乔万尼》以及《林茨交响曲》《布拉格交响曲》等作品。他的音乐旋律优美、温柔和谐，被誉为“含着眼泪的微笑”，充满生命和活力。1791年12月5日，莫扎特在贫病中去世，年仅36岁，死后只有寥寥数人为他送葬。这位平生创作了600多部作品的音乐家的人生竟如此的凄凉和悲惨，真叫人感喟不已。

莫扎特故居简陋的门台

值得欣慰的是萨尔茨堡人没有忘记莫扎特。在莫扎特去世50年后，人们在他的故居北边广场上为他建立了铜像。1842

年，为了庆祝铜像落成，萨尔茨堡举行了首届莫扎特作品纪念演出活动。此后，几乎每年、每季、每周都有“莫扎特周”之类的音乐会。即使每一天，萨尔茨堡的广场上、教堂里、花园旁，都有穿着鲜艳民族服装的音乐爱好者演奏莫扎特的作品。可以想象，萨尔茨堡人一直在音乐大师的旋律中生活，那是一种多么高尚的精神享受啊！

莫扎特铜像

怀着崇敬的心情，我来到莫扎特的铜像前。他身披大衣，左手捧着五线谱纸，右手拿着蘸水笔，凝视着前方，仿佛在构思一部新的交响乐。在他身后是耸立在山上的一座白色城堡，是飘荡在空中的一片红色晚霞。萨尔茨堡造就了莫扎特，莫扎特也用他那荡气回肠的旋律回报萨尔茨堡，为自己的故乡增辉添彩。

维也纳，多瑙河女神

蓝色的多瑙河

“音乐甲天下，美女多如云。五步一咖啡馆，十步一餐厅……”人们用这样的话来形容维也纳。漫步街头，每一个角落都能感受到音乐的氛围，每一条街都能遇到风情万种的奥地利女郎，每一间咖啡馆和餐厅都洋溢着浪漫的情调，每一座历史建筑都蕴藏君王统治时期留存的遗韵，再加上这座城市环境优美、景致诱人，因此，维也纳被誉为“多瑙河女神”。

年轻时爱幻想，每当聆听约翰·施特劳斯的《蓝色的多瑙河》这支优美抒情的乐曲时，我的心就插上翅膀，飞到那遥远而陌生的国度，我仿佛看到了多瑙河那旖旎的风光。

曲曲折折的河岸逶迤地伸向远方，河两旁森林郁郁苍苍。高大的橡树、挺拔的白杨、婀娜的垂柳、丛生的灌木随处可见，漂亮的农舍散布在绿海之间，格外鲜艳夺目。许多不知名的花朵，如一颗颗宝石，又似一粒粒明珠，闪烁着丰富的色彩。蓝天下，水鸟飞翔，低语轻唱。微风掠过，河面上泛起一层层波浪，多瑙河的水一片蔚蓝，蓝得令人心驰神往……

这次，应奥地利维也纳总商会的邀请，温州市建筑材料行业协会代表团一行 44 人，赴欧洲参加第 55 届比利时布鲁塞尔国际建筑建材博览会后，于 2014 年 2 月 18 日到达维也纳，维也纳总商会安排我们来到多瑙河畔参观。此时，我才发觉，多瑙河的水并不是蓝色的。据当地人介绍，河水变幻莫测，有时浅绿，有时铁青，有时棕黄，但确实没有一天是蓝色的。

在河边散步，我的心充满好奇。记得 18 世纪匈牙利诗人卡尔 · 贝克在一首诗中写道："我的小村庄，安详地躺在美丽的、蓝色的多瑙河的岸上……啊，蓝色的多瑙河，给人们造福的河岸。"为什么诗人和音乐家都称多瑙河是"蓝色"的呢？难道他们的眼睛产生了错觉？

几天后，我们有幸欣赏了施特劳斯交响乐团的一场音乐会。当《蓝色的多瑙河》那熟悉的旋律响起时，场内爆发了一次又一次雷鸣般的掌声，观众们沉浸在激动和喜悦之中，有些人还不时地抹着眼角的泪痕。

陪同观赏的奥地利朋友说，音乐多么奇妙，它不仅表达人们的喜怒哀乐，还往往表现一个民族的精神和时代的特征。奥地利人把热爱祖国、热爱多瑙河的感情，都倾注在这首乐曲中。虽然，人们已听过千遍万遍，但依然感到那样亲切、那样清新。这热情奔放的乐曲，给人们带来了青春和欢乐，信心和力量。他还说，在奥地利人的眼中，"蓝色"象征着和平、安详和宁静。因此，《蓝色的多瑙河》集中体现了他们对未来的憧憬，对理想的追求，许多人甚至将她看作奥地利"第二国歌"。

哦，我终于明白了"蓝色"的真正含义和深刻内涵。

这时，我的眼前出现了约翰·施特劳斯的身影。他正在多瑙河边徘徊、沉思，那蓝天，那白云，那淙淙的水声，那飒飒的风声，和他心中那汹涌澎湃的爱国激情，融汇在一起，化作一串串飞扬的音符。

这音符是不朽的，它响彻奥地利的上空，也响彻整个世界。我微微地闭上眼，如饥似渴地捕捉着每一个颤音，每一个和弦。

施特劳斯交响乐团是一个颇负盛名的艺术团体，足迹遍及全球每一个角落。乐团中绝大多数的演奏家都参加过维也纳金色大厅举行的新年音乐会。如果仔细端详艺术家们的表情、姿势、动作，你会发现他们每个人都是那样地聚精会神，那样地充满激情，仿佛美妙的音乐是从他们心底流出，是他们心灵畅快淋漓的倾诉！是的，只有对艺术孜孜不倦地追求，才能有丰富的乐感、精湛的技艺，才能征服观众。

音乐是没有国界的。它既不需翻译，也无需解释；它穿过时间的隧道，缩短空间的距离，给世界上每个人带来欢乐，带来祝福，带来憧憬和对未来的希冀。

我们游览了国家歌剧院、英雄广场、议会大厦和霍夫堡皇宫，我们感到维也纳既有着现代城市的节奏和律动，又有着中古时期的风格。

国家歌剧院是"音乐之都"维也纳的象征，这座方形建筑的外墙铺设浅黄色大理石，雍容华贵。正面的五个拱形大门上端，伫立着五尊歌剧女神的青铜

国家歌剧院

英雄广场

雕像，分别代表英雄主义、戏剧、想象、艺术和爱情。英雄广场是奥地利人民为纪念玛丽亚·特莉莎女皇而建的，她的铜像面南而坐，眉目端庄，神情肃穆，大有君临天下的气概。这位女皇统治奥地利长达40年之久，发展经济，振兴国家，使奥地利进入空前兴盛的时代，音乐、绘画和艺术亦随之繁荣。议会大厦是一幢古老的建筑，屋顶的雕塑形象传神，古朴雅致，无论跃马扬鞭的骑士，还是振翅高飞的女神都塑造得栩栩如生，人物的神态、动作刻画得细致入微。大门口的几组雕塑群，描绘那些叱咤风云的英雄人物，讲述着各个时

议会大厦

期的历史故事。霍夫堡皇宫是哈布斯堡王族的冬宫，由16世纪到18世纪所兴建的旧王宫和后来修建的新王宫构成。宫内2600多个房间，奢侈豪华，收藏着各国的名画、雕塑、银器、珠宝等艺术品，其中还有中国的瓷器。

霍夫堡皇宫

维也纳的街道纵横交错。碧绿的树木，鲜艳的花卉，精致的建筑，涌动的人流，构成一幅绚丽的风景画。公园、广场上的雕塑作品随处可见，有的歌颂爱情，有的描绘战争，突显出维也纳艺术家的想象力和创造力，闪烁着人性的光辉和永恒的美。

作为访客，我们只能对一个城市的表象浮光掠影，要深入了解城市的内在气质，只有通过跟当地人士交流。在维也纳期间，我们拜访了维也纳总商会，与商会秘书长皮尔先生进行深入广泛的讨论。

皮尔先生首先介绍了当地产业概况和商会的作用。他说，奥地利有近100个商会（协会），9个联邦州都有自己的商会，每个行业也有自己的商会，形成条块结合的体系。维也纳总商会成立于19世纪末，设法律部、政治部等专业机构，拥有13万家会员，以中、小企业为主，主要产业有化工、电子、建材、装饰、汽车及关键零件、银行保险、旅游业等。维也纳95%的企业员工不超过20名，只有0.5%的企业有100名以上的员工。商会不是政府机构，而是民间组织，主要职能是为企业提供卓有成效的服务。

谈到商会的服务内容，皮尔先生用“包罗万象”四个字来形容，主要有开展企业咨询、举办商务培训、进行经济效益评估、开展电子商务、与维也纳大学合作进行产品研发以及法律、广告等方面的咨询，同时还要协调企业与企业、企业与政府、企业与其他商会之间的关系。商会的宗旨是为所有商户、企业提供保障服务，使经营者达到利益最大化。他说，维也纳多次被评为世界最佳生活城市，旅游业发达，每年有60万游客来奥地利旅游。商会以此为契机，以旅游业带动其他服务业的快速发展。

维也纳街市

皮尔先生说，温州是中国一个充满活力的城市，温州人有“中国犹太人”之称。数以万计的温州人在欧洲，包括在奥地利投资创业，取得成功。他们经营服装、皮革、餐饮、旅游等行业，为维也纳的经济发展做出贡献。他希望温州建材行业企业家到奥地利开拓市场。

我们对皮尔先生和维也纳总商会的热情接待表示感谢。维也纳是一座有魅力的城市，当前，奥地利和中国有十分和谐的贸易关系，发展空间广阔，通过这次访问，我们相互交流，加深了解，增进友谊，开展合作，相信将有更多的温州商人到奥地利洽谈业务，也会有更多的温州市民到奥地利观光。

追忆特洛伊

乘渡轮前往恰纳卡莱

晨光熹微，我们离开伊斯坦布尔前往恰纳卡莱，追寻特洛伊古城遗址。

恰纳卡莱位于达达尼尔海峡的入口处。郁郁葱葱的山脉，阳光充足的沙滩，碧绿清澈的海水，使这座海滨城市处处散发着爱琴海的迷人气息。举世闻名的特洛伊古城遗址更是世界各地的旅行者到此首选的目的地。

我们的司机是一个来自黑海的土耳其男子，46 岁，未婚。他满头白发，憔悴而衰老，看上去比实际年龄大得多。他性格木讷，沉默寡言，慢慢地开他的车。导游说，恰纳卡莱距离伊斯坦布尔 320 公里，乘渡轮过了海峡就到了，可是，我们的司机走了 5 个小时，还没有到渡口，中间还走错了路。我们在一个小镇吃了饭，下午 1 点才抵达恰纳卡莱。

恰纳卡莱是连接马尔马拉海和爱琴海的天然海道，在军事上是险要之地。3000 多年前，希腊霸主阿伽门农为了夺回私奔的美女海伦，大举进攻特洛伊，这里曾爆发了一场大战。

车上，导游向我们讲述了特洛伊战争的前因后果。

特洛伊城和希腊隔海相望。大约在公元前13世纪，希腊斯巴达一户人家生了个女儿，取名海伦。这位小姑娘俏丽无比，渐渐长成为举世罕见的美女，各国的公子王孙们纷纷追求她。后来，海伦相中了斯巴达王阿特柔斯的儿子墨涅依斯，并和他成亲。不久，墨涅依斯做了国王，两人相亲相爱，过着幸福美满的生活。一天，墨涅依斯的王宫里来了一位尊贵的客人，他是特洛伊国王的儿子帕里斯。 墨涅依斯和妻子海伦设宴，盛情款待。席间，海伦看到帕里斯风度翩翩，不由得对他一见钟情。不久，竟和帕里斯一起私奔，逃回特洛伊城了。

墨涅依斯发现后，勃然大怒，连夜赶到迈锡城，请求他的哥哥、希腊的霸主阿伽门农为他复仇。阿伽门农召集希腊许多小国的国王前来协商，决定联合起来，用武力消灭特洛伊城。阿伽门农被推选为统帅，率领10万大军、1000多条战舰，浩浩荡荡地攻打特洛伊城。

由于特洛伊城城防坚固，希腊人攻打了9年，始终没有结果。后来，希腊一位多谋善断的将领奥德修斯提出了一条妙计，用木头制成一只巨大的木马，将一些勇敢善战的士兵藏在木马内，然后佯装全军撤退。当天，特洛伊人欢天喜地，以为胜利在望，把木马作为战利品拖回城里。到了深夜，藏在木马中的全副武装的希腊士兵一个又一个地跳了出来，杀死了还在睡梦中的特洛伊人，并迅速打开城门，隐蔽在附近的希腊军队潮水般地拥入城中，一举夺下城池。希腊军队到处放火泄愤，将繁华的特洛伊城烧为灰烬。

为期10年的战争终于结束了，希腊人把特洛伊城掠夺一空，男人大多被杀死，妇女和儿童沦为奴隶，特洛伊的财宝都装进了希腊人的战舰。海伦也被带回了希腊。

尽管公元前800年，盲人荷马在史诗《伊利亚特》里，详尽地描述了这场起因于爱情的战争故事。但由于年代久远，人们对这段历史将信将疑，特洛伊城到底在哪里，仍是一个谜。直到19世纪初，出生在德国麦克伦堡镇一个名叫海因里希·施里曼的考古爱好者，年幼时读到《伊利亚特》，深受史诗的影响，深信特洛伊城真实存在，立志要找到特洛伊城。经过近40年的准备，施里曼带着他从商积攒的全部资金，来到西安纳托利亚的爱琴海岸，追寻古城遗址，实现儿时的梦想。

经过严密的考证，海因里希·施里曼认为特洛伊城就埋在土耳其西北部的希萨尔雷克山下，这座近海的山脉，与荷马的描述基本一致。当时，他的论断和做法却受到许多人的嘲弄和耻笑。

1873年6月，考古工作者在“普里阿摩斯宫殿”的环形墙不远处，发掘了一批文物，其中最珍贵的是两顶华丽的金冠，还有金镯、金杯、金耳环以及银制花瓶和青铜武器等。这次发现，让施里曼激动不已，他确信这是传说中的特洛伊最后一位国王普里阿摩斯的宝藏。

海因里希·施里曼去世后，他的同事们继续在此地挖掘，根据陆续出土的文物推断，这里就是《荷马史诗》记录的“特洛伊故事”的发生地。考古学家

特洛伊遗址

宣布，特洛伊古城形成于公元前2500年至公元前2200年，比传说中的特洛伊战争年代还要早1000年。

特洛伊一角

1995年，土耳其政府把古城所在地命名为“国家历史公园”。1998年，联合国教科文组织将其列入《世界遗产名录》。2004年，美国华纳电影公司与土耳其文化旅游部合作拍摄的好莱坞大片《特洛伊》上映，这部电影场面宏大，情节逼真刺激，震撼人心，在全球公映后，特洛伊的名气大振，世界各地的游客纷至沓来。

走进特洛伊古城遗址，在断壁残垣穿行，有一种幽远而神秘的感觉。导游介绍，特洛伊是一个露天博物馆。古城虽然多次修建，但又多次毁损。因此，在地底下清晰可见9层墙基。现存的遗迹只剩下城墙、寺庙和剧院坍塌的石柱，横卧在凌乱的岩石上，似乎诉说着千年的哀怨。有几株绿色的小草，从石头缝隙里顽强地钻出来，给废墟增添了几分生机和活力。

在特洛伊遗址公园博物馆里，一群可爱的小学生们正排队参观，老师向学生们讲述特洛伊的故事。在这里，我们看到了海因里希·施里曼等一批德国考古学家的照片及生平介绍，玻璃柜子里陈列着一些发掘出来的文物。他们让人类最伟大、最古老的特洛伊遗址重见天日，真是功不可没。然而，《荷马史诗》中所描写的那些有血有肉的人物，都掩埋在历史的长河里，谁能知？谁能晓？

当年有没有“木马计”，特洛伊镇居民并不在意。他们采集希腊神话中所说的伊达山的松树，建造一座3层楼高的木马，并将它放在古城遗址。木马外形庞大，高达12米，内部宽敞，可容纳40多人。我们一行5人顺着楼梯登上二层，分别占据5个窗口，拍了一张合影；然后攀上最高层，俯瞰四周景色，只见满山遍野的橄榄树一片青翠，红瓦白墙的农舍点缀其间，夕阳下的爱琴海显得特别美丽。

特洛伊木马

导游告诉我们，现在每年有近 100 万人到特洛伊镇观光，旅游已成为镇上居民的主要收入来源。在卖旅游纪念品的小商店，我买了一个木马模型。两位售货员长得很漂亮，也许是遗传了海伦的美貌？我问导游："海伦背叛了墨涅依斯，才引发这场战争。你们如何看待海伦？"导游回答说："海伦追求自由，向往爱情，她没有过错。"

起风了，几千年的沧桑之变，凝聚在这个瞬间。到底是什么力量，驱使我远渡重洋来到这一片废墟前？其实，我自己也说不清楚。

伊斯坦布尔的独立大街

伊斯坦布尔

土耳其的伊斯坦布尔是一座神奇的城市。荣获诺贝尔文学奖的作家奥尔罕·帕慕克在《伊斯坦布尔：一座城市的记忆》一书的扉页上写道“美景之美，在于忧伤”，当初，我并不明白这句话的含义。我曾两度来到土耳其，旅行中充满快乐和兴奋，丝毫没有“忧伤”的感觉。后来，细读历史，才知道伊斯坦布尔是世界上唯一地跨欧洲和亚洲的城市，博斯普鲁斯海峡横贯其中，曾是罗马帝国、拜占庭帝国和奥斯曼帝国的首都。《伊斯坦布尔：一座城市的记忆》的作者以其少年时代的亲身经历写成这部著作，对这座城市充满深深的怀念和淡淡的伤感。

第一次到伊斯坦布尔时，陪同我们参观的翻译名叫MinGu，是一位土生土长的土耳其姑娘。她热情和善，笑容可掬，曾在中国南京大学学习汉语专业，为自己取了个中文名字“小曼”。她用流利的汉语对我说，如果把伊斯坦布尔比作“东方巴黎”，那么，独立大街就是巴黎的“香榭丽舍大道”。

独立大街是以加拉达塔附近中世纪的热那亚社区为起点，一直延伸到塔克西姆广场，全长 3 公里。这里是土耳其政治、经济、文化中心。1923 年 10 月 29 日，共和国政府宣布将这条街更名为“独立大街”，以纪念土耳其独立战争的胜利。

加拉达塔是伊斯坦布尔标志性建筑之一。这是拜占庭皇帝阿纳斯塔修斯于公元 507 年修建的灯塔，最初用木头建造，后来在十字军东征时被焚毁，直至 1348 年，热那亚人用石料重建石塔，高达 9 层。在我下榻的金角湾酒店，眺望那圆圆的塔身和尖尖的塔顶,就产生“会当凌绝顶”的愿望。

加拉达塔

那天，我和小曼沿着弯弯曲曲的陡坡来到塔下，看到许多游客挤在售票处买票。时间充裕，我们也买了票，随着涌动的人流，坐观光电梯直达塔顶。登上观光平台，博斯普鲁斯海峡尽收眼底，托普卡帕宫、圣索非亚大教堂和蓝色清真寺历历在目，真有一种居高临下的自豪感。

从加拉达塔出来，我们在独立大街漫步。

独立大街是一条步行街，两侧有许多著名的建筑，包括教堂、饭店和各国驻伊斯坦布尔的领事馆。有些房了还有标牌，注明建造的年份，一般都建于 19 世纪。

近街的楼房大部分都用于商业，经过精心的修葺装饰，古老的建筑和时尚的装饰巧妙糅合，赏心悦目。罗马天主教的圣玛丽亚教堂显得庄严肃穆，希腊正教的圣三一教堂造型别致，亚美尼亚教堂小巧玲珑，还有穆斯林的清真寺色彩艳丽，每幢建筑的风格都不相同，显示伊斯坦布尔“一半欧洲，一半亚洲”的多元文化特征。其中齐切克帕塞基餐厅颇有名气，里面有众多的小餐厅和小酒馆，迎合不同肤色、不同爱好人群的不同需求。

大街上行驶的老式有轨电车最能代表伊斯坦布尔的怀旧情结。一辆辆红色的电车以每小时 10 公里左右的速度，在熙熙攘攘的人群中缓慢穿行。我看到顽皮的孩子扒上车厢，随即又跳下车厢，电车司机也熟视无睹，任凭单纯的孩子们嬉戏取闹。

大街两旁的商店可谓琳琅满目。商场、餐馆及娱乐设施，应有尽有。“星巴克”“麦当劳”和“肯德基”的招牌随处可见，商业气息异常浓厚。每间店铺装饰都很有特色，豪华典雅，个性张扬，吸引本地人和外国游客纷至沓来。许多国际著名的服装、皮鞋品牌都能在这里买到，价格却比国内便宜；咖啡店、甜品店人满为患，餐桌甚至摆到了人行道；酒吧是年轻人喜欢聚集的场所，空气中弥漫着疯狂的音乐。相比之下，书店是闹中取静的地方，行人不多，只有喜欢阅读的人在这里度过悠闲的时光。

独立大街即景

沿街叫卖的小贩们和定点设摊的商家，成了独立大街另一道风景线。他们以各种方式兜售五花八门的食品，像土耳其烤肉夹馍、鲜榨高浓度果汁、羊奶冰淇淋、甜心巧克力，还有什么芝麻圈、小甜饼等不知名的美食，令人眼花缭乱，游人可以大饱口福。这些小贩非常敬业，将自己的工作做得很认真，很专业，他们会想方设法与游客聊天，即使存在着语言障碍，也会用手势和客人交流。他们淳朴的脸上流露出真诚的微笑，看到这亲切的笑容，游客们不由得自主地在摊前驻足，因此，小贩们生意十分红火。

街头艺人表演是欧洲城市普遍的社会现象，伊斯坦布尔也不例外。他们有的演奏着各种乐器，沉醉在美妙的音律或鼓点中，围观的人群分享着他们的欢乐；有的装扮成外星人的模样，站在那里纹丝不动，等待善良人们的施舍；还有的挥动着画笔，给游客写生。这些街头艺人天生聪明，随着中国游客的增多，他们会用“您好”等中文问候，以博得中国人的好感和同情。

塔克西姆广场是独立大街的终点。广场上矗立着土耳其共和国的创建者凯末尔的纪念碑，碑身四周有展现他“武功”和“文治”政治生涯的青铜雕像。小曼介绍，凯末尔是土耳其民众心目中的民族英雄。第一次世界大战期间，随着奥斯曼帝国的土崩瓦解，凯末尔在安卡拉建立独立政权。担任土耳其领导人后，凯末尔在政治、经济、文化及军事等各个领域实行变革，使这个欧亚国家迅速崛起，跨入现代化的强国行列。凯末尔纪念碑前摆满绚丽夺目的鲜花，表达土耳其人对凯末尔的敬仰之情。

凯末尔纪念碑

塔克西姆广场是伊斯坦布尔的“心脏”，新年狂欢、群众集会、示威游行、体育赛事现场转播等重大活动都在这里举行，见证过土耳其人的欢乐与悲哀。广场周围是繁华的商业圈，有马尔马拉、丽思卡尔顿等高档酒店，也有阿塔图尔克歌剧院等娱乐设施。街上游人如织，摩肩接踵，既有全身裹着黑袍的穆斯林少女，也有穿着暴露，着短裤皮靴的新潮女郎。这就是伊斯坦布尔的特色，传统和现代碰撞，封闭和开放共存。正像有的鸽子在广场上空飞来飞去，有的鸽子在地上觅食嬉戏，谁也不干涉谁。

那天晚上，土耳其朋友在独立大街附近的餐厅宴请我们。这家餐厅面朝大海，富丽堂皇，许多海鲜品种是我第一次看见和品尝。

我们来到时，已有几位客人在一张长桌两旁围坐，桌上摆着四碟冷菜，几块烤面包，还有奶酪、生菜及腌过的咸菜，大概是土耳其人饭前的“开胃菜”，有酸的，有咸的，小曼吃得津津有味，却不合我的胃口。但分餐时送来的炸小鱼、鱿鱼圈、油焖虾和梭子蟹等海鲜，我都很喜欢，特别值得一提的是现场制作的“鱼宴”，是我第一次品尝到的美味佳肴。

“鱼宴”的制作非常讲究。几位穿着白大褂的厨师搬来火炉、燃料，在桌子旁摆放一块大木板，然后，将三条大鱼放在木板上，这种鱼又鲜又大，不知其名，每条足足有10斤。大厨们在大鱼上面覆盖一层白色的东西，好像是盐，用火一点，燃烧了几分钟，自行熄灭后，他们当场拿着刀叉去头、去皮，将鱼肉一点点地分到盘子上，依次端到客人前面，还为客人们准备不同的调料。服务员在旁边频频加酒添菜，细心周到，给人宾至如归的感觉。

宴会结束已是晚上10点，我们返回宾馆。此时，夜色中的独立大街灯火辉煌，绚丽多姿。人群从四通八达的小巷里涌出，在塔克西姆广场上跳起土耳其的民族舞蹈，音乐声、欢呼声和尖叫声此起彼伏。小曼说，伊斯坦布尔的夜生活开始了，成群结队的年轻人穿梭而过，酒吧、电影院、咖啡店等娱乐场所顾客盈门，比白天更加热闹。

突然，在橘黄色的街灯下，我看到一个衣衫褴褛的老人蜷缩在街角，佝偻的身体在瑟瑟发抖，脸上露出痛苦的表情。我问小曼，他是本地的流浪汉，还是外国难民？小曼回答说，都有可能。别看伊斯坦布尔灯红酒绿，纸醉金迷，许多人仍无家可归，露宿街头。

我沉默了。望着夜色朦胧的城市，踩着凹凸不平的石板路，我心中默念：“真主保佑，愿明天的世界没有战争，愿未来的伊斯坦布尔没有贫穷。”

夏威夷的色彩和魅力

在中学读书时，我从书本上、电影里认识了夏威夷。它由100多个岛屿组成，欧胡岛是夏威夷人口最多的岛屿，也是夏威夷的政治、经济、文化中心。夏威夷州首府檀香山（即火奴鲁鲁）景色宜人，珍珠港声名远扬。

夏威夷人纯朴好客。当我们走出机场时，便有一大群热情如火的夏威夷女郎，把一串串五颜六色的花环挂在游客的脖子上，且高喊着“阿罗哈”，表达她们最真挚的欢迎。

“阿罗哈”是夏威夷的土语。夏威夷人相见寒暄时，用它来表示彼此间的谢意、爱或者感激，一般包含着“欢迎”“你好”等意思。导游王女士首先教我们学会这句话。她说，见到每个夏威夷的人都要说声“阿罗哈”，他们会很开心的。“阿罗哈”的精髓是热情、和睦、友好、平等，这正是夏威夷成为旅游胜地最成功的经验之一。

檀香山彩虹大厦

檀香山是一座名城。这里高楼林立，树木茂密，到处是鲜花，到处是绿地，一派祥和安宁的景象，仿佛是世外桃源。在檀香山，无论在山坡上，还是在高楼里，都能看到大海。

我们下榻的酒店就在海边。打开窗户，浩瀚的大海简直像要扑入房间。此刻，夕阳的余晖洒在湛蓝的海面上，变幻着缤纷的色彩，一层绯红，一层橘黄，一层深绿……煞是好看。海面上没有风，大海敞开它那宽广的胸怀，显得特别温柔和恬静。

行李甫卸，我们就奔向著名的威基基海滩。虽然已是傍晚，海边仍是一片喧哗。导游王女士说，夏威夷人非常喜欢大海，下班后，他们往往把车子开到海边，仿佛要在海的怀抱里拂去一天的疲劳，洗尽一身的汗水。

留意观察，我们果然看到海边停着许多小汽车，有几辆车还开着车门，随着车内录音机播放的乐曲，几个青年男女在沙滩上跳起了舞蹈。在临海建筑物的阳台上，站着一些孩子，不断地向空中抛东西。仔细一看，原来他们正用食物喂海鸥。这些海鸥一点也不怕人，它们拍着翅膀，绕着阳台上下翻飞，觅取食物，组成了一幅“人鸟同乐”的画图。

沙滩上有五颜六色的太阳伞，有摇曳多姿的椰子树。有的人仰卧在沙滩上，任凭阳光爱抚古铜色的肌肤；有的人畅游在大海中，在风浪里出没；有的人挺立在白色的长方形冲浪滑板上，在海面上驰骋，水面上划开无数条延伸的白线；还有的人追逐着波涛，嬉戏玩耍，寻找刺激；当然，也有许多像我们一样观赏海滩景致的游客。在夏威夷微风的轻拂下，所有的人都喜形于色，仿佛感觉自己就生活在上帝创造的人间天堂。在水天相连的地方，偶尔可见行驶的船舰。据介绍，这里每天的游客达 25000 人，他们国籍不同、肤色不同、年龄不同、兴趣不同，但享受快乐、享受自然的情趣是相同的。

站在海滩上，可以看到远处的钻石山。这是一座火山。据说第一个发现夏威夷群岛的英国人库克船长，在夜晚看到整个山头冒出蓝光，像蓝宝石一样闪闪发亮，就把它称作“钻石山”。

随后，我们来到夏威夷州议会大厦。大楼的主体像火山盆地，中间的天井

夏威夷州议会大厦

象征着火山口。水域中浮着一个个圆筒，象征着海洋中的礁石。正面八根圆柱，象征夏威夷群岛中8个有人居住的岛屿。建筑设计匠心独运，体现了夏威夷是在海底火山爆发中形成的。议会大厦前是德铭神父的铜像，他在给病人传播基督福音时，不幸染上麻风病致死。离州议会大厦不远是倚兰尼宫，原先是夏威夷国王的宫殿，宫前还耸立着卡美哈国王的铜像。这些名胜古迹，记载着18世纪卡美哈王朝的历史和文化。

德铭神父的铜像

晚上，我们在波利尼西亚文化村观赏夏威夷土著人的表演。

草裙舞又名呼拉舞，是一种注重手脚和腰部动作的舞蹈。月光如水之夜，凉风习习的椰林中，夏威夷的青年，抱着吉他，弹着优美的乐曲，用低沉的歌声，倾诉心中的恋情。夏威夷的女郎，戴着花环，穿着金色的草裙，配合音乐旋律和节奏跳起舞来。她们优美的姿态、纯洁的感情、热烈的气氛、高雅的情调，令人陶醉不已，流连忘返。

土著人表演歌舞

"火山女神"的舞蹈，最受游客的青睐。据说，火山爆发曾给夏威夷土著人带来震惊，他们心有余悸。于是，在冥冥之中，他们认为他们的世界是由"火山女神"所掌管，于是编排了一个赞颂"火山女神"的舞蹈。在疯狂的原始呼号中，一群脸上涂着色彩的土著人，围着熊熊的篝火狂舞着，气氛达到高潮。

第二天，我们前往珍珠港参观。倚着大巴的窗口望去，展现在眼前的是一派明媚的风光，蓝天、白云、椰树、鲜花……这一切，让人无法将珍珠港与战火硝烟联系起来。后来，我们在珍珠港的电影院里观看了一场30分钟的纪录片，重温发生在"二战"时期的"偷袭珍珠港"事件。

1941年12月7日，日本为了使美国无法干涉其在亚洲、太平洋地区的侵略计划，决定偷袭珍珠港，重创美国的海军力量。

那天清晨，阳光灿烂，海面上风平浪静，谁也想不到酝酿已久的罪恶竟突然降临到这个平静的港湾。当美国士兵还在悠闲地喝咖啡、晒太阳，当许多游客还在沙滩上追波逐浪，不计其数的日军战机突然出现在珍珠港上空，向停泊在港湾里的美国战舰和排列在附近岛上的美国飞机狂轰滥炸。顿时，珍珠港成为一片火海，美国太平洋舰队被日军的炮弹炸得落花流水，惨不忍睹。亚利桑那号是一艘声名远播的美国战舰，在这次偷袭中被炸弹击中后，引爆了舰首的弹药库，战舰在不到9分钟的时间里，与1177名士兵迅速沉入海底。

从电影院里出来，人们都沉默不语，表情凝重，井然有序地排着队，上船去参观亚利桑那号纪念馆。这时，太阳躲进云层，天色昏暗下来，仿佛老天也为人们凭吊英灵而营造一种肃穆的气氛。

纪念馆建在沉没的战舰上。远远望去，蔚蓝的海面上漂浮着一座白色的建筑，长大约60米，呈长方形，两端隆起，中间微陷，像一艘正要启航的白色战舰。纪念馆的三面开了21个窗口，正中央矗立着高高的旗杆，上面飘扬着美国国旗，特别醒目。据介绍，这旗杆的下端连接在沉在海底的亚利桑那号战舰主桅杆上。设计师阿里费雷特·普里斯认为，这种独特的设计，象征美国军队由失败走向胜利的历程，21 个窗口则象征 21 发礼炮，表达美国人民对亚利桑那号的敬仰之情。

登上纪念馆，我发现这里的布置非常简单，仅有白色的大理石墙壁上铭刻着当时在舰上丧生的 1177 名海军将士的姓名，墙脚摆满一束束敬谒者献上的鲜花，这鲜花寄托着无限的哀思。

伫立纪念墙前，久久端详，每一个人都屏住气息，放轻脚步，即使说话也是悄悄地耳语，生怕惊动那些沉睡在海底的士兵。透过纪念馆的窗口，可以看到战舰的残骸，倾斜的船头，锈迹斑斑的甲板，还有浮在水面的炮口……虽然时隔 70 年，但战舰上的机油仍在缓缓地渗出，在海面上形成一个个油斑，有人称之为“亚利桑那的眼泪”。

在纪念馆停留 10 多分钟，返回岸上，我们还参观了珍珠港博物馆。馆内陈列着当年日本偷袭珍珠港的历史照片，还有被烧毁的亚利桑那号战舰的模型，以及描绘那次战斗的巨型油画。油画场面浩大，惊心动魄，且十分逼真。

纪念馆大门的出口处坐着一个年逾古稀的老人，头发斑白，精神矍铄。他身穿绿色的水兵服，头戴白色的水兵帽，不时地为参观者签名留念。知情者告诉我，他叫雷·查维斯，今年已 90 多岁，是当年亚利桑那号的幸存者，历史的见证人，至今，像他这样的老兵已寥寥无几了。他为我们签名，并合影留念。他说，之所以每天到这里来，就是为阵亡的战友们守灵，否则，他心里就感到不安和失落。

“为什么不把亚利桑那号打捞上来呢？”我不禁产生疑问。

陪同我们的王女士说，当地政府确实有过这样的计划，曾让三名蛙人潜水到海底，企图切割开沉船的舱门，但是，他们费尽心思，还是无法打开舱门。后来，水下作业时发生爆炸，一人被当场炸死，二人失踪，从此，再也没有人去做类似的事情了，只能让这些亡灵安静地躺在亚利桑那号战舰上长眠。

王女士在夏威夷生活了二十年，她的话也许是真实的。

参观结束后，我们在海边漫步，前面是一座跨越海峡的大桥，停泊着几艘巨型舰艇，还有修理各种军舰的船坞，显示珍珠港仍是美国重要的海军基地。此时，和煦的阳光照耀在嫩绿的草地上，空气中弥漫着异国美酒的醇香，一群鸽子在高高的椰树间盘旋。

战火硝烟早已散尽，和平生活多么宁静。珍珠港像一个饱经风霜的老者，时刻提醒人们：珍惜啊！

夏威夷的美，美在它得天独厚的自然生态环境。美在大海，美在沙滩，美在蓝天，美在夏威夷人。当然，美需要有环境的映衬，大海上有人游泳，有人冲浪，有人潜水，就增加了生气和活力；沙滩上有棕榈树，有遮阳伞，有白帐篷，就有了点缀；蓝天上有变幻无穷的白云，更平添几分诗意；夏威夷人热情奔放的性格，更为夏威夷增添了色彩和魅力。

夏威夷日落

从细微处看美国

几年前，我去了一趟美国。在 20 多天的时间里，我从西部到东部，到访 10 座城市，所见所闻，感慨良多。从一个个细节、一件件小事中，这个国家的社会现象、价值观念、道德品质、人文关怀以及生态环境，给我留下深刻的印象。

那天，走出机场时，强烈的阳光照在脸上，有一种火辣辣的感觉，我不由得得在心中自语:“美国，我终于来了。”

导游王女士早已在机场出口处等候。她是美籍华裔，高挑的身材，优雅的气质，一看就知道是受过高等教育的知识分子。坐上旅游车，第一感觉告诉我，美国人太“小气”了。我们在欧洲、澳洲、日本等地旅游，同样是 13 个人，坐的是 30 座的豪华大巴，每人占据两个座位，还可以到后排椅子躺下睡觉。可是，美国人接待我们的不仅是普通的巴士，而且刚好是 13 个座位，非常拥挤。其次，许多国家的司机与导游都是分开的，各司其职，而这位王女士一边开车，一边讲解，身兼两职，明显是为了节省费用开支。

“这就是美国。”王女士看出我的困惑，坦率地告诉我们说，美国人很友好，也很实在，他们既为游客提供周到、贴心的服务，也不会因此而铺张浪费。她还说，美国是一个盛行小费的国家，无论在宾馆、景点，凡是人家为你服务，你都得付小费，这是对别人劳动的尊重。

我们入住 Ambassador Hotel。宾馆不错，建在离海滩不远的小山坡上，视野十分开阔，美丽的海景尽收眼底。但进入房间，又觉得美国人太“小气”。尽管四周绿地面积很大，但客房太小，仅容纳两张床，没有多余的空间；尽管卫生间很清洁，却没有牙刷、牙膏、拖鞋之类的一次性用品。正如王女士所说，美国人崇尚勤俭节约，注重环境保护，确实有点“小气”。

也许这种“小气”就是美德。

次日，我们乘船到亚利桑那号纪念馆参观。船停靠后，我正想离开座位，却看到船上的美国人都站在原地不动。我不由得得纳闷，不知发生什么事情了。几分钟后，我才恍然大悟，原来船舱中有一位坐在轮椅上的残疾人，他正艰难地推着轮椅上岸，于是大家都自觉地让开，给他留出通道，有的人还帮助他推轮椅，还有的人主动为他拿背包。那人离开了船，大家才依次上岸。

当时，我真的被震动了。从这一件极为普通的小事，我看到一个文明社会对人格的尊重，对弱者的同情。

在我的印象里，美国是一个理念十分对立的国家。无论是每隔四年一次的总统竞选，还是对某一件政治事件的态度，美国人总有自己独立的观点，或支持，或反对，或赞同，或抨击，即使对方是有权有势的大人物，他们同样讽刺、挖苦，甚至表示鄙视的态度。然而，对像残疾人这样的弱者，大家都不约而同地表示出极大的敬意和尊重，这是多么可贵啊！这件小事显示出美国人的价值观念，不向强者献媚，却向弱者俯首。

尊重和帮助弱者正是社会文明的标志。在美国，到处可见专为残疾人设计的无障碍设施，如超市、大厦、公园、车站的残疾人通道，许多建筑物及车站、机场的残疾人专用厕所，最大限度为残疾人生活提供方便。据说，美国有些城市的公共汽车还装置了轮椅固定位置，让残疾人上下车更加方便。

残疾人是社会平等的一员，他们同样是社会财富的创造者。然而，他们创造财富要比健全人付出更大的努力，尊重这些弱势群体是每个人义不容辞的责任，也是创建和谐社会的必需。

外出旅行多了，乘坐国际航班的机会也多了，经过反复的比较与观察，我发现国内一些机场在建设规模、内外装饰、服务设施及功能配套等方面，都比国外机场强得多，但国外机场的“人性化”服务，却比我们略胜一筹。

在芝加哥机场乘机飞往纽约时，亲历的一件小事，再次令我感动。

在领到登机牌的同时，我们都拿到一张乘客分组的编号，这在国内机场几乎是没有的。当时，美国国内大多数旅客都编为A组，还有一些欧洲的旅客集中在B组，我们中国旅行团的旅客编为D组。登机时，A组先上飞机，再按次序一组一组地上，轮到我们是最后了。这时，许多团友感到不平。有的说，大家都在经济舱，为什么美国人优先？还有的说，这明明是歧视中国人。虽然，我没有发表议论，却也不懂他们“葫芦里卖的是什么药”。

登上飞机后，我才恍然大悟，从心底佩服机场的精心安排。原来，A组乘客的座位在飞机尾部，让他们先登机是为了机舱的过道不会堵塞。等他们坐稳后，B组、C组、D组的乘客依次从后面到前面就座，这样，过道上不会出现拥挤现象，始终畅通无阻，既保证了机上的秩序，又缩短了登机时间。

看到这个情景，刚才发牢骚的团友都感到不好意思，才明白乘客分组登机并不是“特权”，更不是“歧视”，而是一种充满人性关怀的安排。

说到国外机场的人性安排，我又想到另一件事。我们在机场托运行李，一位团友的行李箱超重，机场工作人员就在他的行李上贴一张黄色标志的指示牌。一打听，原来美国机场规定，旅客托运行李时，每人不超过两件，每件行李重量不超过50磅，即22公斤，如果超出的就要另外贴上标志。导游解释说，这个规定主要为搬运工人考虑。一般说，每一件行李都由一个搬运工搬上搬下的，行李超重，恐怕一个工人搬不动，影响身体健康，因此，贴上标签加以区分，由两个人一起抬。

这些事虽然微不足道，但于细微之中见精神，美国机场的人性化服务都是从一件件小事做起。

美国是汽车大国，几乎所有的城市都坚持“行人优先”的原则。在洛杉矶，我看到汽车不会与行人争道，只要有行人通过，司机们就会停车，并打手势示意行人先行。此外，城市里每一个有红绿灯的路口，都有为行人设置的按钮，只要按一下，行人通行的绿灯会在10秒钟之内亮起。这时，行人就可以在司机的注目礼下安全地过马路。无论是1000万人口的洛杉矶，还是500万人口的圣地亚哥，我们都没有碰到严重的堵车现象。

我们在去拉斯维加斯途中遇到路阻，汽车排成长龙。下车打听，知道前方发生车祸。这时，所有的车子自觉地停下。虽然旁边的应急车道空空如也，但没有一辆车驶过。等了10多分钟，空中出现直升机。也许是有人受伤，当局指派直升机参加救援。

在华盛顿期间，我听到一个真实的故事。

华盛顿

1797年7月15日，一个5岁的美国男孩在哈德逊河畔坠崖身亡，他的父母悲痛欲绝，在悬崖下面买了一块地，含泪将孩子安葬。后来，由于家境贫困，他们被迫将这块土地转让。他们对新主人提出一个请求，让孩子的坟地永久保留，并写入契约。新主人同意了孩子父母的要求。100年过去了，虽然这块地多次易主，但所有的人都遵守当初的约定。1897年，这块风水宝地被选中作为美国第18届总统格兰特的陵园，为了执行契约，孩子的坟墓不但没有毁坏，而且荣幸地成了格兰特总统的“邻居”。到了1997年，纽约市市长朱利安尼为缅怀格兰特总统在南北战争中的赫赫战功，决定重新修缮陵园，同时，为这个孩子的坟墓围上栅栏，修筑道路，装上路灯。朱利安尼市长还亲自撰写碑文，写在木牌上，立于坟前，让这个“契约故事”世代流传。那时，已是格兰特总统陵园修建的100周年，也就是孩子死后的200年。

一个5岁孩子的荒冢，在200年间没有被湮没，甚至在为历史伟人修建陵园时仍得以原地保存，在世上堪称奇迹。这故事近乎天方夜谭，但确是真实的。它告诉人们，美国人很注重“诚信”。既然承诺，必须做到，即使总统也不例外。虽然，人和人之间与生俱来的天分和财富是不平等的，但是，国家可以用道德和法律上的平等来弥补。总统和平民都是公民，在社会规范和法律权利上拥有完全的平等，都要遵守诚信和道德，都要保持对“人性”的关爱和尊重。

美国社会对儿童的关爱有专门的立法。在费城，我看到老师带领孩子们过马路，一位游客将相机对准孩子，想拍下他们天真可爱的模样，老师立即过来制止。她说，在学校活动中不能拍摄儿童近影，这是美国法律的规定，以保护儿童的肖像权并避免对他们造成潜在的危害。听了这番话，游客自觉地打消了拍照的念头。据说，美国城市还有一些志愿者，加入关爱儿童的行列。每天，在中小学放学高峰期，他们高举着一块写着“停止”字样的牌子，带着学生列队过马路。这个时候，志愿者就成了“临时交警”，来往车辆都得听从他们的指挥。

在纽约华埠一家餐厅里，一位朋友说，美国人在某些观念上与中国人完全

费城

不同。他举例说，一对美国的夫妻年轻时用贷款买了一套房子，到老年，贷款还清，就卖掉房子，用这笔钱漫游世界。一对中国夫妻一辈子节衣缩食，积蓄到足够的钱再买房子。等房子到手了，自己老了，走不动了，享受的时间也不多了，最后房子只能留给子女享用。

这家餐厅的老板姓赵，50 多岁，广东潮州人。他在纽约生活了 20 多年。他说："美国人有绅士风度，注重礼貌，遵守秩序。我经营餐厅已有好几年，没有发生捣乱的事。到这里就餐的美国人大都显得有教养，说话声音很低，听不到高声喧哗。举止大方，彬彬有礼。服务员上菜时，总是说'对不起''谢谢'，而且态度温和，面带微笑。公共汽车上偶尔挤撞一下，双方都互相道歉。在超市出口处，只要有两个人，就按先后次序排队，一个人在付款，另一个人则抱着所购物品，远远地站在黄线外等候。美国人把讲礼貌看作一种自我满足，看作有教养、有知识的表现。"

美国幅员辽阔，气候类型多样。总体来说，西海岸的气候要比东海岸好，南部的环境要比北部好。当我们前往加州最美丽的海港城市圣地亚哥观光时，途中，旅游车在海边停留，导游让我们看看太平洋，吹吹海风。

这里的环境很好，屋旁、湖畔和树下聚集着许多小鸟，如果你手中有面包之类的食品，它们会飞到你手上啄食，或停留在你肩膀撒欢。路边草丛中有很多松鼠，如果用饼干、面包喂它们，它们就主动跑到你跟前。一位同伴将瓜子抛向地面，松鼠会急促地跳过来吃。后来，他将瓜子放在手心，松鼠就跳到他的手上，一颗一颗地从他手心将瓜子取走，在嘴里转了一圈，吐出瓜子壳，动作很是敏捷，一对小眼睛骨碌碌地转，嘴巴一刻也不停，甚是可爱。人和动物在大自然的怀抱和谐相处，让我感慨万千。

靠近圣地亚哥的时候，隐约可见海军基地里的航空母舰和各种军舰。海鸥在空中翱翔，微风掠过车窗。远远望去，圣地亚哥大桥在海上巍然挺立，连接着圣地亚哥和科罗纳多岛，长约 5 英里。太平洋的海水温柔闪亮，像一匹蓝绸子，细小的白色泡沫，像是绸子上的褶皱。兴奋的冲浪爱好者在海面寻找刺激。

港湾里停泊着豪华游轮，私家游艇的白色桅杆在阳光下闪烁，成为海湾里一道美丽的风景线。

圣地亚哥

我们到岛上一座宾馆参观。宾馆相传为英国王室所建，所有的灯线均是爱迪生亲自设计、布局的。爱德华八世的浪漫故事就缘于此。宾馆由几座形态各异的建筑组成，最高的楼大概有八九层，纯白色主体与红色尖顶结合，周围绿草茵茵，还有高大的棕榈树，树下散放着些白色桌椅，我们在那里啜着可口的咖啡，感受着圣地亚哥的气息。

到了圣地亚哥才知道，热带风光真有无法想象的瑰丽。因为饱吸了太多的阳光，植物的叶子绿得发亮，花朵大而妩媚。最多最美的是中国木槿，饱满的鲜红色，花形如同旋转时张开的舞裙。最有趣的是天堂鸟花，羽毛状的花瓣，一根根向上攒起，金色与紫色交叠，如鸟之飞翔。此外，白色的扶桑花、黄色的罂粟花，蹁跹于圣地亚哥的大街小巷。

在这样的地方旅行，当然不适合过分紧凑的日程。最好的方式，也许就是跟着自己的感觉随便走走，漫步在圣地亚哥的街头，在棕榈夹道的小街上，在色彩斑斓的花丛中，美景让人心猿意马，舒服得只想无所事事。可惜我没有时间，只能匆匆而来，匆匆而去，留下一个个难忘的回忆，也留下一个个遗憾。

只要不下雨，圣地亚哥的天空总是那么蓝，云彩特别白。天空的蓝也富于变化，有时淡蓝，有时湛蓝，有时深蓝；云彩同样变幻无穷，像一幅幅风格各异的写意画。我喜欢圣地亚哥的天空。这样的天空给人一种透明感、舒适感，让人的呼吸更加自由，心情格外舒畅。

当然，美国也有许多不尽如人意的地方，譬如种族歧视习以为常，譬如枪击事件屡屡发生。此外，环境污染、雾霾天气也不可避免，城市乡村的脏、乱、差

尼亚加拉大瀑布

的现象，也屡见不鲜。

美国自然风光秀丽，我印象最深的是尼亚加拉大瀑布。

尼亚加拉大瀑布位于美国和加拿大的边境上，一边是加拿大的多伦多市，另一边是美国的布法罗市。蜿蜒曲折的尼亚加拉河绵延 54 公里。两座城市由著名的彩虹桥连接，桥中央飘扬着美国、加拿大国旗和联合国的旗帜。

尼亚加拉瀑布从断崖上骤然跌下，气势磅礴，雄伟壮观，使每个人的心灵受到强烈的震撼。这是一种无坚不摧的力量，象征着一往无前的精神。在朦胧的雾气中，瀑布像笼罩在新娘头上的面纱，在风中飘曳，如梦如幻，如诗如画。此时，瀑布间出现了一道弧形的彩虹，为瀑布抹上绚丽的色彩。我看到，一只只水鸟以大无畏的气概冲向瀑流，翱翔于奔腾的水流激起的千重浪花之间。

这是我在美国看到的最让人振奋的画面。

踏浪

塞班：远离尘嚣的净土

去塞班岛之前，我查阅了大量资料，对这个有“太平洋明珠”之称的小岛加深了解。塞班不仅风景秀美，还是一个有历史、有故事的地方。

早在1521年，著名的航海家麦哲伦环球旅行，发现了已有人类居住的塞班岛。1565年，西班牙人登陆该岛，并宣布永久占有为其领地，并于1668年用西班牙皇后的名字将群岛改名为“马里亚纳”。1898年，美西战争结束，西班牙将关岛割让给美国，将北马里亚纳群岛卖给了德国。20年后，德国在第一次世界大战中战败，被迫将北马里亚纳群岛让给日本。第二次世界大战时期，日本军队和美国军队为争夺该群岛展开了激烈的战斗。1944年6月15日，美军开始进攻塞班，史称“塞班岛之战”。同年7月9日战斗结束，日本战败，美国获得该地40年托管期。后来，经过全民公投，1986年塞班岛正式加入美国，受美国政府管辖。

2015年2月5日深夜，我乘坐四川航空公司3U8647航班从上海飞往塞班。

次日凌晨，飞机平稳地降落在塞班国际机场。

大巴在塞班岛海滨路上驰骋。阳光灿烂，气温适宜，红色的凤凰花和白色的鸡蛋花开得如火如荼。车窗右边是浩瀚的太平洋，海水碧蓝，沙滩柔软，茂密的椰子树在阳光中摇曳，充满诗情画意。海面上有几艘庞大的军舰在游弋。导游说，这是美国第七舰队补给舰，长期守护着塞班岛。

我们下榻的凯旋酒店是岛上最豪华的酒店，绿荫浓密，鲜花吐艳。稍作休息，我便迫不及待地来到海边。银白色的沙滩非常细软，踩上去很舒服。海边有白色的靠椅，躺在椅子上，仰望蓝天白云，倾听惊涛拍岸，温柔的海风送来阵阵音乐。这场景，真想让时间静止，就停留在这一刻。这才是我想要的生活。

在塞班的日子既轻松又休闲。既可以在海滩上漫步，也可以在大海里游泳；既可以在餐厅品尝美食，也可以到超市购物。 蓝天白云、白沙清水、红花绿叶、夕阳椰影，面对诗一般的境界、画一样的美景，没有烦恼，只有开心。

当天下午，导游带我们前往四个景点游览。

鸟岛位于塞班岛东北部，以栖息众多的鸟类而得名。这是一个无人居住的岩石裸露的小岛，虽然不大，却是鸟的天堂。鸟儿们日出觅食，日落归来。当

鸟岛

成千上万的鸟儿在天空翱翔的时候，是鸟岛最美的时刻。即使错过鸟群，在观景台上远观鸟岛，也是一种难得的享受。有人说，鸟岛像一块与世隔绝的翡翠；又有人说，像生长在蔚蓝海水里的盆景，每个人都可以发挥自己的想象。

蓝洞是一个神秘而诡异的岩洞。从外观看，洞口像张开嘴的海豚。顺着108级陡峭的台阶，到达洞底，才知这是一个巨大的钟乳岩洞。由于岩洞与大海相通，海水倒灌洞中，形成了“海中湖泊”的奇特景观。这里有五颜六色的热带鱼，还有海龟、海豚、水母、海胆……海底的世界是如此丰富多彩。抬头观望，洞口现出一片蓝光，如幻如梦，美得令人心醉，恍入仙境。洞内有一块平整的大石头，可站立10余人，但四周波涛汹涌，惊心动魄，只有会潜水的人才有胆量站在那里拍照。

来到“万岁崖”，导游向我们讲述该名字的来历。当年，美国以70000人的兵力包围并攻入塞班岛，为了不成为美军的俘虏，日军命令岛上的1000多名官兵、100多名家属和女子中学的100多名学生从这里跳海，为国效忠。据说，当时有父母亲手把儿女推下崖后自杀的，也有爱侣们相拥跳海的，还有一些不愿自杀被日军强行逼下去的。许多人在“殉国”时慷慨激昂，高呼着“万岁”，悬崖因此得名。

战后，为了纪念在塞班岛之战中死去的日军，日本长期租用这片土地，建立了许多纪念碑，“忠魂碑”就是其中最大的一块。每年都会有许多日本人到这里祭拜，安慰死者灵魂。但这些纪念碑遭到中国、韩国等国游客的愤慨，他们用口香糖粘在碑的背面，表示不满。日积月累，所谓的“忠魂碑”已经被口香糖粘得面目全非，尽管经常清洗，至今仍能看到密密麻麻的印痕。因此，“忠魂碑”被戏称为“口香糖”。

我们在“万岁崖”时，正好有日本旅游团在海边凭吊。突然，我看到一位日本女孩攀上栏杆，做出跳水的动作，不由得得让人吃惊。后来才知道她是摆个姿势拍照，并非真的跳海。

“万岁崖”附近一处隐蔽的洞穴，是太平洋战争期间日军的一个指挥中心。当年的炮火已将洞穴炸得千疮百孔，伤痕累累，但仍留下坦克、大炮等战争遗物。这里还曾是原子弹的地下储藏库，第二次世界大战时，美国在日本广岛和长崎投放的原子弹就是从这里装载的。

第二天开始，根据日程安排，我们在塞班岛自由活动。我和同行的张总一家制订了游览方案，我们决定租用一辆越野车，走遍岛上的所有景点。

“丛林探险”是塞班岛旅行中富于刺激和挑战的项目。张总开车，我们一行人首选了这个项目。

越野车在崎岖的山路上前行，到了无路可走时，我们只好弃车徒步，穿越热带丛林。此时，四周异常安静，只有我们的喘气声和山野的鸟鸣声。张总在前面披荆斩棘，我们紧随其后。走了许久，遇到椰子农场的职工，向我们指点迷津，我们终于来到鳄鱼湾海滩。

鳄鱼湾海滩藏匿于陡峭的悬崖之下。从山坡上看去，一块巨石像一条张大嘴巴的鳄鱼俯卧在太平洋边，在汹涌的波涛里出没，这就是著名的“鳄鱼石”。走近观看,更是惟妙惟肖。巨大的海浪,不时排山倒海似的扑过来,漫过鳄鱼石,冲向岸边，深蓝色的海水瞬间变成雪白的泡沫，淹没我的双腿，又快速地退回到大海……就这样反反复复，发出震天动地的怒吼。此刻，我不禁感叹大自然的伟大和神奇。

鳄鱼石旁边还有一块平整的礁石，人称“蛋糕石”。据说，以前曾有人站在石头上拍照，被突如其来的海浪卷进大海，一去不复返。

走出丛林，张总驾着越野车，我们向号称“最高峰”的塔波乔山进发。

所谓“最高峰”，其实就是一座高 474 米的小山。因为此山连在水深达 10914 米的马里亚纳海沟，从海沟底部算到峰顶，可以说是“世界最高峰”了。细细琢磨，还真的言之有理。

站在峰顶,游目骋怀,一边是菲律宾海,一边是太平洋,整个塞班岛尽收眼底。

在“二战”期间，美军和日军为了控制这个制高点，进行了殊死战斗，如今在山巅还陈列着三块石碑。最引人注目的是一个用木头制作的大十字架和一座巍然屹立的耶稣雕像，基座上刻着“基督在天国，基督将再来”一行字，表达世界人民对和平的向往。

塞班最高峰

最高峰附近有圣母洞。圣母玛利亚的塑像在一棵大树之下，右边是一座教堂。据介绍，当年传教士根据神的指点，在这里挖掘出了淡水，这是塞班岛唯一的水源。太平洋战争期间，整个塞班岛就只有这里没有受到战火洗礼，当地人深信这是圣母所佑。

从塞班岛坐船去军舰岛，大约需要半个小时。军舰岛很小，沿着细软的沙滩走一圈，也不过 20 分钟。但这里的海水湛蓝得透明，在阳光照耀下，呈现不同的颜色，故又称“七彩海”。海滩上横卧着一些枯残的树干，形状不一，大概是岸边的树木被飓风刮倒所致。

军舰岛上满是浓绿的热带植物，深入岛中央，感觉就像与世隔绝的境地。附近海域都是珊瑚礁，透过海水可看到色彩缤纷的热带鱼穿梭其间。

据说“二战”期间，美军在空中轰炸时，将这座周长仅 1.5 公里的小岛误认为是一艘军舰。一阵猛烈轰炸后，才发现这“军舰”怎么炸也炸不沉，终于明白这是一座岛，于是命名为“军舰岛”。现在岛上还有弹壳残骸，铭记这段历史。

美国纪念公园距离我们下榻的凯旋酒店很近。早上，我喜欢在这里跑步。这是岛上最大的公园，又是最大的纪念馆。公园里的树木茂盛，绿草如茵，湖面停泊着许多豪华的游艇，沙滩上挤满了戏水的人群。

公园中央竖立着一排美国国旗和军旗，高大的纪念塔巍然耸立。旁边的陵

军舰岛

园里镌刻着5000多名在塞班岛战役中阵亡者的名字，以表达对他们的敬意和哀思。我在纪念馆观看了战争纪录片，有英、中、日等语言解说，供游客自行选择。那宏大的场面，残酷的战争，令人胆战心惊。

塞班岛是一个“爱之岛”，世界各地的情侣们都喜欢到这里度假，也许这里优雅的环境、浪漫的氛围最适宜谈情说爱。我看到几对恋人乘车去教堂举行婚礼，在大海的波涛声与众人的祝福声中，许下一生庄严的承诺，让蓝天白云见证坚贞不渝的爱情。

来塞班的人们，虽然肤色不同，语言不同，但彼此相处融洽。在酒店大厅，在购物场所，人们见面时或相互问候，或报以微笑。当地的居民也很友好，当我们驾车迷路时，总有人热情相助。当我的相机镜头对准小孩时，他们总是很大方地让我拍照。

塞班岛有许多中国人，他们大部分在这里经商。

“我来塞班已有10多年了，一直很稳定。只要诚信守法，从来不会有人找麻烦。这里办事讲规矩，不需拉关系，不需找熟人，我从做小买卖开始，现在开了好几家店，经营旅游用品、汽车出租和餐厅。”一位华人如是说。我到他的商场买奶粉，他和我聊起来，显得很自信。店里还有两名员工，分别来自沈阳和大连。他们说，现在中国人到塞班旅游的越来越多，店里生意不错。

这位老板告诉我们，到塞班岛休闲旅游的除了年轻人外，还有许多老人和孩子。有些老年夫妇甚至在岛上租了一间20多平方米的小屋，一住就是几个月，他们称赞塞班是“真正没有污染的乐土”。孩子们则迷恋这里的沙滩、海水和森林。塞班有“潜水圣地”之称，可以让潜水族们一展身手。除了浮潜和深潜，还可以选择水上冲浪、乘船出海、水中漫步及降落伞等运动或旅游项目。

在离开塞班岛的前一天，我们驱车到世界宾馆海滩，拍摄大海日落的壮丽景色。我们一边品尝海鲜大餐，一边欣赏密克罗尼西亚少男少女的土风舞表演。

土风舞表演如同一幅浓缩了的塞班岛风情画。密克罗尼西亚女孩身穿传统的草裙，男孩则裸着上身，他们在音乐的伴奏下翩翩起舞，时而激昂，时而舒缓，使人感觉到他们浑身都在动，特别是腰部的流线和律动，令人惊叹不已。这种原生态的歌舞神秘而自然，质朴而淳厚，让游客们耳目一新，享受了一场文化艺术的视觉盛宴。

最刺激的是火把表演，演员们将燃烧的火把放在口里，或在身上来回转动，博得全场经久不息的掌声，将演出的气氛推向高潮。最后在互动环节，游客们自告奋勇地上台，学着土著人的舞蹈动作，笨拙而有趣味。

2015 年 3 月 9 日，我们依依不舍地告别塞班岛，返回上海。在飞机上颠簸了 5 个多小时，有些疲惫，但更多的是兴奋和喜悦。感谢美丽的塞班，让我实现了长久以来的一个梦想。

塞班岛是太平洋上一颗被遗落的宝石，是远离尘嚣的净土。我毫无准备地来到了塞班，然后竟喜欢上这里，喜欢上这蓝蓝的海和小小的岛。

朝圣耶路撒冷

去耶路撒冷的前几天，以色列又发生恐怖袭击。一些朋友劝我别冒这个险，但我不相信厄运会降临到自己身上。没有畏惧，也不能退缩，因为没有理由不去以色列，这里是世界上犹太教、伊斯兰教和基督教的发源地。这里是“让上帝也左右为难”的国家，怎么能不身临其境，去探索其奥秘呢?

耶路撒冷位于巴勒斯坦中部犹地亚山的山丘上，是一座举世闻名的古城，距今已有5000多年的历史。在希伯来语中，耶路撒冷的含义是“和平之城”。但是，在漫长的岁月中，这里却缺少“和平”的气氛，一次次的战争，使这座古城伤痕累累，经受了一次次的毁灭，又奇迹般地重生。

史书记载，公元前1000年左右，犹太王国创始人大卫征服了耶路撒冷，将它作为犹太王国的都城。大约公元335年，古罗马皇帝君士坦丁一世的母亲希拉娜太后巡游到耶路撒冷，在耶稣的墓地上修建了一座复活教堂，又称圣墓教堂。从此，基督教把耶路撒冷奉为圣地。公元7世纪初，伊斯兰教先知穆罕默德在阿拉伯半岛传教，耶路撒冷又成了伊斯兰教仅次于麦加、麦地那的第三圣地。他们在圣殿山修建金碧辉煌的金顶清真寺，这宏伟壮丽的建筑奠定了伊斯兰教的地位。

由于三大宗教的相互争夺，使得面积仅 1 平方公里的耶路撒冷不堪重负，战争频发，没有安宁之日。

我抵达耶路撒冷时，阳光明媚。走在大街小巷，仿佛走进遥远的年代，一座座精致的建筑扑面而来，让人目不暇接；一个个动人的故事萦绕耳边，令我惊喜连连。导游引领我们沿着狭窄的石板路，寻访当年耶稣的踪迹，重走耶稣走过的“苦路”。所谓的“苦路”，就是当年耶稣被判死刑后，从广场走向刑场的那一段路，开始于狮子门，终结于圣墓教堂。途中，耶稣遭受到种种苦难，成为《圣经》里最哀伤的故事。“苦路”分为 14 站，每一站的墙上都钉着青铜雕刻的罗马数字，记录耶稣在“苦路”上的经历。

踏上崎岖难行的苦路，我眼前仿佛浮现耶稣的形象。他戴着荆棘冠，背上十字架，一路上遭到鞭打，几次跌倒。他的母亲玛利亚看到儿子的境况，悲伤地抚摸着耶稣的脸，耶稣支持不住，用手撑着石墙，在墙上留下五指血印。一位名叫维洛尼卡的妇女拿手绢替耶稣擦掉脸上的汗和身上的血，悲伤而死。后来，耶稣被钉死在十字架上，按照犹太人的习俗，用细麻布加上香料包裹遗体，安放在一座由岩石凿成的圣墓教堂。为了拯救世人，耶稣承受痛苦，甚至不惜牺牲生命。然而，如今的“苦路”成了“旅游专线”，商业化氛围非常浓厚。倘若耶稣在天有知，他的心情又将如何？

耶稣曾走过的“苦路”

圣安妮礼拜堂

耶路撒冷老城有许多著名的教堂。其中圣安妮礼拜堂是世上最古老、最美丽的教堂之一，至今保存完好。这是法国人创办的教堂，屋顶飘着法国国旗。教堂内回声嘹亮，不绝于耳。旁边有一个叫“毕士大”的水池，耶稣曾在此医治一个患病38年的瘸子，让他重新站起来行走。圣母安眠教堂别致典雅，另有特色，黑色的三角屋顶，配上乳白色造型精致的建筑，显得宁静而淳朴。马可楼相传是耶稣与门徒们最后晚餐的地方。虽然经过千年风霜雨雪的侵袭，但这些教堂、楼宇气势恢宏，历久弥新，令人叹为观止。

在锡安山，我们参观了大卫王墓。这是犹太国王大卫的衣冠冢，棺上覆盖着一块装饰华丽的红布，还有银制王冠以及犹太教经卷，象征着大卫王至高无上的权力和尊严。

来到耶路撒冷著名的“第二圣殿”遗址。这里仅存着一堵几十米长的石墙，每天都有成千上万的信徒来此祈祷，他们想起历史上圣殿被毁的情景，想起犹太民族颠沛流离的历史，不由得号啕大哭，因此，被称为“哭墙”。

在“哭墙”，随处可以看到虔诚祷告的基督教信徒，还有衣着独特、神色古板的犹太教拉比。这里是离上帝最近的地方。“哭墙”被分隔为两部分，左边是男人祈祷的区域，右边由女人专用。信徒们伏在墙上，有痛哭流涕，前

大卫王墓

仰后合的；有将写好的诉求塞进石缝，寄给万能的上帝的；有大声呐喊，害怕上帝听不到自己的声音的；还有默默拭泪，轻声自语的。人们用不同的形式表达愿望，这场面令我感动，更令我震撼。

哭墙

我想，“哭墙”不仅仅是一个旅游景点，更是以色列的精神家园，也是信仰与团结的象征。

在耶路撒冷老城穿行，既可以看到古朴庄严的犹太会堂，也可以看到尖塔高耸的基督教堂，还可以听到伊斯兰教清真寺的诵经声。

橄榄山是耶路撒冷的最高点。登上山顶，金光闪闪的清真寺圆顶尽在眼前。山上树木繁密，植被茂盛，给人印象最深刻的当属橄榄树，它的生命力尤其强盛，千年不死。树干枯萎后，仍能从树根发出新枝，被誉为“生命之树”，象征以色列不屈不挠的民族精神。棕榈树漫山遍野，郁郁葱葱，相传当年耶稣在此下山，老百姓挥舞棕榈树枝在路边欢呼，故称“棕榈大道”。山上还有无花果树、牛膝草等。无花果树的叶子是亚当、夏娃的第一件衣服。香味浓郁的牛膝草，藏在身上会散发出缕缕幽香。

山上的历史景观很多，喀西玛利亚园是耶稣被门徒犹大出卖后，罗马士兵将他逮捕的地方。万国教堂为圆顶的拜占庭风格建筑，粗大的圆柱雕刻各种图案，描绘《圣经》故事。由于这座教堂得到许多国家的资助，故名“万国教堂”，天

万国教堂

花板的玻璃上铭刻着资助国家的标志。据说，耶稣被羁押后在万国教堂祭坛前度过最后一夜。半山腰的“主泣教堂”像一颗晶莹的泪珠。据《路加福音》描述，当耶稣离开橄榄山时，惊诧于第二圣殿的美丽，又预见其终将毁灭，不由得当众痛哭。因此，“主泣教堂”寓有“上帝哭了”的意思。

橄榄山虽然遍布基督教圣迹，但还有埋葬犹太人的古老墓园。对犹太民族来说，也是值得纪念的神圣之地。我看到一对青年男女在墓地举行婚礼。他们分别穿着礼服和婚纱，神情凝重却充满幸福，也许他们想通过这种非传统的方式，表达生死相依的爱情誓言。

在耶路撒冷街头巷尾，时而可以看到荷枪实弹的士兵，包括年轻的女兵。她们身穿军装，肩背冲锋枪，三五成群，成为城市一道靓丽的风景。女兵们有

橄榄山远眺

些羞涩，但并不拒绝与游客沟通。我邀请她们合影，女兵们很爽快地答应，还摆出很酷的姿势。有人出于好奇，想摸一下枪支，她们的表情立刻严峻起来，敏捷地转身，以防不测，可见以色列军人时刻保持着高度警惕。

耶路撒冷曾发生极端分子袭击犹太人事件，并造成伤亡。为此，以色列提高防范等级，加强安保措施。不过，局势总体还是比较平静。无论士兵、警察，还是平民百姓，都显得轻松而悠闲。

街头修鞋匠

离开耶路撒冷时，我的皮鞋坏了，便到一家小店修理。店主得知我是中国人，热情地和我打招呼。皮鞋修好后，他坚决不收钱，我感到不好意思，他却竖起大拇指，用生硬的中文说：“中国，好。”让我感受到以色列人对中国人的友好态度。

陶醉在雅法古城

以色列有一座古城，坐落在地中海之滨，名叫雅法。这是世界上最古老的城市之一，历史可追溯到4000多年前。它老态龙钟，但仍有青春活力。雅法的名字曾多次出现在《旧约圣经》《新约圣经》以及《希腊神话》中。在漫长的历史进程中，雅法曾被罗马人、希腊人、土耳其人和阿拉伯人占领。虽然饱经血与火的洗礼，但古城至今保存完整，堪称奇迹。联合国教科文组织将其列入《世界遗产名录》。2014年秋天，我们走进这座向往已久的古城。

城市建在一座30多米高的山丘上，面向浩瀚的地中海。狭窄的街道弯弯曲曲，宛如迷宫。与其说是街道，不如说是小巷，仅有一两米宽，两边是石头砌成的楼房，都还保留着当年的格局。楼房不高，最多三层，装饰却富于个性。每一座建筑，都散发着古色古香的韵味；每一个门台，都埋藏着一段尘封的历史；每一扇窗门，都透露出唯美的设计；每

雅法全景

一盏路灯，都别有情趣。总之，这里的每一个细节都耐人寻味，让人着迷。仔细观察，连大门外悬挂的物品也千奇百怪，有蝙蝠，有昆虫，有铁锁，甚至还有大头鞋子。小巷的路面铺着方形的石板，岁月的脚步将其表面磨得光滑可鉴，只有在木门的纹理间，在石头的缝隙里，还能读到岁月的悠久和历史的沧桑。

雅法名称的由来有多种说法。犹太人认为，在毁灭万物的大洪水消退后，幸免于难的诺亚的儿子雅弗建立了这个城市，人们以他的名字命名为“雅弗”，后来读音慢慢演变成“雅法”。还有人认为，“雅法”是希伯来语“美丽”一词的谐音，因为这里风景绝佳，秀丽如画。有一种说法更具诗意，“雅法”的意思是“闪着白色光辉之地”，从海上眺望，这座城市宛如天边的一抹白光，于是有了这个名称。

有趣的是，古城的十二条巷子用十二星座来命名，巷弄口的墙上钉着釉制的星座图标。我找了许久，找到了双鱼座、白羊座和金牛座，但始终找不到属于自己的天蝎座。据说，找到自己的星座小巷，然后靠在墙壁默默地许愿，就能梦想成真。看来，这次我不会如愿以偿了。

雅法的星座小巷

不知从什么时候开始，世界各地的艺术家云集于此。无论是名声显赫的画家，还是默默无闻的艺人，都喜欢在雅法的小巷子里寻找一个空间，开办属于自己的工作室。如今的雅法，到处可见经营绘画、雕塑、珠宝和陶器的商店。随便推开一扇门，或者经过一排窗，都能邂逅各种各样的艺术家。如果能够与他们进行艺术交流，肯定受益匪浅。当然，雅法也少不了时尚餐厅，或出售纪念品的小屋，整个小城充满浪漫的情调。

这一天，阳光明媚。走在逼仄的小巷里，仿佛徜徉在艺术长廊，有一种历史的沧桑感。斑驳的石墙上，挂满了色彩缤纷的画作。也许店铺场地太小，画家们作品太多，只好将画框移到室外。即使游客不进屋，也能欣赏佳作。

看到路边的一家画室，我情不自禁地进门参观。画室不大，陈列的作品倒不少。浏览一番，我觉得这位画家的画给人的感觉太压抑。不仅画面黯淡，而且含义晦涩，让人看不懂作品的主题，大概属于抽象派的作品吧。说实在的，我并不喜欢那些特别抽象的画。此刻，画家在布上涂抹天蓝的颜色，是天空？是大海？不得而知，旁边有一只怪兽虎视眈眈地看着我，不免有些恐惧。于是，我赶紧逃离画室。

家工作室

另一间工作室就不同，主人是一位五十多岁的女性。她穿着红色的套装，一头金色的卷发，典雅大方，颇具艺术家的气质。房间的三面是落地窗，柔和的光线使屋里充满暖意。窗外一片绿荫，隐约能看到树丛背后的大海。当主人得知我们来自中国，脸上显出友好的笑容。她说来到雅法有好几年了，喜欢这里的古朴清新，各种流派的画家汇聚于此，体现艺术的多样性和丰富性。她擅长画人物，作品线条流畅，动感十足。同行的朋友看中一幅画，经过一番讨价还价，最后买下来作为纪念。

顺着台阶下来，一家精致的店铺吸引了我们的目光。这是一家泥塑工作室，橱窗里摆放着各种各样的泥塑作品，琳琅满目，栩栩如生。一位中年女子正在捏彩泥，不到 5 分钟，一个天真活泼的小女孩就呈现在我们面前。同伴都喜欢这精美绝伦的艺术品，对她的精湛技艺深表赞叹。

参观了艺术家们的工作室，我们来到凯明特广场。广场在一座小山之上。这里的“信仰之门”是雅法古城的象征。白色门台两侧及上方的雕塑，分别是三个《圣经》里的故事。左侧门柱有关“亚伯拉罕献子”的故事传播很广：神要试探亚伯拉罕是否忠诚，下令要他杀死自己的独生儿子献祭。亚伯拉罕毫不犹豫地带儿子来到指定的地方，他让随从等在山下，自己领着儿子上山，绑起来准备杀死。就在这时，神显灵了，他的刀举起来却砍不下去，最后只好改用一只山羊代替他儿子祭了神。这也就是“替罪羊”的来历。右侧门柱说的是“雅各梦见天梯”。雅各是以色列人的先祖，他独自一人离开家，开始了漫长的旅程，孤单的漂泊。在夜幕降临时，他只能选择露宿荒野，以石为枕，席地而睡。在这荒无人烟的地方，陪伴他的只有黑暗、恐惧及对前途的渺茫。有一天，他梦见了天梯，他登上了天堂。这是一个伟大的异象，是人类共同的梦想，成为他生命转折的一个里程碑。门上方，雕刻着七个祭司，他们正吹响号角，攻打杰里科城。祭司们表情各异，形象生动。

广场居高临下，从这里可以俯瞰城市全景和地中海风光。有人在海面冲浪，有人在沙滩晒太阳。圣彼得教堂的钟楼高高地耸立着，这座古老的教堂建于17世纪，是雅法地标性的建筑。海边的清真寺宣礼塔是由老灯塔改建的，闪烁着蓝色的光芒。

我们又来到雅法港。这是《圣经》里曾记载的港口。在公元前10世纪的大卫王时期，这里是通往耶路撒冷的必经之路。当年，来自世界各地的朝圣者就从这里乘船出发，前往耶路撒冷。据说，耶路撒冷老城的一个城门便是朝向这里，因此被命名为“雅法门”。到了所罗门时代，建造耶路撒冷圣殿的木材、石料都是从雅法港起运。现在，港口失去了昔日的繁华，显得特别宁静，码头上停泊着私人游艇，还有不少垂钓者自得其乐。

在海边我们遇到一个风趣幽默的华侨老人，他说自己到以色列已有25年了，经营一家海鲜酒楼，现在由儿了接手。赋闲在家的他，不久就迷上钓鱼。他买钓具，买鱼饵，花了不少的钱，可惜收获甚少。有时，早晨出去，傍晚提着空荡荡的鱼篓回家，嘴里依然哼着小曲，脸上笑呵呵的。别人问他，他回答说，鱼儿不上钩，我有什么办法？我“钓”到一天的快乐就满足了。他在享受钓鱼的过程，并不计较收获。从老人身上，我得到启发：对任何事情不要奢求太多。无论结果如何，都要微笑地面对生活。

雅法的全称应为“特拉维夫—雅法”。1950 年，以色列政府准备把特拉维夫与雅法两个城市合并为一。如果将它们作比较，雅法是古老的港口城市，在远古时代，其地理位置和宗教地位早已闻名遐迩；特拉维夫是新兴城市，最早是一批犹太人在雅法城北部不远处建起的一个居住区，仅有百年的时间，就成为以色列的文化、金融中心，规模和影响远远超过了雅法。虽然两者不可相较高下，但原始的质朴与现代的奢华在这里水乳交融，也别有一番情趣。

来雅法之前，我去过特拉维夫，那里的建筑方正平顶，结构轻巧，外墙呈白色或黄色，墙面大而窗户小，属以色列“包豪斯”类型的建筑，在 2003 年被联合国教科文组织提名为“24 处新世界文化遗产”之一。特拉维夫高楼林立，街市繁华，沙龙梅尔塔楼、阿兹里利中心都是世界闻名的建筑。走在大街上，随处可见酒吧、餐厅、剧院和咖啡馆。海滨步行道两旁有许多夜总会，到夜晚，灯火照亮天空，有“不夜城”之称。以色列的博物馆数量超过了世界上其他任何一个国家，虽然不产钻石，但“钻石博物馆”声名远扬，许多人慕名而来。最著名的是特拉维夫艺术博物馆，馆藏的绘画、雕刻等艺术品数以万计。

晚上，我们在雅法港遮阳伞下用餐。此时，太阳已经下山，海边的房子里灯光摇曳，散发着如地中海一般浪漫的气息。聆听风声，享受美食，谈天说地，心情舒畅。邻桌的一位中国小伙子主动和我们搭话。他说，他原先是上海人，由于祖父从以色列来到中国经商，有犹太人的血统，后来被确认为“犹太人”，加入以色列国籍。这使我想起以色列的一句名言：“我们是一个被抛弃的民族，但我们不能抛弃我们之中的任何人。”

雅法古城，你让我怦然心动，你让我陶醉其中。

约旦古城佩特拉

英国诗人威廉·伯根在《致佩特拉》中写道："令我震惊的唯有东方大地，玫瑰红墙见证了整个历史。"那天，当我乘坐的 QR400 航班抵达约旦首都安曼上空，俯瞰机翼下面广袤的沙漠时，我不由得自语："佩特拉，我终于来了。"

从飞机上看，安曼似乎缺乏现代都市的生气和活力，没有摩天的高楼大厦，没有繁华的街巷市井，但约旦悠久的历史、迷人的风景、神奇的死海以及度假的胜地，同样让人向往。这是上帝青睐的地方，《圣经》里写到的许多神迹，有许多存在于在这片古老的土地上。杰拉什、拉巴、塞拉、尼波山和马达巴等名城，让人想到摩西、所罗门王和耶稣基督时代。

约旦对中国公民实行"落地签证"，无需事先申请，入境的手续也很简约。机场大厅朴实无华，但很整洁。前来接机的导游叫小琥，一个维吾尔族姑娘，能说流利的汉语和阿拉伯语。她说，约旦原是巴勒斯坦的一部分，第一次世界大战后由英国托管。1921 年，英国以约旦河为边界，将巴勒斯坦分为东西两部分，1946 年 5 月 25 日，东部获得独立，成立约旦哈希姆王国。但仍有一些土地被以色列控制。约旦没有石油，也没有矿产，资源匮乏，基础薄弱，绝大部分物资依靠进口，因此物价高昂。

出了机场，我们乘车前往佩特拉。穿梭在约旦的沙漠和山脉中，触目所见，一片荒凉。黄沙、旷野、山脊是永远不变的景色，偶尔有破旧不堪的房屋、衣衫褴褛的行人从车窗掠过。暮色中，传来路边清真寺宣礼塔晚祷的诵经声，使人感到一种异国他乡的氛围。佩特拉距离安曼255公里，车行4个多小时，到达PETRA MOON宾馆。

第二天，我们参观了佩特拉古城，也就是威廉·伯根盛赞的“玫瑰之城”。

小琥向我们介绍佩特拉的历史。她说，古城大约建于公元前9世纪，其名源自希腊语“岩石”一词，整座城市就是从悬崖峭壁上雕凿而出的。自纳巴特人建国以来，佩特拉作为首都，成了东西贸易的重镇。埃及的黄金、印度的香料都经此输往大马士革、加沙等地销售。纳巴特人利用地域优势，收取税赋，发家致富。公元106年，罗马皇帝图拉真攻占佩特拉，从此佩特拉沦为罗马帝国附属省，称作“阿拉伯人佩特拉区”。在罗马人统治下，佩特拉仍维持繁荣局面。随着海上运输的崛起和陆路交通的改变，佩特拉的经济实力渐渐减弱。到了公元12世纪，佩特拉逐步退出人们的视线，被世界遗忘。直到1812年，瑞士科学家贝克哈特在一次地质调查中，意外地发现佩特拉城。第一次世界大战期间，许多平民曾在古代纳巴特人雕凿出的500多个洞穴中藏匿避难。

西格峡谷

进入佩特拉，必须经过一条名为“西格”的峡谷。峡谷长约1500米，两边是赤红色的悬崖峭壁，怪石嶙峋，千奇百态。最窄的地方仅容一辆马车通过，最宽处也只有5米。站在谷底仰望，天空只剩一条缝隙，故名“一线天”。“西格”又名“蛇道”，有“一夫当关，万夫莫开”的气势。在峡谷的一侧，依稀能看到在岩壁下方开凿出来的水渠，这是公元前1世纪修建的，用来引水入城。据说，当年佩特拉之所以成为颇具规模的城市，是因为具备了三个基本条件：一是地势险要，易守难攻；二是水源充足，可以农耕；三是森林茂密，便于畜牧。可见当年纳巴特人的聪明才智和战略眼光。

有人向导游小琥提出质疑：“佩特拉有险峻狭隘的谷中峡道，可谓固若金汤，为什么还会被罗马军队攻破？”

“据史书记载，罗马帝国确实屡攻不克。有一次，罗马军队意外发现，供给佩特拉城的水源竟在峡谷外面，于是，罗马人切断了城中的水源。这致命的一击，迫使纳巴特人迅速投降。”小琥回答说。

峡谷两侧峭壁上的神龛、雕塑充满神秘的色彩，让人们对远古充满敬畏。这些人物、动物的造型各具神态，还有许多图形和符号，扑朔迷离，看不懂其含义。

走到峡谷的尽头，豁然开朗，一座罗马式的宫殿呈现在人们眼前，在阳光下透射出粉红色的迷人色彩，让人感到无比震撼。这就是卡兹尼宫殿，传说是历代佩特拉国王收藏财富的地方。宫殿在坚固的岩石里雕凿成形，共有两层，下层有6根罗马式的石柱，高10余米，门檐和横梁都雕有精美的图案。上层的3个石龛，分别雕有天使、圣母像以及带有翅膀的战士的石像。两层之间还有装饰壁画，整座建筑结构对称，美轮美奂。很难想象，在科学技术水平极不发达的远古时期，他们是如何完成如此完美的杰作的？我的脑海里始终充满各种疑问：能工巧匠们用什么工具在岩石中凿出巨大的空间？又是怎样攀上陡峭的悬崖，雕刻这些天衣无缝的圆柱？经历了几千

卡兹尼宫殿

年风雨的侵蚀，战争的破坏，至今依然历久弥新，真是匪夷所思。

穿着古罗马盔甲的卫兵

卡兹尼宫殿前是一个大广场，穿着古罗马盔甲的卫兵握着长矛，手提盾牌，神气地守护宫殿，有时还进行队列表演，重现当年的情景。这里聚集着许多骆驼、马匹，都是纳巴特人的交通工具，供游客雇用。一些欧洲人骑上骆驼，前往门面街、圆形剧场、贵族墓群、女王宫和博物馆。我们选择了步行，以便仔细地参观每一个景点。

我们从费萨德大街、大法院遗址一直走到女王宫，沿途的寺院、住宅、商店、浴室等建筑，大多依山而凿。尽管成了废墟，仍然显出粗犷的轮廓。一位天真的男孩指着路边的导游指示牌，似乎告诉我们，两千年前这里曾是繁华的城市，人群熙熙攘攘，络绎不绝。如今，我抚摸着这冷冰冰的岩壁、孤零零的圆柱，仿佛触摸到纳巴特人的心跳，触摸到史前人类文明的脉络。

在众多的遗址中，最令我惊叹的是圆形剧场遗迹。

圆形剧场的建造时间可追溯到公元前 8 年至公元 40 年，由纳巴特国王亚利达斯四世修建。和一般的剧场不同，这座露天剧场的舞台和座位仿照古希腊的建筑结构，从岩石中雕凿出来，从下而上共 33 排，可容纳 3500 名观众。入口两边各有拱形圆顶的小房间通往天井；最下面的一排座位旁边石壁上有巨大的长方形空间，作为出入口。整体构造完整，布局合理，体现纳巴特人的智慧。

在胡布萨山上，分散着许多贵族墓群，这是纳巴特人为祖先建造的。我们参观了宝瓶墓群，它耸立在笔直的岩壁上，有几十米高。正面有四根圆柱支撑，宏伟壮丽，显示贵族的奢靡。里面宽阔的梯子直达墓室，考古学家们撰写的希腊碑文，虽然没有墓室主人的名字，但留下了建造者的姓名。坟墓用美丽的雕刻装饰，表达对祖先的崇敬。

20 世纪末，联合国教科文组织将佩特拉列入《世界遗产名录》，佩特拉成为旅游胜地。世界各地的考古学家纷纷前来考察挖掘，他们的努力将揭开更多的谜底，使人们能更全面、更深刻地了解佩特拉。与此同时，电影界的名流们也聚焦佩特拉。史蒂文·斯皮尔伯格导演的电影《圣战奇兵》就在这里拍摄，《变形金刚：复仇之战》中六位至尊金刚的墓也设定在这里，使佩特拉在互联网时代再一次走红。

佩特拉遗址

当我们离开佩特拉时，夕阳的斜晖将古城染成了绚丽的玫瑰色，厚重坍塌的巨石、突兀屹立的圆柱，闪烁着斑驳陆离的光影。游人渐渐散去，华丽即将落幕，这座荒凉破败的千年古城，透出一种神秘而凄凉的美。此刻，我想起一位行者这样描述他在佩特拉古城的感受：“只记得热风吹过耳边，石头变幻着色彩。这两样，已让人终生难忘，佩特拉古城就在不经意间俘获你的芳心。”是的，我也想对所有喜欢旅游的朋友们说，只要佩特拉在这里，就值得你不远万里地去看她一眼。

在阿卡巴过生日

阿卡巴

2014年11月7日早晨，我们旅游团队一行11人前往约旦南部的阿卡巴。这里是位于红海之滨的边陲小镇，也是约旦唯一的免税城市。

阿卡巴很小，人口不过7万，面积不到400 平方公里，但名气却不小。首先它是亚洲、非洲和欧洲的交界处，毗邻沙特阿拉伯、以色列和埃及三国，有27公里的海岸线。其次，它历史悠久，三千多年前就是重要的交通驿道。据说，摩西带犹太人出埃及，就是从这里渡过红海的。如今，还有马布鲁克城堡、泥砖教堂等历史遗迹。最后，阿卡巴港口是天然的度假胜地，海水澄清，风平浪静，适宜游泳、划船和钓鱼。如果乘坐特制的“玻璃船”，游客还可以观赏水下的珊瑚、海草和各种各样的海底生物。

在大巴车上，发生了一件我意想不到的事情。

导游小琥介绍了阿卡巴的概况后，对大家说：“今天是张绍光先生的生日，我们准备了巧克力礼盒送给他，祝他生日快乐，旅途愉快！”顿时，车厢里响起掌声。司机将车子停在路边，打着手势，指挥旅伴们唱起《生日快乐》歌。这突如其来的祝贺，让我感动万分，我不知怎样表达自己的心情，只连声说了几句“谢谢”，“谢谢”。

在阿卡巴过生日

事后得知，每个中国旅行团的游客都能享受这个“待遇”。约旦旅行社非常细心，他们从游客的资料里了解了相关的信息，特意做了精心的安排，以表达对中国人民的深厚感情。那天中午，导游还给我准备了一碗热气腾腾的面条，让我过了一个难忘的生日。

阿卡巴街道纵横，市井繁华。许多房子由石头砌成，简单而朴实。沿海的大道上却矗立着一座座现代化的豪华酒店，外国游客进进出出，络绎不绝。热情的阿卡巴人以真诚的微笑和当地的礼仪，迎接每一位远方的客人，给人带来不一样的感受，让游客的心情放松且舒服。

根据行程安排，我们下午还要去离阿卡巴不远的死海。由于时间紧迫，不能在阿卡巴作长时间的停留，也未能参观更多的景点。导游小琥说，死海是一个神奇的地方，在那里可以体验阿卡巴的另一种风情。

记得在中学时读过一篇《死海不死》的文章，说在那里任何生物都不会被淹死，但任何生物也无法存活。正因为水中和岸上没有生命，故得名“死海”。后来，我查阅一些资料，得知死海其实是一个内陆盐湖，越到湖底，含盐量越高，并在深水中达到饱和的程度，使氯化钠沉淀为化石。因此，死海海水的含盐量为普通海水的10倍，即使不善游泳的人，也可在水面之上自由自在地漂流。

如果说，世界上海拔最高的珠穆朗玛峰是“世界屋脊”，那么，世界上海拔最低的死海便是“地球肚脐”了。来到这比海平面还低400米的地方，我们都感到格外新奇和兴奋。

住进一家名为Dead Sea Spa的酒店，卸下行囊，我们便迫不及待地坐大巴到海边。远处的海面上笼罩着一层薄薄的雾，那一泓碧水在阳光下闪烁着光芒，犹如暗送秋波的媚眼，让人欲罢不能。那就是死海吧。

小时候，我学过游泳，却不常下水，难免有点胆战心惊。在朋友们的鼓励之下，步入水中，仰卧海面，我感觉海水的浮力果真很大，即使不会游泳，也不会沉下去。这不是我创造的奇迹，而是海水托起了我。死海神奇，名不虚传。

死海漂浮

躺在辽阔的海面上，头顶是一望无际的蓝天白云，软软的海水抚慰着我的身体，皮肤上好像抹了一层油，很柔滑，很舒服。暖暖的波涛在我的耳边轻轻荡漾，仿佛与我窃窃私语。此情此景，美不可言。我静静地躺着，轻轻地呼吸，飘啊，飘啊，任凭波浪把我带向远方。

上岸后，海滩上遇到10多位约旦的年轻朋友，他们友善地向我们点头微笑。这些年轻人性格开朗，无忧无虑，比我玩得更开心，更浪漫。他们在水中嬉戏，在浪里翻滚。有的双手捧着书本，躺在海面上悠闲地阅读；还有的闭上眼睛，尽情地享受傍晚的阳光。沙滩上摆着几个塑料桶，里面盛满死海的泥巴，黑黑的，甚至还有点异味，但年轻人可不在乎，一个劲地往身上抹，抹完了洗去，洗完了又抹，反复几次，乐此不疲。据说。死海的泥含有人体所需的镁、钠、钾等矿物质，对治疗皮肤病有显著的效果。相传包括罗马大帝、埃及皇后在内的贵族和一些现代明星都曾在死海水面上漂浮，享受死海“泥浴”，让皮肤吸收健康的养分，以保持身材和保养皮肤。为此，约旦的科学家们开发出具有美容作用的“死海黑泥面膜”等产品，畅销国内外。

作为世界上引人入胜的自然景观，死海已成为约旦的旅游胜地和健康疗养中心。近年来，约旦政府在这里投入巨资，修建道路、酒店、浴场等基础设施，增加优良的疗养与康体设备，吸引更多的游客。有报道称，随着死海旅游业的发展，海水的蒸发量大于注入量，死海的面积逐年缩小。如何保护死海的环境，又成为摆在约旦政府和专家们面前的新课题。

说实在的，我并不喜欢“死海”这个名字，但我很喜欢这个美丽而宁静的地方。

夜晚，拉开房间的窗帘，美不胜收的景象出现在眼前。窗外是酒店游泳池，在灯光的映衬下，火树银花，宛如仙境。一打听，得知游泳池里也引进了死海的海水。让那些身体不好，不能下海的游客，也能在室内体验“死海漂浮”之乐。Dead Sea Spa 酒店真可谓注重细节，考虑周全。

独自坐在酒店的阳台上，天空皓月高挂，地上灯光璀璨。远方传来一阵仰天长啸的声音，如泣如诉，如歌如叹，我整个身心都随之荡漾。那是穆斯林信徒们的晚祷。回想今天的旅程，那蔚蓝的天空，那神奇的死海，那柔软的沙滩，那葱翠的椰林又出现在眼前。虽然在阿卡巴只有短短的一天，但享受了完美的生态、特色的美食、古

海边戏浪

朴的民风和异域的情调，心中充满温馨感和幸福感。

对自己的生日，我一向不大在意。以往过生日颇为简单，没有蛋糕，没有蜡烛，没有礼物，没有祝福，在自己的心中点起生日蜡烛，那么明亮，那么璀璨，那么耀眼，那么温暖。虽然只有一个人欣赏，但依然感到欣慰。我喜欢在平静中度过生日，泡一杯浓茶，听一段音乐，坐在书桌前反思着人生历程，默默地许下心愿，祝自己生日快乐。但今年不同，在异国他乡的生日反而过得挺开心，挺有意义。面对明月，想念亲朋好友，有感而发，赋诗一首，聊表此刻的情怀：

似箭光阴白了头，
平生志愿恨难酬。
匆匆岁月催人老，
滟滟风光动客愁。
文中好句苦难得，
身外浮名不可求。
残灯长夜欢歌尽，
对景敲诗月满楼。

多哈街头巡警

美丽的多哈

认识多哈，是从踏上飞机的那一刻开始的。

我们是乘坐卡塔尔航空公司 889 航班，从上海飞往多哈的。旅行最大的魅力在于对即将到达的地方，展开美好的想象。那里的自然风光，那里的人文景观，还有那里的风土人情，都引起我无限的向往。再过 10 个多小时，我将来到卡塔尔这个由黄色沙漠和蓝色海洋组成的国家，陶醉在浓郁的阿拉伯风情之中，心中充满兴奋和期待。

第一次坐卡塔尔航空公司的飞机，我有一种全新的感觉。飞机上的设施豪华，堪称一流。尽管卡塔尔航空公司很年轻，但凭借雄厚的实力和优良的服务，很快晋升为“星级航空公司”（目前，世界上仅有三家航空公司获得此项殊荣）。飞机上不仅有印着中文的菜单，还播放各种中文的电影和音乐。坐在舒适的靠椅上，感觉很温馨。

“先生，您需要毛毯吗？”

我睁开惺忪的眼睛，当目光和空姐相遇时，顿时觉得劳累全消。她并不年轻，也不漂亮，但那温柔的微笑和甜蜜的声音，让人感到无比温馨。原来她看我只穿一件长袖衬衣，主动给我送上毛毯。眼睛充满关怀和爱怜，一句话如春风拂过，我心里暖暖的。

“谢谢。”我的话音里充满感激。

翻开机上一本杂志，我认识了卡塔尔的国徽。那是一个由黄、蓝、白色组成的图案，分别有阿拉伯弯刀、白色帆船、蓝色海洋、绿色椰树及黄底色等元素。仔细审视，不难读懂其中的含义。阿拉伯弯刀象征着国家抵挡一切外来侵略，捍卫祖国的独立和自由；绿色的椰子树，代表卡塔尔丰富的自然资源；白色帆船在蓝色水面上乘风破浪，象征着卡塔尔不断发展的海上贸易和渔业生产；黄色则代表沙漠。国徽下面，围绕着绘有国旗图案的圆形饰带，上面用阿拉伯文写着“卡塔尔国”几个大字。

多哈是卡塔尔的首都，也是波斯湾的著名港口城市，是全国政治、经济、交通和文化中心。这本杂志还介绍了多哈的概况。这个原先以渔业为主的小镇，随着国内石油工业发展而繁荣。目前，全国大多数的天然气液化、石油化工、发电、水泥、塑料制品、鱼类加工、海水淡化等重要生产企业都集中在多哈。1970 年建成的深水港，可停泊万吨海轮。

晨光熹微时分，飞机平稳地降落在哈马德国际机场。这是 2014 年 5 月开始运营的新机场，占地 29 平方公里，其中 60% 是从阿拉伯湾围海造地得来的。航站楼内部面积庞大，达到 60 万平方米，有 3 个候机厅和 33 个登机口。其富丽堂皇堪称中东之最，标志多哈作为阿拉伯国家最大的中转机场的领先地位。

在机场，我遇见一位卡塔尔的志愿者，他会说中文，自告奋勇地陪伴我们观光游览。两天时间，他只收取低廉的费用。他的诚恳和热情取得我们的信任，于是，我们坐上他的旅游车，开启行程。

我们沿着多哈海滨大道前往波斯湾，这条大道被称为“中东最漂亮的城市道路”，绵延 7500 米。透过车窗向外望，路边街旁栽满高大的椰子树，幢幢楼房掩映在绿荫之中。街心花园姹紫嫣红，成群的鸽子在蓝天飞翔。许多穿阿拉伯服装的男男女女，或坐在长椅上休息，或在树丛中散步。路口点缀着描绘阿拉伯民族生活的雕塑，一座海蚌雕塑告诉人们，多哈曾是以捕鱼业为主的城市。

但今非昔比，如今的多哈已具备国际大都市的雏形。卡塔尔埃米尔宫、希尔顿饭店等著名建筑就坐落在海滨大道的一侧，既富丽堂皇，又具有阿拉伯民族特色，许多政府机构，如外交部、财政部、内务部、中央银行也集中于此。一幢幢现代化的高楼大厦，宛如一件件精致的艺术品。

第一次来到多哈，所见所闻都觉得新鲜。看见街上一群群穿黑袍的女子，我问多哈朋友，是否可以拍照片？他连说“no，no”。

波斯湾

波斯湾以迷人的景色吸引着世界各地的游客。这里的海水呈现美丽的蓝色，平静得像一面镜子。远处停泊着巨轮和渔船。海边有不少垂钓者，带着波斯猫，悠闲地等鱼上钩。站在海边眺望，蓝天白云与碧海银滩交相辉映，绿树红花和红楼白塔相互媲美。当地朋友告诉我们，波斯湾的夜景不比上海外滩逊色。虽然有时美国的舰艇在附近海面游弋，但总体看来，波斯湾还是比较安宁的。

随即，我们参观穆斯林社区。这里没有高楼大厦，没有灯红酒绿，但充满浓郁的阿拉伯风情。圆顶的清真寺、高耸的宣礼塔，在阳光照耀下发出刺眼的光芒，向世人展示着真主的威严和伟大。凡是进入清真寺都要脱鞋，不能高声喧哗。寺内铺着暗红色的地毯，穹顶上垂挂着一盏盏用圆形玻璃罩着的灯。大厅安静肃穆，信徒们虔诚地与真主交流，心中无一点杂念。

我感觉阿拉伯人很聪明，有创意。他们的住宅以低矮、豪华的别墅为主，为了避免吸收更多的热量，外墙涂料采用浅色，或灰白，或淡黄。室内装饰十分精致，别具一格，墙面描画着伊斯兰风格的花纹，窗户也都是镂空雕花的，让

风格独特的阿拉伯建筑

人不得不赞叹能工巧匠的精湛技艺。他们将社区里的白鸽屋修造得很独特，像一座座塔楼。社区治安良好，骑着高头大马的巡警在大街上来回巡逻，看到游客，也会礼貌性地微笑示意。如果与他们合影也不会拒绝。

因为有丰富的能源，卡塔尔是一个富裕的国家，国民生活不错。女人一般不参加工作，很少抛头露面，她们喜欢结伴逛街，在名牌商店购物。女人们穿的黑袍亦是时装，袖口和襟前，绣上精致的花纹，缀着闪光的珠片，令人惊艳。

在多哈的大街小巷随处可见露天茶座，从早上到傍晚，总是座无虚席。卡塔尔的男人们看上去活得很潇洒，他们穿着雪白笔挺的白色长袍，头戴红格子头巾，头巾上压着一个黑色绳圈，不徐不疾来到茶座，优雅地抽着水烟，在人群中吞云吐雾。有些穿黑袍、蒙面纱的女人也不甘寂寞，和男人一样，大大咧咧地抽起水烟，和在一旁的闺蜜窃窃私语。

我印象里，阿拉伯女人比较传统，她们社会地位低，怎么会在大庭广众之下抽水烟呢？带着疑惑，我向同行的卡塔尔朋友请教。

“时代不同了，过去只有男人才可以享用阿拉伯水烟，现在，女子进烟馆成了一种新时尚。开始，那些死抱传统观念的卫道士感到不可容忍，慢慢地也见怪不怪了。正如 20 世纪 70 年代，海湾国家把女子开汽车定为大逆不道，开戒后，不过尔尔。”卡塔尔朋友回答说，“如今，阿拉伯女子的社会地位在发生缓慢的变化。科威特妇女获得政治选举权，沙特阿拉伯妇女当选议会议员，阿联酋的女警察与男同事并肩执行公务。相比之下，卡塔尔女子抽水烟同样能得到社会的宽容。海湾国家的时尚观念总比世界潮流慢半拍。”

一天晚上，在多哈的地下餐厅，我们看到几个时髦的卡塔尔女孩捧着一个葫芦状的玻璃瓶，拖着一条长长的软烟管，在公共场合抽水烟，还不时地发出"噜噜"的响声，餐厅里轻烟缭绕，香气袭人。她们的穿着和传统阿拉伯女人不同，鲜艳的裙装、淡彩的头巾，洋溢着青春的气息。我的朋友走上前去，用阿拉伯语和她们交谈。过了一会儿，他回到座位对我说："她们是在校的大学生，并不是真的喜欢抽烟，她们只是想在这个保守的社会显示自己的存在而已。"看来，卡塔尔青年一代存在着一种逆反心理，正在冲破世俗的樊笼，敢于向传统挑战，争取男女平等，她们是阿拉伯国家的希望所在。

多哈是一个在沙漠中崛起的城市，对中国旅游者来说，完全是一个新的世界。因为地广人稀，除了市中心繁华地段之外，街上很少看到行人。据官方网站的数据，卡塔尔全国人口为80万，外籍人约占人口总数的70%，主要来自印度、巴基斯坦和东南亚国家。但是，多哈朋友告诉我们，现在该国人口已达150万，平均两人就有一部汽车，一美元可以买到5升汽油，因此，出租车寥寥无几。没有震耳欲聋的喧哗，没有拥挤上班的人群，这座城市给人的最深刻的印象是美丽和安静。

从多哈回来，我在微博里写道："在合适的时间，约几个同伴，去卡塔尔旅游吧。不用签证，买好往返机票就可以出发，也许多哈将会给你许多惊喜。"

漂亮的清真寺

参观埃及国家博物馆

埃及国家博物馆

到埃及的第一天，我们参观了埃及国家博物馆。

导游阿穆是埃及人。据了解，埃及政府不允许外国人担任本国导游，所以在各景点讲解的均是埃及人。阿穆身材魁梧，信奉穆斯林，为人也不错，颇有幽默感。他说自己在开罗大学学了四年中文，然后到南京师范大学留学一年，还结识一位中国女友，所以中文还比较流利——尽管发音有点怪。

埃及国家博物馆坐落在开罗市中心解放广场附近，是一幢红色的长方形建筑。年年岁岁，寒来暑往，它以恒久的魅力，磁石般地吸引着成千上万的国内外游客。我们怀着期待的心情，前来感受璀璨的法老文化。

博物馆的大门呈拱形，拱门两侧的壁龛中各有一尊法老浮雕，其中一个手持纸莎草，那是古埃及书写的材料；另一个捧着埃及的“国花”——莲花。阿穆告诉我们，纸莎草和莲花分别代表古埃及的南、北方，寓意国家的统一。

阿穆说，埃及国家博物馆仅次于大英博物馆和卢浮宫，在世界排名第三。我想，我到过英国和法国，参观过大英博物馆和卢浮宫，如今再到埃及国家博物馆，世界上最大的三个博物馆都看过，真是幸运。

博物馆外墙上的雕塑

踏入博物馆主建筑，一股夹杂着历史风云的厚重气息扑面而来。俗世的红尘顿然淡去，油然而生的是肃穆，是敬畏，是由衷的赞叹。人们仿佛穿行在时光隧道中，回到5000多年前的古埃及，去探访一种有别于现实世界的、完全陌生的文化和生活。

博物馆建于1902年，至今已有100多年的历史。在这个收藏了世界上最丰富的古埃及文物的博物馆里，陈列着15万件以上的古埃及文化珍品，年代从史前一直跨越到公元6世纪。这里有巨大的神像、历代国王的石像、木乃伊和棺椁，有几千年前的陶器、石器和绘画、雕塑，还有记载古埃及科学、文学、历史、法律和社会生活等方方面面的纸莎草文献等，内容包罗万象，说它是古人类文明的大展示一点也不为过。在参观之前，我们听取了有关埃及国家博物馆的介绍，对馆藏有一个大致的了解。

我们从一楼开始参观。这里按年代顺序，依次展示埃及古王国、中王国、新王国等的文物。大厅陈列的一座座石雕，大部分保存完好。每座石像的面部表情都栩栩如生，身体、服饰的雕刻细致入微，看上去仿佛是现代作品，我们怎么也不敢相信这些都是四五千年前的文物。

阿穆指着一个玻璃柜里陈列着的青铜色盾片告诉我们，这件物品的正面刻着古埃及的文字和图案，反面刻着中埃及的文字和图案，整件物品代表着埃及两个时期的统一。此外，我们还欣赏到埃及法老和神的塑像。在我看来，法老和神的外表没有什么区别。阿穆说，法老的胡子是平直的，而神的胡子向上翘起。有一尊仰卧的塑像很特别，正面是神的塑像，在下面的镜子上倒映出一个女人的塑像。我们蹲下看才明白，原来神的塑像背面还有一个女人，下面就是她的倒影。阿穆说，这是“三位一体”，那女人是古埃及的一位女王，和她背面相靠的是她的保护神。由于人们看不见她，就在底下设计了镜子，让人们看到女王的倒影。

在另一处，有一个侏儒和美少妇的塑像，旁边站着两个孩子，据说这是法老、妻子和他们的孩子。令人惊讶的是，四个人的眼睛里都嵌着蓝色的宝石，灼灼发光。

二楼是主题展区。最著名的展品是1922年在卢克索图坦卡蒙墓出土的珍宝，包括金棺、金面具、金御座及其他王室用具。

图坦卡蒙是埃及著名的法老，公元前1333年到公元前1323年在位，他9岁登基，19岁时神秘死亡，至今死因不明。由于他在位只有短短的10年，所以没来得及建造自己的金字塔，只能葬于贵族的墓室。即使这样，这位年轻法老的陪葬品仍非常丰富，看得我眼花缭乱。

图坦卡蒙金棺是用450磅纯金制成，用三层棺匣来装殓王身。博物馆藏有最内层和最外层的棺匣，是人类历史上最精致、最伟大的金制品，具有极高的美学价值。图坦卡蒙御座也是金光闪闪，座椅的正面两侧各有一个金制的狮子头，扶手为蛇首鹰身的雕像，代表埃及的王权。御座的靠背是一幅王室家庭生活的画面：在阳光照耀下，王后含情脉脉地抚摸御座上的国王，二人目光相对，和美温馨。椅背是一块黄金板上镶石加彩，与中国的景泰蓝有异曲同工之感。

展区中央的一个玻璃罩里陈列着一件金光灿灿的物品，周围挤满了参观的游客。我顺着人流挤上前去定睛一看，原来正是图坦卡蒙法老的黄金面具。这个面具是用纯金铸成的，重达17公斤，栩栩如生地雕刻出了图坦卡蒙法老的面部，工艺十分精细，在面具的额头部位还有一条代表着权力和地位的眼镜蛇。如果说油画《蒙娜丽莎》是法国巴黎卢浮宫的镇宫之宝，那么图坦卡蒙的黄金面具就是埃及国家博物馆的镇馆之宝了。

展区里还有许多陪葬品，比如珍宝首饰、法老的床等等，件件都是价值连城的珍宝。我们在这里停留了比较长的时间，之后，又匆匆参观了王室“木乃伊”陈列馆。

埃及的“木乃伊”我早就听说过。古代的埃及人认为人死后，其灵魂不会消亡，仍会依附在尸体上，所以，法老和王后们死后，埃及人用防腐的香料殓藏尸体，让死者永生，以表达他们深切的缅怀。由此可见，“木乃伊”就是人工干尸，经历几千年仍不会腐烂，没有高超的医学水平，是做不到这一点的。

埃及纸草画

木乃伊陈列室里安放着 11 具埃及历代法老及其后妃们的木乃伊。有的木乃伊已有 3500 多年的历史，但仍然保存完好。保存得最好的木乃伊是埃及著名的第十九王朝法老拉美西斯二世的遗体。展室幽静肃穆，紧裹着亚麻布的木乃伊双手交叉放在胸前，仿佛正在安睡。

对埃及的历史，我有一些了解，但还是很肤浅。参观完埃及国家博物馆，听了阿穆的介绍，增长了知识，也增加了兴趣。可惜博物馆规定，参观时不许拍照，所有摄像机与照相机均不得带入，除了自己一饱眼福外，只能通过文字传递自己的所见、所闻、所思和所感。

尼罗河畔金字塔

埃及是一个有着5000年以上历史的国家，与黄河流域的中国、恒河流域的印度、幼发拉底河和底格里斯河流域的巴比伦，同为世界四大文明古国。

尼罗河是世界的第一长河，也是埃及的母亲河。没有尼罗河，埃及就是一片沙漠。河流为埃及带来了发达的灌溉农业，尼罗河三角洲是埃及最富饶的地区，也是埃及文明的发祥地。古代著名的《尼罗河颂》，便是埃及人民对尼罗河感情的真实流露。

以前，我在课本上认识尼罗河，在电影里见过尼罗河，今天亲眼看到它的风姿，想不到它是如此清澈，如此美丽，不由得思绪万千。尽管开罗的街头并不安宁，但这里没有任何动乱的迹象。一排稀疏的棕榈树，静静地站在夕阳的余晖里，对岸那座圆柱形的纳赛尔塔巍然耸立，河面宽广，河水浩荡，几千年间默默地流淌，似乎为古老的埃及祈祷。

我们在河边散步。然后，导游阿穆带我们到尼罗河的游船上品尝自助晚餐，并在船上观赏肚皮舞表演。

埃及的肚皮舞具有异域特色，比土耳其的肚皮舞更加粗犷豪放。表演者扭动着腰部的肌肉，随着欢快的鼓点和梦幻般的音乐翩跹起舞，像一条游动的蛇，灵巧而不失舒缓，柔美而不失妖艳，表现出女子的曲线美和体态美，再加上表演者眉目传情，散发无尽的感染力和诱惑力。

肚皮舞是埃及传统的表演艺术，也是一种家传的职业，女孩子从小就开始学艺，动作难度高，体力消耗大。肚皮舞娘收入极高，甚至比歌星、影星还要高得多。即便如此，舞娘在社会上还是被人看不起，人们认为这是一种“下等”的职业。在当地语言中，“舞娘的儿子”是一句骂人的话。

疯狂的音乐越来越响了，呐喊的声音越来越高。我受不了噪声，便走出船舱，步入甲板，呼吸夜晚新鲜的空气。尼罗河两岸夜景并不壮观，也许埃及还相当贫穷，“灯光秀”远远比不上香港和上海漂亮。一阵喧闹打断我的思绪，只见两艘小船从河面上驶过，船上同样播放着音乐，一群年轻人一边喝酒，一边戏谑，也许是他们租船夜游，消遣时光。

回到宾馆已是深夜，团友们乘着酒兴，还要去夜总会唱歌。想到第二天要参观尼罗河畔金字塔，我就回房休息了。

孟菲斯

第二天上午，我们首先前往古埃及的首都孟菲斯。这是有着4700年历史的古城，遗址位于开罗以南的拉伊纳村。

孟菲斯距离开罗大约20公里，可惜现在只是一片废墟，古迹已寥寥无几，只有一个“狮身人面像”默默地立在荒漠里。这里也有一个小型的博物馆，我终于见到拉美西斯二世的石雕像。当年，雕像曾屹立在孟菲斯中心，后来在地震中倒塌，如今被罩在一个巨大的玻璃柜子里，供人瞻仰。由于石质坚硬，雕像尚未风化，面部表情非常丰富，刻画出这位国王桀骜不驯的性格和高傲不屈的气质。几千年来，阳光洒落在他的身上，增添了几分柔美，但现代少男少女迷恋于他的爱情故事，而不是他的丰功伟绩。

拉美西斯二世雕像

阿穆风趣地说，拉美西斯二世是自己最崇拜的偶像。他在位67年，活到100岁，有200多个妃子和100个子女，这是一个真正的男人，像他这样的人生才是真正的人生。他还说，拉美西斯二世在埃及修建了许多神庙，阿布辛贝尔神庙最为神奇。平时，阳光照不到这座神庙，只有每年2月20日和10月20日这两天的上午9点，阳光透过狭窄的大门，一直射到神庙最里面，在拉美西斯二世的脸上停留7分钟。这两天分别是拉美西斯二世的生日和登基继位的日子。这就是阿布辛贝尔神庙著名的“阳光奇迹”。

他绘声绘色地讲解，简直将这位国王说得神乎其神。但我相信，他不会撒谎。在古代的埃及，像这样匪夷所思的奇迹不在少数。

拉伊纳村绿树成荫，环境优美。当我在“狮身人面”的雕像前拍照时，树丛中有两个警察向我招手，原来是让我和他们合影。照完相后，他们却低声地说：“美元，美元。”我恍然大悟，只好塞给他们两块美元，他们才离开。埃及人虽然热情好客、幽默直爽，但在旅游景点也有不少“刁民”，甚至摸一下骆驼都要你付钱。大多数人对中国人还是友好的。

金字塔

孟菲斯的“阶梯金字塔”是埃及最古老的墓冢，呈灰白色，共有六个阶梯，每一阶梯的结构都异常坚固。尽管底层的石头有些毁损，但无损于整体结构的完整。塔顶是平的，而不是尖的，全部由石头砌成。

“阶梯金字塔”孤零零地耸立在蓝天下，黄沙中，像一幅画。一位穿着白色长袍的埃及人热情地邀我合影，还给我戴上方格头巾，披上红色长袍，于是，画面顿时有了生气和活力。金字塔四周是倒塌了的宫殿庙宇的遗迹，其中最著名的是48根石头圆柱，电影《尼罗河上的惨案》就在这里取景。

沙漠情缘

埃及有91座金字塔，最著名的是吉萨金字塔。在我的印象里，金字塔应该在沙漠中央，需要一番跋涉方能到达。而事实上吉萨金字塔就在我们下榻的宾馆附近，从阳台上就能看到轮廓。

吉萨金字塔建于公元前2600年至公元前2529年期间，是埃及第四王朝的胡夫、哈夫拉和孟考拉三代帝王兴建的，共3座，其中胡夫金字塔是第四王朝第二位国王胡夫的陵墓，是已发现金字塔中最大的一座。据资料介绍，胡夫金字塔用了230万块花岗石和石灰岩，花了20年时间建造，每块石头重量在2吨到10吨之间，平均重量2.5吨，总重量约600万公吨。当时，没有现代化的工具，甚至没有铁器，让这些巨石天衣无缝地接叠而成，真是不可思议。

来到金字塔下，我抚摸着塔身的石块，思绪在沙漠上空驰骋。我仿佛看到几千年前的情景：成千上万的工匠们汇聚在沙漠，同心协力地去完成一个史无前例的工程。从600里以外的阿斯旺运来的巨石，堆积在尼罗河岸。他们用绳索拉，用肩膀扛，将石头搬运到现场。然后用简陋的工具，将一块块的巨石切割、磨平、叠起，用自己的血汗筑成高146米、塔底面积5.29万平方米的金字塔。

几千年来，吉萨金字塔一直默默地屹立在埃及的土地上，似乎在捍卫着什么，守望着什么。然而又是谁赋予它坚强的生命？是埃及的劳苦大众，金字塔是他们智慧的结晶。

在吉萨金字塔，我们遇到一群埃及女学生，她们主动邀我们拍照留念。埃及的女孩热情大方、纯真可爱，喜欢色彩艳丽的服装。在街上散步，几乎每个迎面过来的女孩都会展现迷人的微笑。面对相机的镜头，她们一点也不腼腆，还摆出“酷”的姿势。中年妇女却不相同，大都用黑纱蒙住头和脖子，仅仅露出两只眼睛，目光忧郁，对陌生人敬而远之，与女孩的性格形成鲜明的对照。

狮身人面像

尼罗河畔的“狮身人面像”与孟菲斯见过的略有不同，这尊石雕没有鼻子。虽然经过几千年的风雨洗礼，但至今依然威严雄壮，傲视东方。它的面容阴沉忧郁，似昏睡，又似清醒，让人遐想。开始，我不明白，古代埃及人为什么喜欢“狮身人面”的雕像。导游阿穆告诉我，因为“人面”代表尊严，“狮身”代表力量，这是埃及人精神的寄托。原来如此。

次日，我们参观了一家“纸莎草纸画”制作工艺品商店。古代的埃及人采撷尼罗河边一种又细又高的芦苇，经过削皮、压缩、风干等工序，作为原料，制成耐用的纸张，再由画师在上面精心绘制各种各样的图画，这就是传统的“纸莎草纸画”。这种画笔法细腻，色彩绚丽，构图精美，让人爱不释手。虽然价格不菲，买的人还是不少。我也挑选了几张纸莎草纸画，至今还挂在客厅的墙上。每当看到它的时候，我不由得想起尼罗河畔的金字塔，想起在埃及的那些日子。

卢克索：文明的摇篮

当我们坐火车前往卢克索时，导游阿穆幽默地说："在特殊的情况下，埃及的火车正点到达。"话音刚落，引来大家一片笑声。言外之意就是：在正常的情况下，火车都是晚点的。确实如此。火车原定晚上7点开出，可等到8点半才发车，而且车站没有候车室，熙熙攘攘的人群只得挤在铁路边候车。

埃及的"夜卧火车"是专门为外国游客设计的，有两条线路，南线通往卢克索，北线通往亚历山大，首发站设在首都开罗市中心的拉美西斯广场。虽然车站简陋，列车破旧，但车内设施相当完备。每个软卧包厢住两个人，有两张沙发。睡觉前，列车员来到包厢，把沙发一推一拉，竟

卢克索

变成上下两张床。车上有音响控制、温度控制、阅读照明控制、服务呼叫等装置。每个包厢有独立盥洗台，铺位也很干净舒适，且免费供应早餐和水果。

经过一夜的颠簸，我们凌晨抵达卢克索。卢克索是一座拥有4000年历史的古城。据文献记载，曾经的卢克索人口稠密，广厦万间，仅城门就有100座，《荷马史诗》称她为“百门之都”。历代的法老们在这里大兴土木，建造数以千计的神庙、宫殿和陵墓，有着世界上最大的“露天博物馆”的美誉。

卢克索的景点很多，由于我们只停留两天，仅参观了卡纳克神庙、卢克索神庙、梅农石像、海普苏特女王神庙和帝王谷。

卡纳克神庙的壁画

卡纳克神庙又名“太阳神庙”，位于卢克索以北5公里处尼罗河东岸，是埃及最大的神庙，也是世界上最壮观的建筑之一。神庙共有三部分：供奉太阳神的阿蒙神庙，供奉阿蒙妻子、战争女神穆特的神庙和孟修神庙。进入高44米、宽14米的塔门，眼前耸立着一根根高大的石柱。阿穆介绍说，巨型石柱共有134根，其中最大的12根石柱高23米，周长15米，其上足可容纳50个人站立，令人叹为观止。整个建筑群包括大小神庙20余座。神庙甬道两旁，依次排列用石头雕刻的狮身人面像，一直通到卢克索神庙。

卢克索神庙距卡纳克神庙3公里，是埃及法老阿蒙诺菲斯三世在尼罗河畔的行宫。据介绍，原先大门口左右各有一座高大的方尖碑，上面刻着拉美西斯二世的名字。但其中左边的方尖碑在18世纪末被法国殖民者掠走了，现在耸立在巴黎协和广场的中央。记得我去巴黎时，曾仔细观察过，浪漫的法国人把方尖碑装饰得十分欧化，点缀成金色。如今，右边的方尖碑仍孤零零地竖在那里，形单影只，给人一种历史的沉重感。神庙门前原本矗立着六尊拉美西斯二世的塑像，现在仅存三尊，但昔日的辉煌，依然萦绕在每一个参观者的心头。

进入神庙，前方是一个中庭，两排列柱环绕四周。北面的柱廊尤其美观，14根柱子平均高达14米，造型雄伟，雕刻精致，柱顶的芦苇草在风中摇曳，别有情趣。神庙既显示法老们的尊严，又蕴藏艺术的魅力，但许多法老雕像的脸部或被刮伤，或被捣毁。阿穆说，这是信奉基督教的信徒所为，其目的是消除埃及人民对法老的崇拜。神庙的尽头还建有一个清真寺。

梅农石像矗立在尼罗河西岸和帝王谷之间的原野上，据说是阿敏何特普三世法老神殿前的雕像，但神殿已无踪影，只留下两座高20米的巨大石像，向人们诉说世事的沧桑。由于石像严重风化，面部已不可辨识。后人认为这是希腊神话中的梅农，就取名为梅农石像。罗马统治时期的地震使雕像出现了裂缝，每当起风的时候，梅农石像就像在唱歌一样，十分神奇。后来经过修补，梅农石像就再也没有唱过歌。

海普苏特女王神庙位于底比斯卫城的最北端，参观前，阿穆在车上向我们讲述了海普苏特女王的故事，让我们了解到古代埃及宫廷争权夺利的一段历史。

4000多年前，埃及有一位名叫海普苏特的皇后，美若天仙，才华出众，而且胆识过人。这位皇后对自己的法老丈夫一直不满，野心勃勃，觊觎权位，企图取而代之。开始，她在丈夫身边指手画脚，干涉朝政。后来，她终于找到机会，弑了夫君，扶持年幼的儿子继位。之后，又以儿子“少不更事”为由，开

海普苏特女王神庙

始“垂帘听政”，独掌大权。不久，她从帘后走到幕前，推开儿子，自己坐上皇位，成为埃及历史上唯一的女法老。

在海普苏特女王执政期间，埃及国泰民安，繁荣昌盛，又通过和索马里地区贸易往来，获取香料等物资，发展经济，受到老百姓的称赞和爱戴。为了炫耀权威，海普苏特为自己也建造了不少宫殿和庙宇，海普苏特女王神庙就是其中最大的神庙。

海普苏特神庙建在底比斯卫城最北端的峭壁上。与其他神庙相比，它直接从山石中凿出来，规模宏大。一般神庙仅有一层，而它高达三层，气势非凡，并刻有许多彰显功德的浮雕，以不可一世的姿态显示其统治的长治久安。

石柱擎天

可是，令海普苏特意想不到的是，她的儿子始终对她怀恨在心，成年后，为报父仇，将海普苏特杀死，夺回皇位，成为第十九王朝法老。他就是埃及历史上赫赫有名的拉美西斯二世。

拉美西斯二世掌权后，下令捣毁了所有纪念海普苏特的神庙，并把她石像上的名字毁掉，刻上自己的名字。按照古埃及的说法，如果一个人的石像上刻的名字被涂掉，这个人的魂魄就没有了家，永世不得超生。拉美西斯二世对自己的母亲的刻骨仇恨，由此可见。

阿穆说，这起惊心动魄的事件震动全国，在埃及历史上书写了浓浓的一笔，褒贬不一。

卢克索有许多外国游客，他们对埃

及文化表现出浓厚的兴趣。此外也有埃及的教师带着学生在神庙参观，向孩子们讲述辉煌的历史。

帝王谷是埃及法老、君王的安息地，在尼罗河西岸。帝王谷有64座帝王陵墓，现有17座对外开放。陵墓的形制基本相同，坡度很陡的阶梯通道直通陵墓走廊，再通往墓室。墓室内有数间墓穴，最后一间墓穴摆放着堆放木乃伊的花岗岩石棺。坟墓里的金银珠宝早已被千百年来的盗墓者洗劫一空，如今，只有墓室中几千年的壁画仍保持鲜艳的色彩，熠熠生辉。

导游阿穆介绍，帝王谷唯一被考古学家发掘出宝藏的墓室是年轻的法老图坦卡蒙的墓。由于图坦卡蒙还没来得及修建坟墓，就过早去世，因此，他的墓在帝王谷中算是最小的一座。虽然法老墓的穴口都不留痕迹，但也不能避免被盗。为什么图坦卡蒙的墓没有被盗？据说后世有一位法老的墓修建在图坦卡蒙墓的正上方，阴差阳错地掩盖住图坦卡蒙的墓，这才使得图坦卡蒙的墓历经千年，神奇地躲过了被盗的厄运。20世纪初，英国考古学家发掘出了这座墓，发现里面的珍宝之精美、数量之庞大，让人眼花缭乱。为此，埃及政府决定将图坦卡蒙墓出土的文物运送到埃及国家博物馆陈列。这些宝藏离开帝王谷的那天，远近的村民不约而同地前来送行，老百姓悲天恸地。他们认为，这些宝藏应该永远留在这片山谷中。

埃及的神庙总是让人惊叹。每到一处，都能看到法老们处心积虑地为自己建造陵墓，为自己设立死后的复活之路，为自己刻画最辉煌的战绩，为自己描绘与诸神共舞的传奇。而今，墓穴或被掏空，神庙仅存残垣，无论是最早统一埃及的法老美尼斯，还是最伟大的法老拉美西斯二世，都成为过眼云烟。

几年前，我读过日本著名漫画家细川知荣子写的小说《尼罗河女儿》，对埃及这个充满了神秘色彩的国家，无比向往。经过长久的期盼，我终于亲身访问了这个沙漠中的传奇国度，甚为欣慰，旅途上的疲惫也因此烟消云散。

沙漠那边是海洋

沙漠日出

从飞机上俯瞰，埃及的土地几乎是一片黄沙，看不见绿树，看不清景物。导游阿穆说，埃及 95% 的国土是沙漠。尤其是撒哈拉大沙漠，横卧埃及南部，猛烈的西南风夹带着大量沙尘，席卷开罗，致使这座城市终日灰蒙蒙的，难见天日。虽然，上帝一手赐予埃及荒凉的沙漠，造就了干燥、炎热、少雨的热带沙漠气候，但同时也馈赠她浩瀚的大海，从苏伊士海湾一直延伸到苏丹边界的红海海岸，造就了埃及另一片旖旎的自然风光。

在大多数人看来，沙漠只是连绵不断、寸草不生的荒芜，而另一些人却认为沙漠是一片净土，比如台湾著名作家三毛。三毛去过很多地方，包括欧洲，但始终没有一个地方能把她的心留住。她只是无意中看了一些有关撒哈拉的照片，就把那属于前世回忆的乡愁毫无保留地交给了这片土地，让自己的心灵得到了安宁。

当一个人独处的时候，当幸福和快乐给你一个巧妙嘲笑的时候，当你的心灵被空虚与寂寞袭击得疲惫不堪的时候，收拾行囊，踏上旅途，洗去胸中的尘垢，焕发勃勃的生机，这是一分爽心悦目的快意。我喜欢三毛和她的文字，喜欢她那颗流浪的心，喜欢她那非凡的气质，更喜欢她和荷西的爱情故事。我就这样，揣着三毛的《万水千山走遍》，在清晨 4 点钟出发，抵达撒哈拉大沙漠看日出。

越野车在无边无垠的沙漠上驰骋。前面的路，一片漆黑，什么也看不见，只感到车子起伏不平，身体好像在车厢里漂浮。我不知道司机哪里来的方向感。不久，阿穆让我们下车，踩着深深的积沙，摸黑爬上一座小沙丘。说实在的，在沙漠里行走，一步一步都很艰难，更何况在黑暗里跋涉。不久我们便大汗淋漓，浑身湿透。最让人感动的是一位 74 岁的老太太，她不甘示弱，大口地喘着粗气和大家一起向上攀登。

终于爬到了沙山的顶峰。仰望天空，璀璨的银河悬在头顶，星星离我们仿佛很近。我们向着太阳即将升起的方向，静静地等待那壮丽的一刻。

摄影师

在去埃及旅游的团队里，有几位摄影爱好者，翁先生就是其中之一。他背着沉重的摄影器材，在沙漠里穿梭的情景，给我留下深刻的记忆。他喜欢用镜头触摸时代，感知自然，体验生活，记录人物。我很钦佩他对艺术创作孜孜不倦的精神。从他身上，我悟出一个道理：只要做自己喜欢做的事，就是一个快乐的人。雷先生是我在马来西亚旅行时认识的朋友。他性格开朗，兴趣广泛，以自己独特的眼光，在绚丽多彩的光影世界里流连忘返，捕捉美丽的瞬间。我欣赏过他的作品，多姿多彩，充满诗情画意。既有山的雄伟、水的妩媚、花的妖艳、草的青翠，又有社会百态、人间真情、城市风貌、生活实景。和他们结伴而行，我感到由衷的高兴。此刻，他们支起三脚架，安装照相机，换上镜头，调整焦距，做好拍摄前的准备。

随着时间的流逝，夜的凝重渐渐消退，四周的景色渐渐分明，浩瀚无垠的撒哈拉大沙漠上，一座座沙丘此起彼伏，绵延不绝，显得格外宁静。不一会儿，东方泛出朝霞，很快，天宇变成了一个色彩缤纷的世界，一个巨大的红色圆球，从容不迫地从遥远的地平线上冉冉升起，像是浮出水面一般，我们终于拍下沙漠日出这壮丽的瞬间。

阿穆说，早晨和黄昏是沙漠一天中最好的时候。站在沙堆上极目远望，莽莽沙海，浩瀚无际，一直铺到天边，如梦如幻。阳光透过云朵照在沙丘上，呈现出金红色，如神光一般，非常迷人。

在沙漠腹地望星空，看日出，是人生难得而美妙的一次经历。所有的疲惫一扫而空，连自己也变得透明起来。

接着，我们到撒哈拉沙漠深处的埃及人家中做客。一座座低矮的土屋，简陋得不能再简陋，屋子没有窗，黑乎乎、空荡荡的。看到这赤裸裸的贫困，让我觉得心酸。推开一扇破旧的木门，屋里有一对老夫妻。男人缠着方格头巾，身穿灰黄色的长袍，黝黑的脸上写满了沧桑。他手里拿着一根烟，神情木然地注视着站在眼前的红男绿女。女人正在准备午餐招待我们。我想，他们的故事一定很多，也许能讲上一千零一夜，可惜我不懂阿拉伯语。

沙漠人家

在另一个村落，我见到的是同样的情景。游牧民族的生活，只能用一贫如洗来形容，更严重的是缺水缺食。全村只有一口 28 米深的井，这是村民和骆驼唯一的生命之泉。薄薄的馍，包上一些水果、黄豆之类的食品，就算是奢侈的享受了。老人和孩子的脸上充满无奈和忧伤。几个穿着黑衣、脸上蒙着面纱的女人牵着骆驼，来到我们面前，她们要带游客在沙漠里走一圈，每人收一美金。我们欣然同意。结束时，我多付了一美金，女人们眉开眼笑，鞠躬道谢。导游说，这算是她们一天中最丰厚的收入了。

有人说，如果没有到过沙漠，你就无法真正了解生命；如果没有深入沙漠的腹地，你就无法真正领会雄浑和壮美。当越野车在浩瀚的沙海里驰骋，翻越一个又一个沙丘，时而抛向峰顶，时而坠入谷底，你才能领会那种与众不同的征服感、神秘感和喜悦感。此刻，我想起余秋雨先生《文化苦旅》中的一句话："行走在无垠的沙漠中，巨人也变成了侏儒，侏儒也变成了巨人。"是的，在自然面前，人类永远是渺小的；在历史面前，人类永远是短暂的。

返回途中，遇见一群小学生，他们看到我们异常兴奋，齐声用中文喊"你好，清凉油、圆珠笔"，而且重复多次。阿穆解释说，中国游客在埃及很受欢迎。以前，许多游客都备有清凉油、圆珠笔、打火机之类的日常用品，赠送给埃及儿童，所以现在许多孩子都记住这些商品，主动索取。不会讲中文的，也会用手做出打火的动作，意思是问你有没有打火机。如果在旅途中遇到了小小的麻烦或尴尬的事，都可以用这些东西解决。

当晚，我们下榻红海之滨霍尔格达度假酒店。这是一座别墅式的豪华酒店，每幢两层，共 4 个房间，设施齐全，酒吧间、娱乐室应有尽有。走出房间就可以去游泳，游泳池有深水区、浅水区，浅水区内可看到海参和海胆，还有很多小鱼；沙滩上有躺椅供游人晒太阳、做日光浴。我想，把这里作为埃及行程的最后一站，是非常人性化的安排，让游客既放松心情，消除疲劳，又能尽情地领略红海的魅力。霍尔格达还有特别之处，每天下午 3 点前，街上行人寥寥无几，商店也很少开门，但从下午 4 点到次日凌晨，却是灯红酒绿，热闹非凡，令人怀疑莫非是沙漠中的海市蜃楼？

红海确实是一个好地方。由于海底含有红色的矿物质，当地船员称之为"红海"。最后一天是自由活动，阿穆为我们安排了许多海上自费游览项目。

红海

我们乘坐大游轮出海，透过用玻璃制成的船底，观赏五颜六色的珊瑚和千奇百怪的海洋生物。据说，红海的水有点温热，没有污染，适合珊瑚生长，这里有200多种珊瑚礁和活珊瑚。我们看到许多海洋动植物在珊瑚礁上栖息，形成光怪陆离的海底奇观。在船上，来自世界各地的游客，虽然肤色不同、语言不同，但大家一起跳舞、唱歌，尽情狂欢，气氛热烈。

我们来到一个小岛，这里海水湛蓝、沙滩金黄、植被碧绿、日照充足，恍如人间仙境。我们跳入水中，和鱼儿一起畅游，和珊瑚亲密接触。那些来自欧洲的游客半裸着身子在沙滩上晒太阳，他们到埃及就是为了享受这里的阳光和沙滩。

回到旅游大巴车，同伴们都很兴奋。今天，我们终于认识了真正的埃及。一边是广阔苍凉的沙漠，一边是烟波浩渺的大海，就像一位粗犷豪放的大汉拥着一个温柔秀美的少女，可谓一对天造地设的情侣。

这就是埃及，一个从远古文明走到现代文明的埃及。

泰国芭堤雅之夜

停泊在海上的东方公主号

芭堤雅是泰国著名的海滨城市。20世纪50年代，这里还是一个贫穷的小渔村。越战期间，一批又一批美国军人到这里度假，旅游业才日趋兴旺。如今的芭堤雅以迷人的风光，吸引着成千上万的游客。到泰国观光的人，几乎没有不到芭堤雅的。

白天，芭堤雅并不繁华。街道上行人不多，商店生意也清淡，售货小姐们面带倦色，懒洋洋地靠在柜台前聊天。出租车司机们常常把车停放在树荫下，自己斜躺在车上打盹。

然而，到了夜晚，芭堤雅似乎从睡梦中苏醒过来，宛如一个妙龄少女，向人们展现千种柔情、万般媚态。街头的霓虹灯闪闪烁烁，把远近的天空映得五光十色；街上的汽车如风如龙，飞驰而过；路旁的商店里飘出动人的音乐；不同肤色、不同装扮的游客在人行道上悠闲地散步。从海上吹过来的晚风，轻轻地送来花木的幽香，令人似痴如醉……

华灯初上，遍及芭堤雅大街小巷的酒吧开始活跃起来。浓妆艳抹的酒吧女郎们站在门口向游客卖弄风骚，频频招手。一群群蓝眼睛、高鼻子的外国人纷纷拥向酒吧，有的围着拱型吧台，一边喝着白兰地，一边和旁边的酒吧女郎谈笑；还有的迈着轻松的步伐，随着音乐的节拍，扭着腰肢不停地舞蹈，尽情地狂欢……

路边酒吧

芭堤雅的酒吧虽然布置简单，但十分讲究情调。一张围桌，几把藤椅，其间点缀着红花绿草，色调特别和谐，配上五颜六色的灯光，远看宛如人间仙境。这些酒吧都是通宵营业，服务热情周到。你只要点上一杯冰镇啤酒，就可以在这里坐一个晚上。最引人注目的是那些酒吧女郎。她们大都穿着袒胸露背的衣裙，抽着烟，显出一副无拘无束的样子，和客人们打情骂俏。有的和客人一阵耳语以后，大大方方地挽着客人的手臂，走出酒吧，消失在浓浓的夜色之中。据说，这些女孩子被称为“金鱼缸里的小姐”，大部分来自泰国北部的贫困山区。那里生活艰苦，又赚不到钱，于是她们到曼谷、芭堤雅打工，每月可赚一二万泰铢，甚至更多。因此，她们对自己的职业相当满意。

在芭堤雅，我们曾观赏过“蒂芬尼人妖歌舞团”的表演。那奔放的舞蹈、美妙的歌声，还有震耳欲聋的音响、变幻莫测的灯光，至今仍让人难以忘怀。

“人妖”表演

“人妖歌舞团”的演员全是“人妖”。乍看去，这些“人妖”个个腰肢纤细、体态婀娜，像年轻的姑娘。其实，他们是一群由男性“雌化”过来的“变性人”。

歌舞表演

据介绍，一些长期生活在众多女性环境中的少年男子，由于精神空虚，心理变态，从十三四岁开始，通过打针服药，使自己在体态、生理等方面逐步趋向女性化，以博得男人的喜欢。泰国的“人妖”有三万人，大多靠卖艺为生。其中不少还是富家子弟，因为贫苦人家付不起昂贵的医药费让自己的孩子“雌化”。虽然对“人妖”的形成至今尚未有科学的解释，但作为一种社会现实和文化现象，“人妖”是泰国独特的产物，也被称为“亚洲的奇观”。

整个演出持续一个半小时，节目可谓丰富多彩。既有传统剧目，又有流行歌曲，并进行了大胆的修改和创新。整个表演将古代和现代糅合在一起，使人感到新奇。演出过程中，“人妖”们还不时走到观众席中，出其不意地“袭击”观众，以突出演员与观众互动的特色。

演出结束，“人妖”们纷纷来到剧场门口，和观众合影留念，每次合影要付 20 泰铢。

我与一个稍懂华语的“人妖”交谈，了解到他们的生活不尽如人意。每天上班要签到、考勤，收入也不是很高，在社会上还备受歧视。再说“人妖”在台上表演的青春期极其短暂，一旦步下舞台，大多陷入困境，多数人被迫从事色情行业。少数人想学点技术或手艺，靠自己的劳动在社会上占一席之地，但往往要比一般人付出更多的努力。

他说，他的一位朋友，生了病却无钱治疗，40 多岁就离开了人世。别看“人妖”满面笑容，内心却很痛苦，特别是一些年长色衰的“人妖”，生活得不到保障，境遇更加艰难，很少有人知道他们的不幸。

听了他的叙述，我感慨万千，不由得赋诗一首，表达对这些生命的怜悯和同情：

华灯七彩耀良宵，
婉转歌声韵律娇。
窈窕漫夸舞姿美，
婆娑俱见艺能超。
转身胴体晶莹雪，
迎面笑容媚态娆。
欲向幼年垂老事，
斑斑血泪诉今朝。

其实，生活艰难的何止“人妖”，在芭堤雅灯红酒绿、声色犬马的背后，还有多少辛酸的眼泪和痛苦的呻吟？

一个飘着细雨的晚上，我独自从酒店出来，沿着繁华的大街散步。经过一座人行天桥时，突然，一个小姑娘从身后赶上来，将一束香蕉递到我的面前，她一边用小手比画，一边说着什么，眼睛里充满期待。我很快明白：她要我买她的香蕉。小姑娘十三四岁，穿着一身整齐的学生装，短发，圆脸，一双明亮的大眼睛呆呆地望着我。

我不忍拒绝她，掏出30泰铢，买了一束香蕉。

她伸出微抖的小手，接过钱紧攥在手中，颤着稚嫩的童音说：“卡坤（谢谢）。”

这时，迎面走来一位中年妇女，她似乎和小姑娘很熟。她们用泰语交谈几句后，中年妇女也买了几束香蕉。小姑娘的脸上荡开了笑容，向那妇女招招手，走上天桥，消失在黄昏的雨雾之中。

当这位妇女得知我从中国来，显得很兴奋。她操着不大流利的汉语对我说，她是华侨的后裔，在马来西亚学过中文，听说中国改革开放，变化很大，很想去看看。

后来，我们不约而同地谈到那个卖香蕉的小姑娘。她告诉我，她认识小姑娘的老祖母，祖孙俩就住在“哒叻”（菜市场）后边的贫民区。小姑娘的父亲被一场大火夺走了生命，母亲不久也失踪了，留给她的是一大笔债务和年迈的祖母。为了谋生，在读书之余，她每天早晨、黄昏，挎着篮子沿街叫卖，刮风下雨也不停歇，用微薄的收入维持家庭生活。

多么懂事的孩子，小小的年纪就挑起生活的重担。命运对她是何等的不公平，她没有埋怨，没有在不幸中屈服，而是用顽强的毅力与命运抗争。

告别了这位中年妇女，我的脑海里总是浮现那卖香蕉的小姑娘的影子，这一夜，我失眠了。

第二天，汽车又经过那座人行天桥。我倚着车窗，在川流不息的人群里，希望再次看到那个小姑娘，可是，怎么也找不到她那瘦小的身影。

卖香蕉的小姑娘，你在哪里？我多想再买几束你手中的香蕉……

芭堤雅的夜是迷人的、温馨的，然而，也是朦胧的、浑浊的。当你独自在街上散步时，会有一两个人窜到你的身边，诱惑你去看那种不堪入目的表演；或者会有一辆敞篷车“嘎”的一声停在你的面前，要带你去色情场所……芭堤雅的夜是一个诱人的陷阱，又是一张可怕的网，稍有不慎，就会跌入罪恶的深渊。

在曼谷，从事色情行业的女子不少。作为信奉佛教的泰国，为什么允许色情行业的存在，而且任凭其发展呢？这真是不可思议。据行家分析，“冰冻三尺，非一日之寒”，泰国色情业和其社会制度、历史渊源有着密切关系。从某种意义上讲，政府还利用这个行业增加税收，发展旅游业。

于是，我们不再涉足更多的地方，和芭堤雅保持一段空间距离。我们实在不愿看到芭堤雅的污浊和肮脏，只愿这座风光宜人的城市在记忆里多几分美丽和纯真。

惊艳老挝琅勃拉邦

琅勃拉邦

不久前，我和三位朋友租了一辆“现代”越野车从云南西双版纳出发，去老挝旅游。司机姓华，昆明人，经常到老挝做生意，精通英语，这次兼做我们的导游。我们在磨丁口岸办理落地签证，手续简便。出境后，沿着坑坑洼洼的公路直奔琅勃拉邦。倚着车窗，不时可以看到破旧不堪的吊脚楼和茅草房，掩映在茂密的树林中。

华先生说，几百年来，由于特殊的地理位置，琅勃拉邦将自己与外界隔离开来，既不追随外面世界的前进步伐，也不适应世界潮流的千变万化，她所坚守的就是亘古不变的傲气与深沉。

他介绍说，琅勃拉邦于 1998 年 2 月 2 日被联合国教科文组织列入《世界遗产名录》。城市面积虽然并不大，但很有特色。首先是寺庙众多。不到 10 平方公里的市区内密密麻麻地拥挤着 50 多座金碧辉煌的大小佛寺，处处洋溢着佛教带来的祥和之气，有“千年佛都”之称，老挝小乘佛教就起源于此。其次是历史悠久。早在 1353 年，澜沧国国王统一老挝之后，这里就是老挝首都，延续 600 多年。后来琅勃拉邦被法国人占领，至今这座城市仍保留着 19 世纪的欧式风情，东西方文化在这里水乳交融，使之独具魅力。最后是风光秀丽。琅勃拉邦像一个绝色女子，清纯而不低俗，妩媚而不妖艳，是欧洲人首选的“探秘天堂”。琅勃拉邦每年游客达100万人，他们把琅勃拉邦当作世界上最后的“伊甸园”。

抵达琅勃拉邦，已是夜幕低垂。没有五颜六色的灯光，没有震耳欲聋的音乐，没有摩天的高楼大厦，也没有喧嚣嘈杂的人群，这是一座安静而祥和的小城。我们下榻的宾馆就在湄公河畔，夜深人静时分，隐隐约约听到波涛拍岸的声音。

当第一缕晨光在琅勃拉邦升起，湄公河在淡淡的薄雾里醒来，琅勃拉邦开始新的一天。华先生带我们去看“僧侣化缘”的情景。他说，这是琅勃拉邦一道独特的风景。

僧侣化缘

此刻，穿着金黄色袈裟的僧侣手拿钵盂，排着长队穿梭于大街小巷，像一条条彩带在飘动。市民将米饭、糕点等食品，早早地摆在街上，等待着僧侣到来。一位僧侣告诉我，“化缘”不仅是他们修行的一部分，也是他们每天伙食的全部来源。琅勃拉邦市民则说，“布施”是他们应尽的义务，并已成为生活的一部分。这种风俗不知起源于何时，日复一日，延续至今。

我们在湄公河边吃早餐。一杯香浓的老挝咖啡、两块蝴蝶形状的老挝油条，加一碗老挝米粉，别有一番滋味。

湄公河平稳地流淌着。码头上停泊着几艘客轮，却不见人影，偶尔有一只小船划过，河面上泛起一圈圈波纹。那朝阳，那椰树，那河水，组成了一幅美丽的图画，赏心悦目。不时有金发碧眼的西方游客或身披袈裟的僧侣从我们面前走过。没有匆忙的步履，没有焦急的神情，一切都是那样安详。在这种氛围里，我的灵魂也得到净化，心无旁骛，静如止水。

在琅勃拉邦的街道少见车辆和行人，也很少看见红绿灯。华先生说，这里永远不会堵车，也没有什么交通事故。路旁能看见几辆黄色的“嘟嘟车”，慵懒的车夫在等着客人，时间在这儿都凝固了一般。

我们到一个叫“曼珀”的村寨参观。这里手工制品颇有名气，丝巾、茶具、木雕、竹篮等工艺品应有尽有。几乎每个家庭都在门前摆摊，这些摆摊的女孩，穿着老挝传统的彩色服装，颈上佩戴项链，显得婀娜多姿，柔曼如水；长长的秀发自然地盘在头上，在阳光白云映衬下，分外清纯可人。她们笑容可掬，朴实无华，不时向远方的客人招手致意。虽然皮肤黝黑，但丝毫不影响她们的端庄与美丽。

有一个摊位生意特别好，摊主是一位卖织锦的女孩。导游说，这个姑娘曾荣获琅勃拉邦选美冠军。她长得很漂亮，穿一件素色的纱笼，长发在脑后绾成一个髻，风姿绰约，端庄大方，许多游客还争着与她合影。

老挝美女很多。在街头巷尾，在城市乡村，总能邂逅许多天生丽质的女孩子。上天是公平的，老挝虽然贫穷，上帝便赐予它美丽的山川、如云的美女。

老挝人态度和善，与世无争，待人热情。如果与他们狭路相逢，他们会双手合十，很有礼貌地说一声“沙拜迪”（你好）。

老挝的社会治安可以用“路不拾遗，夜不闭户”来形容。能住在这样一个地方，虽然贫穷，或许也是一种幸福。

王宫

在村寨吊脚楼旁，一位老人向我们微笑。他满头白发，身边蜷伏着一条狗，安详和谐。虽然我们无法用语言沟通，但从简陋的住房判断，他的生活并不富裕，可是他始终保持乐观。这正是“小乘佛教”的精神铸就了老挝民族的性格。

琅勃拉邦城内有一座金碧辉煌的王宫，坐落于湄公河边。这座由法国人1904年建造的宫阙，是国王起居和处理国务的地方，现在辟为国家博物馆。王宫装饰华丽典雅，彰显最高统治者的赫赫权威。宫里陈列的许多艺术品光彩夺目，价值连城，可以追溯澜沧王国的奢侈豪华。

王宫的花园绿树成荫，花团锦簇，耸立着老挝末代国王的青铜雕像。他身材魁梧，腰挂佩剑，身穿老挝传统的老龙族的礼服，右手握着厚厚的贝叶经，左手举起，五指合拢，就像美国总统奥巴马就职时，一只手抚着《圣经》、另一只手举起宣誓。我曾在王宫的展厅里见到这位国王的画像，他衣冠楚楚，神气十足，有一种“君临天下”的气势。

普西山位于琅勃拉邦中心，离王宫不远。沿着台阶一路攀登，沿途看到许多金色的佛像，有站立的，有端坐的，有侧卧的，姿态不一，蔚为壮观。走完328级台阶，便到了普西山顶端的宗西塔。此时，我已大汗淋漓。

普西山

站立山顶，琅勃拉邦全景一览无余。葱茏的绿树，掩映着红瓦白墙。屋舍俨然，街道整洁，一派旖旎的热带风光。导游说，夜幕降临时，宗西塔灯火辉煌，无论走到哪里，都能看见那盏佛灯。

正因为有了这盏长明灯，琅勃拉邦永远沐浴在佛光之下。

在普西山，我遇见两个可爱的小和尚，他们悠闲地坐在台阶上说笑。我问他们：“喜欢在寺庙里生活吗？”他们频频点头。我继续问道：“为什么？”其中一个回答：“有饭吃，有书读。”另一个补充说：“在这里学会做人的道理，不喝酒，不说谎。”他们的英语说得很流畅，谈话间流露出纯真和满足的神情。

导游说，别小看这些小和尚，他们会多国语言，不仅会英语，还会讲汉语、法语、日语，而且他们喜欢和别人交流。

根据规定，老挝的男孩一辈子必须要当一回和尚，接受寺庙的教育。因此，许多男孩从小就在寺庙里学习佛经，修心养性，同时也学习文化知识。有了这种皈依佛门的经历，他们长大成人后，不仅受到社会的尊重，而且自身的素质也得到提高，能自觉遵守道德规范，热心为老百姓服务。

香通寺

香通寺是东南亚最大的、也是最古老的佛教名刹，500年来香火旺盛，不曾断绝。寺庙以其构筑别致、雕刻精美和镶嵌华丽闻名于世。主建筑的屋顶陡峭如削，几乎占了总面积的五分之四，正面墙壁和立柱，黑底金饰，精致美观。不同肤色的善男信女，在一片梵香里脱鞋入内，顶礼膜拜，肃穆庄重。

香通寺那巧夺天工的彩绘和雕刻艺术，让人啧啧称奇。无论是镂空的木门，还是墙上或屋顶的图画，构图和谐统一，线条委婉柔韧，画面表现的大都是人物形体和宗教故事，充满了现实生活的情趣。画面上女性居多，她们体态丰腴而不失婀娜多姿，风情万种而不失端庄贤淑，给人留下美好的感受和遐想的空间。

香通寺大殿背后的红底墙面上，有一幅用各色宝石和彩色玻璃镶嵌成的壁画，这就是闻名遐迩的《生命之树》。这幅画想象奇特，内涵丰富，色彩绚丽，年代久远，通过佛经故事诠释生命的意义。画面除了描绘佛祖、人、仙女外，还有孔雀、老虎、乌龟、猫头鹰及长颈鹿等飞禽走兽，形象逼真，栩栩如生。寺院内还有精美的小庙和多座佛塔。

在琅勃拉邦，我们参加了几对新人隆重而简朴的婚礼，都是新郎自愿到新娘家落户，当“上门女婿”。导游说，老挝几乎没有工业，男人很难找到工作，而女人既从事种植果品蔬菜、饲养家禽等劳动，又擅长缝衣织布等手工活，收入远远超过男人，因此，老挝妇女的社会地位不断提高。但结婚时新郎给新娘的彩礼不能少。

坐上湄公河的游船，我们来到千佛洞。这是一个石灰岩洞，洞穴的墙壁上雕刻着 4000 多尊大大小小的佛像。老挝人认为，有河流的地方，就有神灵；敬待神灵，就能安居乐业。因此，祭拜神灵成为老挝人的习俗。从 16 世纪开始，老挝王室也每年去千佛洞，祈求河神保佑百姓平安，一直延续到 1975 年君主制被废除为止。

达关西瀑布

千佛洞附近有条达关西瀑布，又名金鹿瀑布。缘山而行，未见瀑布，却听到隆隆的轰鸣声。峰回路转，一条高 200 多米的瀑布直泻而下，相当壮观。瀑下的深潭如海水一样湛蓝，加之四周的植被茂盛，仿佛人间仙境。据介绍，瀑布的源头是山顶的一个湖泊，水源充沛，终年不会枯竭。

站在潭边，绚烂的阳光透过树叶的间隙洒在水面，好像一片片破碎的镜子，点点地闪烁鱼鳞般的光，如梦似幻，让人迷醉。许多外国游客脱去外衣，跳入潭中，戏水畅游，寻找新奇和刺激。

沿着南松河前行，两岸青山奇秀，碧水蜿蜒，美不胜收。我们一路上看到儿童在水里嬉戏，牛群在山边吃草。这里有许多天然溶洞，导游带我们参观了大象洞。洞不深，洞顶有一块石头酷似大象，因此得名。洞里供着一尊佛像。洞口处挂着一口炮弹状的大钟，导游说，这口钟是用美军侵略老挝时遗留下的炮弹改制成的，提醒人民和平来之不易。

在琅勃拉邦北边，有座小城叫“万荣”，城内街道寥寥可数，酒吧却星罗棋布，大批西方游客在音乐的旋律声中，纵情地喝酒，疯狂地跳舞。

万荣有“小桂林”之称，绿水青山，分外妩媚。万荣和桂林虽然同属喀斯特地貌，但桂林的山大都一峰独秀，而这里的山峰却是相依相偎，连绵不绝，远眺如黛，近望似画。

在琅勃拉邦逗留五天，我对华先生的介绍心领神会。这是一座令人心旷神怡的小城，没有被过分商业化。临别前夜，我们来到洋人街，这里是西方游客聚集之地。我们一边欣赏法式风格的建筑，一边喝着口感极佳的老挝啤酒，度过一个美好的夜晚。那天，我们还品尝到椰子奶昔、柠檬鱼汤、荷叶烤鸡、竹筒米饭等老挝美食，可谓饱享口福。

乘越野车返回，几乎全是弯曲的山路，有的路段积水严重，有的路段一片泥泞，路两旁布满原始的村庄。在一条清澈的小河边，我们停车下来，深入路边的树林，到了一个古老的村庄。几个妇女在井边汲水，老人在吊脚楼上闲聊。横柱上立着鸡鸭等家禽，四周挂满破衣服，一捆捆不知名的农作物，放在路边晾晒。村里的孩子很害羞，我用相机拍照，吓得他们号啕大哭。导游说，也许他们是第一次看到照相机，咔嚓一声，就让他们受到惊吓，以为是什么怪物。

琅勃拉邦，论名胜比不上柬埔寨吴哥古迹那样精致和震撼；论休闲，比不上越南西贡那样优雅和奢华；论风景，比不上尼泊尔的雪山湖泊；论购物，更比不上香港的繁荣和丰富。然而这里原生态的自然风光和社会风情，使之成为一座具有多重色彩、多重风格的城市，吸引了大批的西方游客，但中国游客并不多。

如果有人问我对琅勃拉邦的印象，我想用唐代诗人白居易《长恨歌》中的两句诗回答，一句是“天生丽质难自弃”，她远离尘世的喧嚣，美丽纯朴，自然天成，让人心向神往；另一句是“养在深闺人未识”，她是一个妙龄少女，待字闺中，时人未识，一旦相见，分外惊艳。

新德里印象

去印度之前，我有许多疑问：印度是一个怎样的国家？为什么总是感觉很神秘？印度有着7000多年的文明史，而同样是世界文明古国的我们对她却知之甚少，就好像如今住在高楼大厦的邻里，相邻却不相识。

有人告诉我，这是一个非常奇异的国度，即使在首都也找不到几辆出租车，全国也只有几百公里的高速公路，走过大半个新德里也难见一家超市，更没有夜生活，到处是奇怪的味道——不知名的香料、刺鼻的咖喱，让人分不出是香是臭。

有人告诉我，如果事先没有计划，根本不必去印度，那里很脏，很乱，很贫穷，旅途也很辛苦。去找什么呢？你又不是唐僧，非要去西天取经不可？可是，印度于我，有一种诱惑力，更有一种神秘感。只有踏上这片辽阔的土地，才能了解这个中国人心目中“西天”的真正风采和魅力。

我回答说，我只是芸芸众生中的一员，我去印度想寻找一段历史，想体验一种生活。除此之外，别无他求。2007年12月13日，我踏上从上海飞往新德里的航班，终于实现了梦想。

新德里是印度的首都，是一座身披绿装的花园城市。街道宽阔、规划整齐，到处是花坛、草地，与世界上一些名都相比，毫不逊色。市中心顿西纳小山上，耸立着一座豪华雄伟的宫殿，原名维多利亚宫，现在是印度总统府。总统府规模宏大，有觐见厅、宴会厅、图书馆等，还有无数喷泉水池、亭榭长廊。

印度门

总统府附近的印度门通体采用了黄色砂岩，高度约 49 米，在四周大片草坪的陪衬下，显得庄严挺拔。这是为纪念第一次世界大战阵亡的 9000 名印度军人而建。印度门仿照法国的凯旋门建造，却没有凯旋门那般宏伟，拱门周围镌刻着阵亡将士的名字，顶端有一盏大油灯。每到重大节日的夜晚，这里都会燃起一米多高的火焰。

从总统府到印度门的大街两旁分布着许多政府机构，如外交部、国防部等，另外还有几十座富丽堂皇的王宫。这里绿树葱茏，碧草如茵，花团锦簇，清静幽雅。

位于新德里东郊朱木拿河畔的印度国父甘地的陵墓，是印度争取民族独立精神的象征。陵园呈凹形，正中静卧着一座黑色大理石陵墓，像一个普通的正方形平台。陵墓正中的长明火炬昼夜不熄，墓的正面刻有印度文“嗨！罗摩！”，这是甘地遇难倒地时喊出的最后两个词。罗摩是印度史诗《罗摩衍那》里的英雄，被认为是印度教中保护神的化身。陵墓没有任何装饰，极其简朴，但前来瞻仰的人络绎不绝。

新德里的古迹很多，在市区里到处可见清真寺、纪念碑和古堡的遗迹。最让我惊叹和感动的是莲花庙、哈瑞·奎师那神庙、胡马雍陵和红堡。

莲花庙是一座风格别致的建筑，采用白色大理石建造，其造型酷似一朵盛开的莲花。庙有三层，每层有九个花瓣，底座边上有九个连环的清水池，拱托着这朵巨大的“莲花”。在印度，无论印度教、佛教，还是巴哈伊教，都把莲花奉为神物，视为“国花”，所以，这座庙宇一落成就备受印度人的喜爱。在这里，人们可以领略到世界宗教大融合的特色，不同宗教信仰的人们都可以自由忏悔和冥想。

莲花庙

哈瑞·奎师那神庙由几座带穹顶的建筑组成，这里供奉着全印度最美丽的女神哈瑞·奎师那神像，收藏着珍贵的绘画和雕塑作品。奎师那认为，生命最高境界是一种“非常甜美的两情相悦”，走进这座爱的庙宇，就会被周围的虔诚所感染，就会很自然地重新审视自己对爱情、对人生、对他人的态度，就会对印度神秘悠久的历史和宗教有更深刻的了解。

胡马雍陵是一个陵墓群，建于公元1556年，是莫卧儿王朝第二代皇帝胡马雍的陵墓。整个陵园被高大的围墙所包围，主体建筑由红色砂岩构筑。进入陵园大门，眼前豁然开朗，一个个万紫千红的花园，在一方方微波荡漾的浅水的衬托下，分外娇艳；一座座清新典雅的建筑，静静地矗立在蓝天白云之下。天空是那样的晴朗，阳光是那样的灿烂，色彩是那样的明快，心情是那样的舒畅。

胡马雍陵庄严肃穆，为印度乃至世界建筑史上的精品。陵体呈方形，四面

哈瑞·奎师那神庙

胡马雍陵

为门，陵顶呈半圆形，胡马雍和皇后的石棺安放在寝宫正中，两侧宫室放着莫卧儿王朝五个帝王的石棺。1993 年联合国教科文组织将胡马雍陵列为“世界文化遗产”。

红堡是莫卧儿王朝第五代帝王沙杰汗的王宫，以红砂石为建筑材料，因此得名。宫殿处于城市中央，与闹市仅一墙之隔，共有八道宫门，城内条条大道都通王宫。尽管今日的红堡失去了当年的华丽，但宏伟的拉合尔门还在，逶迤的城墙还在，辉煌的宫殿还在，人们仍可以从中窥探出昔日的奢华气派。自 1965 年开始，红堡内每星期都举行声光表演。这种表演是利用现代光学原理和音响效果，再现 1639 年至 1947 年间印度历史的风风雨雨，让游客细细欣赏和品味。

热情好客是大部分印度人的性格特征。印度男人们看上去很严肃，但心地善良，助人为乐。他们打扮很有个性，有的喜欢留着浓密的长须，有的喜欢把长长的围巾裹在头上，如同一顶又厚又大的圆形帽子，还有的喜欢穿裙子和衬衫。

印度女人的打扮，具有极其鲜明的特色。无论是上流社会的显贵夫人，还是终日忙碌的农家妇女，都穿着式样相同的“纱丽”，只是布料的质地有所不同罢了。所谓“纱丽”，实际上就是一块长六七米，宽一米左右的布，通过特殊的方法裹在身上，有红色、黄色、蓝色、白色等。印度的传统习俗要求女人着装时可以露出肚脐，但绝不可以露出大腿和小腿，可是现代的时髦女郎正冲破传统的束缚，追求服装的个性化和多样化。印度女孩大眼睛、高鼻子，身材高挑，衣着飘逸，形成一道亮丽的风景线。

新德里街道上乞丐很多，不管走到哪里，总会遇到一群群乞丐，如影相随，向行人乞讨。他们衣衫褴褛，目光呆滞。有一次，我刚下大巴，一个骨瘦如柴的老妇人走到我面前，那哀求的目光，让我终生难忘。我于心不忍，给了她5个卢比，但马上更多的乞丐蜂拥而至，其中还有面黄肌瘦的儿童。我慌不择路，急忙随人群躲进路旁的商店。

印度社会贫富悬殊，形成强烈对比。一边是巍然屹立的高楼大厦，另一边却是穷人搭建的简陋棚屋。富人有着英国绅士风度，衣冠楚楚，彬彬有礼，出入于豪华酒店，享受着富贵荣华。但更多的人穷困潦倒，生活艰难。有一天，我们经过一个贫民区，街道两边挤满了一排排土坯房子，低矮潮湿，破旧不堪，到处是垃圾，马车和牛车争道，羊群和人群同行。贫民窟的尽头却是一幢幢风格独特的私人别墅，点缀在绿树丛中，其间还有花园湖泊。隔着铁栅栏远望，一个贵族模样的印度人在悠闲地喝咖啡，还有成群的仆人在旁伺候。

康诺特广场

新德里的康诺特广场是热闹繁华的商业街区，得名于英国皇室成员康诺特伯爵，以高尚优雅的环境和琳琅满目的商品著称。广场呈圆形，外围三层，高楼大厦，鳞次栉比。广场上八条大道呈放射状向前延伸，中央是一个公园，绿草如茵，花木扶疏，前来休憩的市民或在水池边野餐，或在草坪上聚会，悠然自在。

要了解印度的风土人情，最好的选择莫过于深入当地的集市。集市上有极具民族特色的商品，五花八门，价格低廉，吸引着来自世界各地的游客。在这里，既可以买到印度丝绸或羊毛制成的围巾披肩，手工印染或绘制图案的纺织品，精美的陶瓷器皿，也可以买到各种银饰或宝石工艺品。在新德里一个集市，我们遇到一个手臂上挂满工艺品，沿街叫卖的印度女孩。由于首饰做工精细，且价格便宜，吸引了许多游客。我们寒暄了几句，知道她叫莎丽，来自偏僻的村庄。她告诉我说，印度农村有一种习俗，女孩到了 16 岁就得出嫁，成为“儿童新娘”。为了逃避这悲惨命运，她只身来到大城市，靠微薄的收入维持生活。

新德里的集市里还有罕见的“婚姻市场”。从法律角度看，印度青年享有婚姻自由，但许多地方仍存在父母包办婚姻的现象。因此，“婚姻市场”应运而生。到集市来的男女双方父亲或监护人搭建帐篷，称为“沙巴”，向前来求婚的“顾客”介绍家庭及子女的情况，也可以在嫁妆等细节问题上讨价还价。

印度是一个发展中国家，劳动力严重过剩，因此，许多年轻人得不到就业机会，精神颓废，酗酒闹事，从而影响到社会安定。在一家餐馆门口，我们看到两个男青年互相斗殴，双方都头破血流。知情者说，他们是为了抢一份工作而发生矛盾的。

相逢何必曾相识

新德里的公交车很有趣。车的前后有两个门框，但没有门。一般乘客从后门上，前门下，人多拥挤时就乱套了，后来的乘客挤不上，就扒着车门，让身子悬在外面。我曾看到惊险的一幕：车已经启动，乘客飞跑过来，纵身一跃，抓住把手就上去了，动作敏捷，就像杂技团的飞车表演。

在新德里，我们还参观了博物馆，仿佛穿越时光隧道，进入了古老的印度。新德里，新与旧的融合，过去与现在的碰撞，落后和文明共存，给我留下难忘的印象。

圣城瓦纳拉西

瓦纳拉西

在新德里逗留了五天，我们坐 2560 次夜卧火车前往瓦纳拉西。

火车穿过丘陵地带后，在广阔的田野间行驶，窗外阳光灿烂，植被茂密，一派热带风光。车厢里的座椅是航空椅，坐着很舒适，我的座位前还有一张桌子，可与旅友们一边喝茶，一边聊天。这次旅行，我遇见了一位阔别多年的同事，回忆起当年在中学教书的情景，彼此都有无限感慨。

火车开开停停，目的地遥遥无期。我倚着车窗眺望外面的景色，淡淡的暮霭笼罩着广袤的原野，时而闪过道路、池塘、农舍和湖泊。印度的环境不错，到处是茂密的树林，鸟儿在斜阳的余晖里飞翔，不时传来清脆的叫声。妇女们在井边汲水，儿童在村头嬉戏，组成美丽的田园风光。

这一夜，我在火车的摇晃中昏然入睡，清晨时抵达印度最古老的城市瓦纳拉西。

瓦纳拉西是印度教徒心中的圣地，坐落在恒河西岸的冲积平原，它的名字取自环绕城市的两条小河瓦拉纳河和阿西河，相传是由印度教执掌生死的毁灭大神湿婆所建，至今有 3000 多年历史。

在瓦纳拉西期间，我们拜谒了维什瓦纳特金庙，这里供奉着信徒们心中的圣人——湿婆。据说，金庙最早建于公元5世纪，历经劫难，如今的建筑是18世纪的遗址。参道窄小，慕名而来的游客却很多。虔诚的印度信徒一生有三大夙愿：一是到瓦纳拉西朝拜湿婆神；二是到恒河沐浴，饮圣水；三是死后葬在恒河。他们还相信人死了火化后骨灰撒入恒河，便能马上升入天堂，完成人的生死轮回。

鹿野苑是印度四大佛教圣地之一。来到这里，心灵得到了净化，我不由得想起南北朝时慧能禅师的一首诗："菩提本无树，明镜亦非台。本来无一物，何处惹尘埃。"世间万物都是"空"的，既然心本来就是"空"的，就无所谓抗拒外面的诱惑了，任何事物从心而过，就不会留下任何痕迹。

鹿野苑相遇

在鹿野苑，随时可见穿着紫红色长袍的僧侣，他们成群结队，或在草地上打坐，或在庙宇中穿梭。据了解，僧侣可以有俗家生活，可以娶妻生子，也可以收养子女。

在鹿野苑博物馆遇到两位外国人，他们热情邀我在昙麦克塔（Dhamekh stupa）前合影留念，我欣然接受。不知他们的国籍，更不知他们的姓名，这又何妨？"相逢何必曾相识"。

翌日，清晨的钟声从寺庙里飘出，路旁的树叶、花瓣上缀满露珠。我们整装待发，去拜访日夜思念的恒河。路上，几个穿着艳丽的印度女子，迎面向我走来，我举起相机拍下她们的倩影。

穿过一片杂乱的市场，我们来到了恒河边。这里已挤满了人。有的背着旅行包，与拉客的船夫们讨价还价，一看就知道是来自世界各地的游客；有的手上捧着一盏盏小油灯，嘴里念念有词，那是印度本地的信徒，他们聚集在河边，等待一生中最神圣时刻的到来。

恒河西岸排列着64个石阶，耸立着不同时代、不同风格的古老建筑。从国王的古堡到湿婆的寺庙，哪一座不是覆盖着历史的尘埃，铭刻着岁月的沧桑？和繁华的西岸截然不同，寂静的恒河东岸空荡荡的，赤裸着亘古的苍凉。

印度人不仅把恒河视为母亲河，更将她看成一条通往天国的神圣水道。在人群中，我遇见一位年老的朝圣者。他说自己身体不好，感到死亡即将来临，于是从很远的地方来到瓦纳拉西，每晚睡在恒河边，早晨在恒河里沐浴，希望在恒河的怀抱里结束生命，然后在河边火葬，将骨灰投进恒河里。我问他为什么要这样做？他回答："为了洗清一切罪过，为了在轮回中得到解脱。在瓦纳拉西升天，死也瞑目。"

我们坐上小船，泛舟河面。此刻，启明星高悬在沉寂的夜空，天边渐渐现出一缕红霞，慢慢地扩展，随后，太阳露出小半个脸，很红很红，船上的人屏着气息，把镜头对着东方。当一轮红日冉冉升起时，恒河上蒸腾的雾气渐渐散去，河水闪着金灿灿的光芒。水鸟翻飞，涛声拍岸，恒河的景色如此壮丽。

恒河的早晨

信徒们在恒河沐浴

小船渐行渐远，眺望岸边，前来沐浴的教徒，有人双手合十，一边默默地祈祷，一边走进河中；有人手拿小水罐，把恒河的水一遍遍地往身上浇；还有人把点燃的灯放进河里，目送着它浮向远方。虽然他们行为方式各自不同，但脸上都流露着虔诚的神色。

远处的火葬场毗邻寺庙，高高的尖顶已被长年累月的烟雾熏成黑黄色。寺庙左右堆放着小山一般的木柴，前面有几个日夜燃烧的焚尸台，升起缕缕青烟，给这个所谓“生死轮回”的地方增添了几分神秘。印度朋友再三告诫，这里不能拍照，我们就早早地收好相机。

归途中，我们参观了印度之母庙和玛拉王庙。

瓦纳拉西给我的印象是喧嚣而嘈杂，拥挤且混乱，到处是垃圾和乞丐。漫长而辛苦的旅程，辗转于佛教圣地和著名庙宇，我的心一直被两种情景纠缠着：一边是佛教圣地洗涤心灵的庄严，另一边则是沿途老百姓茫然无助的穷困。我的心就在神圣与世俗中一次次被激荡。

恒河啊，我匆匆而来，又匆匆而去，你迷失了我的心。这两天的所见所闻，你给我许多惊奇，许多兴奋，也给我许多疑惑，许多思考，我仿佛参加一个前生的约会，目睹着轰轰烈烈和生生死死。现在，我终于明白，印度是个需要慢慢了解的国家，慢慢走，慢慢想，慢慢品味。

章西小城

章西

离开克久拉霍，我们坐大巴前往章西。

章西，又译为“占西”，是印度中部的一座小城。19世纪50年代，这里因一个女王的故事而闻名遐迩，这女王便是阿克希米·葩依。

1857年，印度爆发了反对英国统治的大起义。阿克希米·葩依领导章西人民参加了起义。7月8日，英军投降，女王阿克希米·葩依登上王位。1858年，英军总指挥罗斯率军攻打章西，葩依女王英勇抵抗，不幸于6月18日在战斗中牺牲，年仅22岁。章西女王的事迹在印度广为传颂，还被拍成《章西女王》的电影。一个柔弱的女子顽强地抵抗英国殖民主义者，那不屈不挠的精神，鼓舞印度人民同侵略者进行斗争。

途中，我们路过一个名叫奥尔恰的小镇。这是公元1500年前后班迪拉王国的首府。当时班迪拉王公朱杰哈

站在高处看章西

尔建造了许多古堡，其中迦汗基尔宫是为了迎接伊斯兰皇帝的驾临而修筑的行宫，融合了印度教和伊斯兰教的建筑风格。迦汗基尔宫的修建，耗费了大量的人力和物力，历时6年，但是皇帝巡游到此，仅住了一个星期，以后再没有来过。后来，班迪拉王公发动叛乱，被莫卧尔皇帝沙贾汗镇压，古堡遭到严重的破坏。现存的残垣断壁，或是一堵尘封土积的城墙，或是一块严重毁坏的石碑，或是一根突兀耸立的圆柱，或是一堆凹凸不平的黄土，似乎在诉说那久远年代的故事。

虽然废弃的古堡荒草丛生，满目疮痍，历史的风雨洗刷了昔日的繁华，在夕阳之下显得落寞和凄凉，但许多人物、许多故事，依然鲜活地留在印度人民的心里，这是极其丰富的文化遗产和艺术瑰宝。

抵达章西后，我们参观了一座至今保存完好的城堡。城堡依山而筑，错落有致，层层叠叠的城墙、巍然屹立的塔楼，给人坚不可摧、固若金汤的感觉。城堡的墙体呈黑褐色，显得古朴而沧桑，城堡内仍保留着大炮、碉堡、宫阙等历史文物，让人们缅怀民族英雄章西女王的不朽功勋。城堡内精美的艺术雕刻清晰可见，是军事堡垒与宫殿艺术的完美结合。

在古堡徜徉，我遇见两位印度女子，其中一位叫帕蒂的老师会说中文。谈话中得知，她们是从加尔各答到章西旅游的。她们落落大方，摆好姿势，让我拍照。我感到这是一个很不错的镜头，时髦的女郎与历史的遗址相互印证，表明印度是一个与众不同的国家，到了印度，仿佛穿越时光隧道，过去与现在、传统与现代、古老与新潮在这里水乳交融，恰到好处。

古堡邂逅

与她们说到印度的教育，帕蒂老师说，印度采取12年制的初等教育，其中1年级到8年级为全免费的义务教育，学校还为学生提供冬、夏和春秋3套校服及免费午餐。对外来移民和少数民族入读普通学校，政府还给予补贴，以鼓励他们融入社会。印度教师以英语作为教学语言。学校对学生管理严格，学习氛围良好，绝大部分学生能专心读书，很少出现“早恋”之类的现象。

她还说，印度人的语言表达能力很强，几乎所有的中学生都能讲英语，还有他们在电脑行业的天才表现，也令人刮目相看。印度的音乐和歌曲轻柔美妙。我说，印度电影《流浪者》《大篷车》在中国可谓家喻户晓，片中悠扬的歌声、热情的舞蹈以及浪漫的爱情故事，都给人留下深刻的印象。她们说，中国也有悠久的历史、灿烂的文化，最大的心愿就是到中国旅游。

章西的农村风景秀丽，环境优雅，人和动物和谐相处。我们的大巴经过路口，看到一只狗就躺在马路中间，没有人惹它。导游说，被宠坏的猴子经常溜到居民家中或宾馆客房，偷吃桃子之类的水果，让人又恼又喜。在熙熙攘攘的马路上，骆驼伸着长长的脖子，悠闲地逛街。此外，那些额头画着图案的大象和喜欢开屏的孔雀也不少见。

章西城内显得杂乱无章，摊贩众多，交通拥堵。许多人骑摩托车就像杂技表演，不仅载着好几个人，而且开得飞快，在大街上横冲直撞，你追我赶，险象环生，行人纷纷躲避。有的小机动车也严重超载。警察看见也不制止，任其所为。在没有红绿灯的路口，双向来往的车辆各不相让，似乎这些现象都是理所当然的。相比之下，城里骑自行车的人很少。在印度，自行车属于“蓝领”劳动者，摩托车属于“白领”管理者。小康人家的姑娘出嫁，一般都有摩托车作为嫁妆。

印度瑜伽

在一个公园内，我看到碧绿的草坪上有许多人在练习瑜伽，有的独自静坐，有的三五成群，或打坐，或伸展，每个动作都做得非常认真，非常到位。导游介绍，印度瑜伽是源于古老印度的一种强身术，通过肉体和精神的修持，达到身心和谐统一，有神奇的功效，是印度人喜欢的健身运动。

柔软的草地，和煦的阳光，空气清新，微风轻抚，公园成为天然瑜伽馆。我们来到瑜伽修行者中间，几个印度人在紫红色的毯子上席地而坐，盘着双腿，双手举过头顶，闭目屏息，看似简单，但他们全神贯注，沉浸在古老强身术的修炼中，不受任何外来干扰的影响，这份坚持与执着令人钦佩。不远处，一个年轻人像杂技演员一样，身体倒立，纹丝不动，随即做出一套套奇特的动作，不仅难度大，而且给人美的享受，彰显男子汉的硬朗气魄。

在国内也听说过瑜伽，但练习者以女性为多。到了瑜伽的起源地印度，我才真正读懂瑜伽的意义。它不是用来炫耀的时尚休闲，更不是标榜品位的工具，而是虔诚的修炼。每一个瑜伽者都是追求身心平衡的感悟者，坚韧而从容地体会心灵与身体的完美契合。

导游还告诉我们，印度瑜伽有5000年的历史，被人们称为“世界的瑰宝”。最早，印度北部的喜马拉雅山麓地带的印度修行者发现各种动物具有特异功能，患病不经任何治疗能自然痊愈。于是，他们通过对动物姿势的观察、模仿并亲自体验，创造出一系列有益身心的锻炼动作，让人们世世代代从中获益。如今，瑜伽不仅融入印度人的血脉，而且成为风靡全球的时尚运动。

在章西，我还看到许多奇异的景象，令人瞠目结舌。

印度人把牛看成不可侵犯的“神”。在公路旁，在大街上，随处可见横冲直撞的牛群。为了不与“神牛”争道，汽车绕道走，行人得让路。我还看到一头牛冲进商店，踢翻货架，乱踩商品，店主人在一旁无动于衷，不怨不怒，直至这头牛离开后，才将物品重新摆上货架，好像什么事也没有发生过。

头顶重物的印度妇女

印度人喜欢把重物放在头上顶着，而不是用手提。买杂货的如此，搬行李的也如此。我看见一个搬运工人头顶大行李箱在人群中穿过，仔细一看，这箱子分明装着轮子，如果把箱子放在地上拖着走，不是很省力吗？他们偏偏不这样做。也许他们从小练就顶上功夫，习以为常。

印度盛行小费。我们下榻章西宾馆，服务员为客人搬行李，给了他10个卢比的小费。到了客房，虽然装饰豪华，可电视不响，台灯不亮，只好求助于总台。不久，来了一位修理工，弄了几下就修好了，又付了15卢比。同伴戏言，也许他们为了赚取小费，故意“破坏”。客房里没有烧

章西女孩

开水的水壶，向服务员借，他用手势比画，好像在说，对不起，要付小费。无可奈何，只好给他 10 个卢比，他微笑着收下了。

几天后，我们乘坐下午 5 点的火车离开章西前往阿格拉。印度导游说，英国人给印度留下三样东西：英语、议会和铁路，为印度快速发展和走向世界打下良好的基础。印度铁路已有 150 多年的历史。1853 年，英国人修建的从孟买到坦纳的铁路通车，全长 34 公里，标志印度铁路运输时代从此开始。如今，印度铁路总长 65000 多公里，在世界排名靠前，年客运量超过 51 亿人次，电气化率逐年提高。

印度的火车站同样有着厚重的历史感和文化感。我去过新德里、瓦纳拉西的火车站，都融合了欧洲和印度元素，很气派。章西火车站虽然规模不大，但别具一格。导游说，将印度许多车站汇聚在一起，就成了英国殖民地的建筑史教科书，其中建于 1878 年的孟买维多利亚火车站，2004 年被列为“世界文化遗产”。

夜色越来越浓，车窗外一片黑暗，我闭上眼睛，却久久不能入睡。几声长鸣的汽笛在耳边响起，前方灯火阑珊的城市就是阿格拉了。

阿格拉的爱情故事

阿格拉是一座古老而浪漫的城市。早在1022年，阿格拉已成为帝都，印度著名的史诗《摩诃婆罗多》里提到过它，称它为阿格拉瓦那，这就是现在的阿格拉名字的由来。但频繁的战争几乎毁灭了这座城市。1526年，莫卧儿帝国兴起，第一代皇帝巴布尔建都于此，随后的100多年，他和他的继任者们不断扩建，修造了许多华丽的宫殿、雄伟的城堡和庄严的庙宇。1634年，随着莫卧儿帝国迁都，阿格拉渐渐地失去政治中心的地位，但留下的建筑艺术和历史故事仍为人们津津乐道，举世闻名的泰姬陵和阿格拉城堡，就是印度这一段光荣历史的见证。

莫卧儿帝国第五代皇帝沙贾汗对阿格拉更是情有独钟。亚穆纳河风光秀丽，每当清晨或傍晚，他常和他深爱的妻子阿姬曼·芭奴漫步河边，花前月下，诉说衷肠。1631年，他的妻子在征战途中生下第14个孩子，由于难产，不幸逝世，沙贾汗悲痛万分。古代埃及法老拉美西斯曾为爱妻纳菲尔塔莉建造神庙，沙贾汗决心也为皇后阿姬曼·芭奴建造一座永恒的纪念碑，以表达坚贞不渝的爱情。就这样，泰姬陵于1631年开始建造。

我在埃及卢克索参观过“王后谷”，如今到印度阿格拉瞻仰泰姬陵，内心一直感动着，两者可谓异曲同工，都是向人们证实了“爱情是永恒的主题”。

泰姬陵是沙贾汗用情打造的爱情殿堂。他雇用了世界上最优秀的建筑师设计，经过20000名工人用22年的时间，几乎倾尽国家的人力物力，终于建成了这座世界上最伟大的陵墓。据说工程选用了本国的大理石、也门和伊拉克的玛瑙、中国和斯里兰卡的宝石、阿拉伯的珊瑚等，工艺之精湛，格调之高雅，令人叹为观止。

泰姬陵廊门

走进红色砂岩砌成的廊门，迎面是一个正方形的花园，两边是钟楼和尖塔，中央有水池和喷泉，布局对称，错落有致，泰姬陵那洁白的身影静穆地伫立着，在水池中投下了美丽的倒影。

泰姬陵高耸的大理石圆柱

一条用红石铺成的甬道尽头就是用白大理石砌成的陵墓，洁白端庄如美丽的泰姬。陵墓坐落在一个巨大的底座上，四周各有巨大的拱门和高耸的尖塔，一个大穹顶圆圆地覆盖着寝宫。

寝宫是泰姬陵最精致的部分。我们依次参观寝宫的5间宫室。中央宫室里置放着泰姬和沙贾汗的大理石石棺。沙贾汗皇帝悼念泰姬的诗句刻写在墓上：“万能的真主拯救我们，真主啊，请承受我们无法经受的痛苦吧。”

从拱顶到墙壁，从墙壁到地面，四周全部用翡翠、水晶、玛瑙、宝石和贝壳磨成的薄片镶嵌，绚丽夺目，美轮美奂。各种花卉图案精雕细刻，争奇斗艳。此时此刻，我才明白为什么修建泰姬陵历时 22 年，几乎耗尽国力始成的真正原因。

陵墓的东西两侧，屹立着两座用红砂石筑成的清真寺，和白色的泰姬陵在碧空和草坪的衬托下相映生辉，别有情趣，使整个建筑群显得肃穆、端庄、典雅。沙贾汗煞费苦心地不惜一切代价为爱妻建造了如此宏伟、壮丽的陵墓，说明他对阿姬曼·芭奴的爱有多深。

几百年来，泰姬陵引起文人墨客多少遐想。有人称赞它是“大理石的梦境”，有人说它是“集伊斯兰和印度建筑艺术于一体的经典作品”，也有人比喻它是“端庄秀丽的绝代佳人”，而泰戈尔则形容它是“永恒面颊上的一滴眼泪”。 他写道：“沙贾汗，你知道，生命与青春，财富与荣耀都会随光阴流逝，只有这一颗泪珠，在岁月的长河里流淌，光彩夺目，永远永远……”

在不同的时间，从不同的角度看上去，泰姬陵呈现不同的风姿。黎明时分，朝霞为她披上金色的外衣；到了正午，她通体白色，闪烁着圣洁的光辉；黄昏时，她变幻成橘黄色，倒影在水池里，美得令人屏息静气。

据说，泰姬陵最美丽的时候，是朗月当空的夜晚。白色的大理石陵寝，沐浴在月光下，发出淡淡的紫色，清雅脱尘，美如天仙。然而，一年之中这样的日子不多，能否欣赏得到，就要看自己的运气了。

正如万里长城被视为中国的代名词一样，泰姬陵就是印度的代名词，都浓缩着伟大民族和文明古国数千年的灿烂文化。

参观了泰姬陵，我来到列入《世界遗产名录》的阿格拉堡。这是莫卧儿帝国第三代皇帝阿克巴于 1565 年采用印度红砂岩修建而成的。城墙高达 20 米，逶迤 2 公里，四周护城河将城堡拥在怀里，给人一种坚不可摧、固若金汤的感觉。远处望去，城堡如一团燃烧的火焰，闪烁着耀眼的红光。

虽然阿克巴建立城堡的初衷是出于军事目的，但经他的儿子贾汉吉尔和孙子沙贾汗不断地扩建，它逐渐变成宫殿式城堡。

阿格拉古堡内建筑物多达 500 座，宫苑厅堂金碧辉煌，亭台楼阁星罗棋布，令

阿格拉堡

觐见殿

人目不暇接。宫内大院四周有二层小楼环绕，小巧玲珑，彩画似锦。古堡里有威严的枢密宫、恬静的观鱼院、奇特的加汗吉尔宫、古朴的珍珠清真寺。我最欣赏的是觐见殿，白色的圆顶，红色的外墙，配上黄色的大理石地面和镶嵌着宝石的圆柱，庄严而不失华丽。这是莫卧尔帝国皇帝接见大臣和使节的地方。

徜徉在阿格拉堡，时光仿佛倒流。空旷的殿堂上，耳畔传来大臣们嘈杂的声音。走进后妃的露天浴室，墙上那面镜子分明还折射着美人洁白的凝脂，向人们讲述昔日莫卧儿王朝的奢侈与辉煌。

古堡内的“八角塔楼”静静地伫立在亚穆纳河西岸，这是一座重要的建筑物。史载，沙贾汗最终被其子篡夺王位，囚禁在这里，从此，他终日默默地坐在走廊上，凝神潜思，从镜子里眺望河对岸安葬着他爱妻的泰姬陵，直至生命终点。这位皇帝的痴情和无奈，恰便似“便纵有千种风情，更与何人说”？

傍晚时分，不少情侣站在八角塔楼前，以泰姬陵白色尖顶为背景，拍照留念，见证自己的爱情，但他们无法体验生离死别的悲哀。那种思恋之苦，只有沙贾汗自己知道。

从阿格拉堡出来，我看到一些游客坐在门口，迟迟不想离开，他们深切地回望河对岸的泰姬陵。我觉得他们不仅仅被阿格拉的宏伟建筑和美丽景色所吸引，更被她的爱情故事所折服。

斋浦尔：粉红色的梦

粉红之城斋浦尔

来到拉贾斯坦邦首府斋浦尔，好像走进春天的桃林深处，眼前一片粉红。据说，当年威尔士王子爱德华七世到这里访问，为了表示对他的欢迎，王公下令将城中临街的房子全部刷成粉红色，一夜之间，整个城市泛着粉红的光芒，就像一个粉红色的梦。为此，斋浦尔赢得了一个富有诗意的名字——“粉红之城”。

斋浦尔建于1727年，人们至今还记得这座城市创建者杰邦·辛格的名字。他博学多才，对于建筑设计、城市规划和区域布局有着特别的兴趣。他将斋浦尔分为九个区，两个区用来建造宫殿和其他建筑，剩下的则留给公众。城市四周城墙环绕，设有七个城门，各自的样式略有区别。如今，斋浦尔已经成为一座现代化的繁华大都市，成为印度城市发展的一个完美的典范。

清晨，斋浦尔在沉睡中醒来，淡淡的雾气笼罩在城市上空。穿着艳丽的印度妇女提着水罐到河边汲水，婀娜多姿的身影在晨雾中若隐若现。小贩们推着花车在街头巷尾穿梭，空气中弥漫着浓浓的花香。走在湿漉漉的石板路上，呼吸着新鲜的空气，陶醉在异国风情中，心情轻松且愉悦。

几个眉目之间有一颗红色圆点的印度女子，在商店的门口站成一排，好奇地看着我，似乎还没有睡醒。她们那本来很漂亮的眼睛，在朱砂的映衬下，更加顾盼神飞，摄人心魄。

信奉印度教的妇女额头大都有一圆红点，这叫“吉祥痣”，既是历史悠久的习俗，又是喜庆吉祥的象征。“吉祥痣”也有讲究。过去，只有已婚妇女才能点缀；现在，未婚女孩甚至几岁的少女，也开始点了。这时，我突然想起了泰戈尔的诗句:“她们的脚步是轻盈的,她们的脸上是晨曦的光。我想对她们说,到我的花园里采摘鲜花吧。”

斋浦尔距离首都新德里只有258公里，是与新德里、阿格拉形成的著名旅游“金三角”中的第三角，其特色是文化底蕴和建筑魅力浑然一体，再加上各个历史景点穿插其中，吸引了四面八方的游客。

我们前往距斋浦尔11公里处，一座建于16世纪末的古堡。由于这座建筑用白色、黄色和红色的石料建造，呈琥珀色，故名“琥珀堡”。

琥珀堡建在突兀的山坡上，大型旅游车只能开到山脚下，有三种上山的方式可供选择，或乘车，或步行，或骑着大象上古堡。我们是乘着小型吉普车上山的。每辆车挤着6位乘客,沿着陡峭弯曲的山道,颠簸摇晃着直冲山顶。此刻,我的心仿佛回到古印度，那是一个充斥断杀征战的年代，战士骑着马，或骑着骆

琥珀堡

驼，在这里交锋，刀光剑影，人仰马翻，一派凄惨的景象。正想着，吉普车突然刹住，一座规模宏大的古堡展现在我的眼前。

镜宫是琥珀堡最著名的建筑，这里曾是国王的寝宫。宫中拱形的穹顶连同四周墙面镶满了闪闪发光的镜片，据说，这是一种从南美洲进口的矿石，有凹镜和凸镜两种，其功能不同。凹镜有聚光作用，使房间变得温暖，适合冬季使用；凸镜则反射太阳的热量，使房间变得凉爽，故在夏季使用。晚上，只需燃起一束烛光，四周便闪烁着千万点光芒，如繁星摇曳，恍如仙境。

琥珀堡依山而筑，宏伟壮丽。宫殿、台榭、阁楼、花园错落有致。500多年来，古堡居高临下，捍卫着斋浦尔城。

在斋浦尔，我们还参观了城市宫殿博物馆，馆内展示莫卧儿时期王公贵族们的用具，其中以两个银制水壶最为特别。据介绍，1902年，印度王公去英国出席爱德华七世加冕仪式。王公是虔诚的印度教徒，临行前用这两个大银壶装满了恒河之水，不远万里随行运到英国，为的是每天都能用恒河水沐浴。这个故事，听起来有点荒唐，也未必虚构。现在，这两个大银壶摆在大厅里，银光闪闪，旁边还有专人不离左右，守候一旁。

斋浦尔城市宫殿博物馆

博物馆三个展示厅珍藏着来自世界各地的文物。纺织品展示厅里保存着王公及夫人们的衣物和生活用品。

城市宫殿博物馆的雕塑

王公夫人穿的纱丽竟然是用九公斤黄金丝线制成，华美的金丝编织出精致的图案，在橱窗里熠熠生辉。还有一件在瓦拉纳西制作的银丝长袍更吸引眼球，从那长袍三米多宽的胸围上，无法想象200多年前的印度王公究竟是何等的富态。绘画摄影美术展示厅里，挂满了精美的巨幅壁画，王公的大幅肖像英气勃发，华丽的服装上缀满了各色宝石。最奇特的是一幅圆环图案，上面三匹马的头部、腰身和尾部互为组合，三个马头能分辨出形态各异的九匹马。古代武器展示厅里展示了各种兵器，满眼的刀光剑影，看得人眼花缭乱。

斋浦尔古天文台位于城市宫殿博物馆大门附近，又名“简塔·曼塔古天文台”，是世界上最大的石制天文台。1728年，杰邦·辛格在此创建了一座天象观测所，召集当时有名的天文专家在这里进行天象观测和研究。在科学技术极不发达的古代，天文专家们用各种方法探索天文现象，并取得巨大的成果。

来到天文台，仿佛来到迷宫。绿色的草坪上，矗立着许多奇形怪状的建筑，每个造型都有特殊的用途。据介绍，天文台由14个几何仪器组成，分别用于测量时间、预测日食、观察天象，也有用来占卜星座的，五花八门。

斋浦尔古天文台

我们来到一个大理石砌成的弧形建筑前，洁白的台面上刻着密密麻麻的标志，这是古代的日晷，也就是计时器具。此刻，太阳的影子正落在刻度盘220的位置，我们看手表，正是下午2点

风之宫殿

20分，不差毫厘，可见古代的印度人真的很聪明，在时钟尚未发明的时候，就利用太阳光的位置，准确地计算出时间。

斋浦尔古天文台凝聚着印度人民的智慧和创造力。这里的部分设施至今仍可以使用，曾经被评为“世界十大绝美建筑”之一。

风之宫殿建于公元1799年。这座五层的粉红色建筑，形状就像一架竖着的风琴，密密麻麻的小窗子遍布其上，据说有900多扇。当年，宫中的嫔妃、贵妇们是不能随意到市井观光的，她们只能透过这些窗，眺望外面的世界。如今，丽人已逝，窗户犹在。谁能体会这些宫女们被囚禁的痛苦和悲哀呢？现在，风之宫成了斋浦尔标志性建筑，游客都喜欢寻找最佳位置去拍照。

斋浦尔不但有风之宫殿，还有水之宫殿。16世纪时，拉贾斯坦君主为了避暑，特地命人开凿一个人工湖，并修建豪华的水上宫殿，供其享受。如今，宫殿早已荒废，人工湖依然碧波荡漾，景色迷人。可以想象，当年的君主携同宫女侍从，前呼后拥，乘船来此度假，是何等的风光。现在，岸边人声寂寥，只有几个老人在悠然自得地垂钓。

我们穿越旧城大街小巷，感受这座古城的风貌。街道两旁的房子高度一般不超过3层，建筑形式却多种多样。城区有许多集市，人群拥挤，杂乱不堪，但货物品种繁多，价格实惠。我们来到约哈里市场，在这里可以买到绿宝石、彩饰画、工艺品和金银首饰，比商场里便宜得多。

在斋浦尔的日子，耳闻目睹的一切，既新鲜，又奇特。有时为交通拥堵而烦恼，但眼前飘过色彩绚丽的纱丽，又感到视觉惊艳；有时为街道肮脏而抱怨，但耳边响起美妙的旋律，又感到听觉振奋。那一刻，就像在沙漠里迷失方向的人看见了绿洲，就像在大海里漂泊许久的人看到陆地，我的心也迷失在这粉红之城中，很久很久，欲罢不能。

在国外旅行，我接触过许多导游，总觉得有些导游缺乏责任心和人情味，介绍景点，一笔带过；商场购物或推销自费项目，则全力以赴。在斋浦尔，带领我们的导游，是一位年逾古稀的长者，他已退休，自愿为游客提供服务。他带我们参观古迹，游览名胜，耐心讲解，孜孜不倦，甚至连小费也不收，敬业精神，令人敬佩。

从印度归来，有人问我有何感想。我仍然觉得心里充满矛盾。在这个国家里，古老与现代，先进与落后，富裕与贫穷，智慧与愚昧都是相依共存。如果说，她是森林，我摘取的仅是一片树叶；她是海洋，我舀起的仅是一杯水。印度于我，依然神秘，依然渺茫。只要有机会，我还想去印度。

岘港行

2013 年 3 月 17 日晚，我乘坐 VN9541 航班从温州直飞越南岘港。当时，感觉世界与我的距离越来越近了，在家门口出发，3 个小时就能到达目的地。在以前，这是不可思议的事。

抵达岘港，已是深夜，我下榻红沙滩酒店。第二天清晨被啼鸟唤醒，打开房门，清新的空气扑面而来，楼下庭院绿树婆娑，繁花吐艳。这是一家度假式的宾馆，有几十幢别墅，每幢两层，四个房间，环境特别优美。来到海边，太阳刚刚升起，海面上金光闪闪，岸边椰树挺拔，踩在白色的细沙上，与蔚蓝的海水亲密接触，心旷神怡。

与往常不同，这次岘港之行比较自由，每个人可以选择自己喜欢的休闲方式和旅游项目。有的留恋室外游泳池，有的沉湎于酒店赌场，有的喜欢三五成群到大排档吃海鲜，还有的喜欢去按摩店消磨时间，他们都不大愿意顶烈日、冒高温出去游览。但我心里早有安排，想利用这个难得的机会，看一看岘港的几处名胜古迹。

据介绍，越南共有 4 处景观被联合国教科文组织列为“世界文化遗产”。除下龙湾以外，其中 3 处都在岘港，分别是会安古城、美山圣地和顺化皇宫。对这些历史遗迹，我向往已久。虽然它们分散在南北西东，而且都有几个小时的车程，但我还是抱着“不到长城非好汉”的信念，决意要去寻找那些失落的远古文明。

会安古城

会安古城位于岘港以南30公里，是广南省的贸易中心。中国古代海上丝绸之路跨出国境后的第一站就是会安。据史料记载，在公元5世纪的占婆王国，这块弹丸之地已成为闻名遐迩的港口。当时，占婆王国的使节北上中国朝拜，也从这里起航。1000年后，为了躲避战乱或谋划生计，成千上万的中国人漂洋过海，来到会安定居创业。至今，会安城内尚有福建、广东、潮州、海南和客家5个社区，福建会馆、广肇会馆、潮州会馆、琼府会馆和中华会馆名声显赫，游客云集。那一幢幢中国式黄色建筑默默地伫立着，栉风沐雨，饱经沧桑，写满了数十代中国移民的乡愁。

福建会馆金山寺

福建会馆是其中年代最久、规模最大的建筑群。早在17世纪就形成庙宇，清乾隆十六年（1751年）由华人出资扩建，成为福建人的集会场所。走进牌坊，沿着宽阔的甬道，来到一个姹紫嫣红的庭院。这里各种花卉争奇斗艳，两边盆景千姿百态。正面的两层建筑威武雄壮，顶端还有一个小拱门，好像一顶华贵的帽子，上方写着“金山寺”三个红色大字。再往里走，庭院深深，回廊天井，飞檐翘脊，雕梁画栋，纯粹是中国式的“四合院”结构。最后边的“天后宫”供奉着妈祖女神，下方的牌匾写着“惠我同人”，表达对妈祖的崇敬之情，人们纷纷前来顶礼膜拜，终年香火缭绕。

馆内到处可见精美的壁画和雕塑，水池里“鱼跃龙门”的雕塑群特别瞩目。鱼身镶嵌着彩色瓷片，四周以麒麟、凤凰等象征吉祥的动物雕塑作为陪衬。殿内还有古代木质帆船的模型，长数米，涂红色。站在船前，仿佛听见当年船工们奋力划桨、劈波斩浪的呐喊声，仿佛看到他们矫健的身影，挺立船头，昂首目视前方。

在中华会馆，我看到一群学生在诵读古诗。另一处，有老师在指导学生练习毛笔字，小操场上，有的在打篮球，有的在练武术。一打听，这里开设华文班。华侨们虽然身在异国他乡，但念念不忘弘扬中华文化，让他们的后代学“国学”、学武术，长大后为国效力。

会安古城街道纵横，古色古香，以固有的质朴和繁华，在岁月长河里积淀自己的故事。城里的房屋混杂越式、中式、日式和法式风格，造型各异，原汁原味。城中的日本桥是日本侨民所建，已有600年历史。这是供人遮风避雨的廊桥，桥上有石雕佛像，桥端立着石猴石犬，桥体坚固，防震性能良好，中国人则称之为“远来桥”。

几百年来，会安古城既没有遭到战火的破坏，也没有因修建高楼大厦而被拆除，体现了越南当局重视古城的保护，以宽容的心态，让越南文化与多国文化有机融合，相互借鉴。

漫步在大街小巷，穿梭于商铺酒吧，中文牌匾，满街皆是；中国元素，随处可见。家家户户门前的红灯笼在微风中摇曳，像一张张似曾相识的笑脸。此刻，我忘记自己是在越南的城市，仿佛置身于古老的中国江南小镇。会安独特的韵味，吸引大量的西方游客，街上遇见许多前来度假的欧洲人。

会安的裁缝很出名，特别擅长制作长衣。所谓“长衣”，又称“奥黛”，类似中国的旗袍，但选料比旗袍更薄，颜色更鲜艳。通常用丝绸制作，裙身长及脚踝，配上白色长裤，穿在女性身上，更显得曲线玲珑，婀娜多姿。同行的一位女士花了 25 美金，在裁缝店量身定制一套紫色的长衣、纯白的裤子，第二天就做好了，她非常满意，当即穿上拍照，在夕阳的映衬下，成了一道靓丽的风景。另外几位女士也动了心，裁缝店店主满口答应，并保证在她们离开岘港前能取到衣服。

如果说，会安是占婆王国的港口，那么，美山则是占婆王国印度教的圣地。美山位于岘港西南，早在公元 4 世纪，占婆国王巴哈德拉瓦曼就在美山修建了砖木结构的神庙和寺塔，用来祭祀湿婆。15 世纪末，占婆王国迁都，美山从此荒废。1885 年，一个法国人在茂密葱茏的热带丛林中探险，不经意发现了神庙遗迹，美山古迹才重见天日。导游介绍，美山至今尚存 20 多座庙宇，是占婆文化的杰出代表，同柬埔寨的吴哥窟、印度尼西亚的浮屠佛塔齐名，吸引了四面八方的游客。

我们来到美山，只见树木葱茏，遮天蔽日。峰回路转，一座座残缺的寺塔耸立在蓝天之下，令人为之一震。和世界上许多显赫一时的王朝一样，繁华过后，只剩下一片废墟，正所谓“江山留胜迹，我辈复登临”，凭吊之余，不由得肃然起敬。

美山神庙

经过 1000 多年的风雨洗涤，这些用砖头砌成的古塔、庙宇，仍然光彩照人。砖与砖之间的缝隙清晰可见，黏结牢固，丝毫没有松动。到底使用何种灰浆，至今还是一个谜。虽然，创造神庙奇迹的占婆人在历史上没有留下很多的记载，但从遗址的规模、雕刻、壁画和布局可以看出，这是一个勤劳、勇敢而且充满激情和智慧的民族。我特别喜欢那些散布在残垣断壁之间的动物石雕，有狮子，有大象，有老虎，还有一些小动物，神态可爱，惟妙惟肖。

在美山圣地，我们观赏了越南占婆族男女青年的歌舞表演。这是一场难忘的歌舞盛宴，充满浓郁的生活气息和民族色彩，观众能在轻歌曼舞中感受异国情调，在悠扬乐曲中领略历史文化。虽然表演者并不专业，但举手投足之间，洋溢着纯真的情感，让人赏心悦目。演员身上那种积淀久远的古代东方的神韵，也使人为之动容。

顺化是越南承天省的省会，位于越南中部，曾是越南的三朝古都。当大巴驶入顺化市区，我第一眼就喜欢上这座城市。逶迤的青山，碧绿的江水，葱茏的树木，褐色的城墙，组成一幅美丽的画卷。在我的心目中，顺化就像一个具有古典气质而带着现代风韵的美女，温柔而优雅。

顺化皇宫回廊

顺化皇宫当然不能和北京故宫相提并论。无论规模、藏品都显得逊色。平日，皇宫的游客也不多，我们默默地行走，静静地参观，感到皇宫保存完整，适合文人雅士细细地品味，体验越南文化的源远流长和深沉凝重。环绕皇宫的城墙巍然屹立，墙高8米有余，且有24个炮台。皇宫内太和殿、勤政殿、国子监、枢密院分布于中轴两侧，后花园栽有千年古树，水榭、亭台、楼阁掩映其间。整体而言，皇宫有些破损。听说在联合国教科文组织的协助下，越南政府正在分批修复，让古老的建筑焕发出青春的活力。

顺化城西有6座皇帝的陵墓，依山而筑，因景而建，与自然景色相互映衬。

顺化皇陵

每座陵墓前排列着石人、石马、石碑和石像，旁边还有展厅陈列着皇帝生前使用的器皿实物。皇陵的构造不一，有的雄伟壮观，有的精巧别致。嗣德陵是其中保存最完整的一座陵墓。陵前还有一方荷塘，池水清澈，荷叶摇摆。据说这位皇帝爱好广泛，喜欢吟诗诵文，像中国南唐的李后主。因此，他去世后，他的后代专门在池边为他建造一个楼台，让这位皇帝赏景写诗，休憩沐浴。

岘港之行，留给我深刻印象的不仅仅是这几处“世界文化遗产”，还有阳光、碧海、绿树、沙滩以及一幢幢在狭窄街道旁鳞次排开的民居。走进这些精心装扮的小院，鸟语花香，风景宜人，给人清新朴实的感觉。热情的女主人也许会为你煮一杯越南咖啡，袅袅升起的烟雾中，摇曳着婀娜的背影。空气里弥漫着淡淡的幽香，是花开的芬芳，抑或是咖啡的香味。

有人说，旅行是给自己重生的机会。如果你想重新认识自我，不妨走出家门，去看未知的世界吧。有些地方，邂逅过后，留驻在心里的除了风景，还有更为刻骨的眷恋。从越南回来，我时常想起岘港，想起在会安街头卖水果的老太太，想起在香江边邂逅的顺化中学的女学生，想起在美山迷路时送我到集合地点的摩托车司机，尽管我和他们素不相识，但从他们身上，我看到越南人善良的品德、诚实的性格和友好的态度。

越南明珠

我在上海浦东机场乘坐VN523航班飞往被誉为“越南明珠”的胡志明市，开始一次“说走就走”的自由行。飞机延误一个多小时后，才冲上蓝天，傍晚时分飞抵胡志明市上空。

透过小窗向外眺望，机翼下飘浮着一团团白云，远处的天空呈现不同的颜色，一抹淡蓝、一抹绯红、一抹金黄，仿佛是谁用彩笔描绘而成，相当壮观。不一会，飞机穿过云层急骤地下降，地面的景物逐渐分明起来，纵横交错的河流如一条条白色的飘带相互交织，一座座黄色的山丘、一方方绿色的田园，还有一座座错落有致的楼房，组成一幅美丽的画图。几分钟后，飞机停稳在胡志明市国际机场。

20年前，我来过这座城市，如今有了很大的变化。街上一辆辆摩托车，组成一道独特的风景线。驾驶摩托车的多数是青少年，也有中老年人。他们戴着头盔和口罩，有的风驰电掣般地呼啸而过，颇有“骑士”风度；也有的三五成群，慢慢地骑着，边说边笑，一副潇洒自如的神态。胡志明市的摩托车拥有量居世界城市之首，几乎每家都有一两辆，且大多是日本的“本田”。街上的出租车也是日本的“丰田”。街道两旁的商店装饰着鲜花，飘出悦耳动听的音乐，霓虹灯闪着媚眼，一片歌舞升平的景象。

胡志明市是一座年轻的城市，始建于17世纪，迄今只

胡志明广场夜景

有300多年历史，优越的地理位置、得天独厚的自然条件，使它自18世纪就成为东南亚著名的港口。美丽的西贡河从城市流过，汇入大海，西贡港是东南亚数一数二的优良海港。19世纪，法国人统治越南后，西贡受西方文化影响很深，连建筑物都明显带有欧洲色彩。法国人在西贡兴建铁路、码头等交通设施，并创办了电厂、水厂等一大批轻、重工业，为西贡的经济打下良好的基础。法国人于1954年撤出越南后，越南分裂为北、南两方，西贡成了“南越”的首都。20世纪60年代，美国人步法国人后尘入侵南越，并向南越提供40亿美元的援助，西贡地区的经济发展更加迅速。1975年4月30日，西贡解放，越南得到了统一，自此，西贡回到人民的怀抱，易名为“胡志明市”。

我在胡志明市的观光游览，从胡志明广场开始。这里是城市政治、经济、文化的中心。广场中央有一尊胡志明主席的青铜塑像，塑像后面是一幢雄伟壮丽

旧国会大厦

的建筑，以前是“南越”政府西贡市政厅，现在是战争遗址博物馆。馆内陈列许多照片和实物，让人们重温越南战争史，了解越南民族不屈不挠的斗争精神。旧市政厅外墙装饰考究，窗户呈椭圆形，很有特色。门前点缀着草坪、喷泉。据说，“南越”总统阮文绍就是在此被擒，现更名为“独立宫”，门口有卫兵驻守。

广场周围高级饭店、百货大楼、商业中心、歌舞剧院等建筑，点缀其间，风格各异。左边的一幢白色建筑造型别致，特别引人注目。这里原先是“南越”政府的“国会大厦”，现在已改建成歌剧院。我们来到时，一个马戏团正在进行表演，许多观众在门口的留言簿留言，对演出予以好评。

圣母大教堂

广场不远处的圣母大教堂是法国殖民统治时，仿照巴黎圣母院的设计而建，具有欧洲风格。教堂由红砖砌成，正门成拱形，两边各有一座尖尖的塔楼，塔顶呈白色，上面有两个巨大的十字架，在很远的地方就能看到。教堂内装饰豪华，彩绘玻璃更是精美绝伦。教堂前面绿色的草坪上耸立着圣母玛利亚的雕塑，她身穿白色的衣裙，秀丽端庄，仪态大方，给人一种圣洁而崇高的感觉。一群穿着白色长衣的女学生正在拍照，她们纯洁靓丽，为古老的教堂增添了美感和动感。

中央邮局内景

中央邮局是西贡地标性的景点，和大教堂仅一步之遥，是一座19世纪末的古老建筑，至今仍在使用中。到中央邮局寄一张明信片给自己的家人、朋友，是一件非常有情趣的事。

在西贡最大的百货商店 Vincom 地下三层品尝越南菜，花式多样，色彩缤纷，饭后再来一杯咖啡，也是一种享受。

越南人喝咖啡，喝得慢条斯理，喝得酣畅淋漓，甚至还有一套讲究的“咖啡理论”，就如同中国的茶道一样。越南咖啡不加糖，第一感觉是黏稠，有如糖浆。其次是苦，那种苦让人回味很久。喝到一半，觉得既不苦，也不涩，还有点甜味。品尝越南咖啡，有一种难忘的体验。难怪有人称赞它是“麝香一般摄人心魄”。

在胡志明市期间，我认识了一位越南姑娘，名叫阮氏美。她是我们聘请的导游，二十来岁，身材颀长，笑容可掬，待人接物彬彬有礼。当她知道我们来自中国，十分高兴。她说，她特别喜欢中国，现在正利用业余时间学习汉语，已经学了几个学期，能用中文简单地会话。

阮氏美介绍说，越南实行“革新开放”政策以来，对外语人才需求增加。因而，学外语成了越南青年一代的时尚。一般说来，越南人喜欢学俄语、英语或法语，她却选择了汉语。目前，在私塾学校读夜校。她们班共有70多名学员，年龄在20至40岁，每周学三次，每次三小时。上课内容包括中文会话、句子结构、作品选读和写作练习等。

“汉语既难学，又难记，你为什么偏偏爱学汉语呢？”我问道。

她嫣然一笑，回答说，她的家乡在越南北方，和中国广西隔河相望。现在，中越边境贸易越来越红火，她的父亲是个农民，这几年常跑中国做买卖，特地来信嘱咐她学好汉语，将来也许能派上用场。

听了阮氏美的话，我真佩服她的进取精神。她外表显得文静，性格却开朗、直爽，我们不由得攀谈起来。

“你父亲常给你写信吗？”我又问。

“是的，我父亲对我可好呢！”提起父亲，姑娘的脸上显出异常的兴奋。她说，她在兄妹三人中排行最小，父亲特别疼她。越南政府在农村推行“10号承包制”后，农民种田的积极性空前高涨，粮食产量大幅度地增加。他们家承包了几亩田，父亲和哥哥起早摸黑地干活，收入年年增加。她家还开辟荒地种果树，再加上养鸡养鹅，生活比过去富裕多了。现在，她哥哥买了摩托车，家里也盖起了新房。以前，越南当局不准搞个体经营，如今可好了，政府允许包括国营、集体、私人在内的多种经济成分并存。边境开放后，农民可以做买卖。于是，他们村不少人三天两头往中国跑，带回许多越南紧俏的商品，如肥皂、牙膏、洗衣粉、电池、衣服、鞋袜之类转手倒卖，赚了不少钱。她父亲看着羡慕，也跟着人家跑起边贸生意。开始，把中国一些日用品、食品购进来，回到越南，以三四倍的价格卖出去。后来，他看到中国家电产品便宜，又做电器的生意。现在，她父亲生意越做越大，什么赚钱就干什么，家里很快富裕起来。

我问她的工资收入，阮氏美说，像她这样的导游每月的收入并不固定，一般的机关干部的工资折合人民币大约 200 元至 400 元，大多数人的生活水平还不高。但越南人民精神乐观，没有怨言，对国家前途充满信心。

和许多越南女性一样，阮氏美喜欢穿蓝色的长衣。当同伴夸她衣服漂亮时，阮氏美腼腆地笑了，用中文回答："谢谢。"

阮氏美告诉我，越南有句俗语"越南越美"，意思是越往南方，景色越秀丽。她提议，带我们去胡志明市周边的小岛观光，那里最能体验越南的原始生态之美。

那天我们一早出发，在街头石凳上候车。由于时间尚早，餐厅都没有开门，许久没有找到吃早点的地方。一位细心的女人大概看到我们的窘境，特地从冰箱里取出两袋面包，我连忙递上 10 万越盾，她执意不收。过了一会，隔壁的邻居又拿了三杯冰镇咖啡，也不收钱。这件小事，让我们感到越南人的热情和淳朴。

我们坐车来到码头，乘船前往湄公河上的椰岛和蜜岛。顾名思义，椰岛盛产椰子，岛上的居民将椰子肉磨碎，经过成型、切割、包装等工序，制成天然有机的椰子糖，向游客兜售。蜜岛以养蜂为主，当香喷喷的蜂蜜端上桌子时，四周蜜蜂飞舞，甚至停在人们的头发上、衣服上，但小蜜蜂们很友善，不蜇人，游客还可以端着蜂巢拍照。岛上树木茂盛，空气清新，游客们坐在树下，一边品尝红毛丹、小香蕉等热带水果，一边欣赏越南女孩的歌舞表演，颇为休闲自在。

岛上最刺激的项目是"丛林探险"。在一条 4 公里长的狭窄的小河里，乘

椰岛丛林探险

船前行。木船很小，只能坐 4 人。船工们奋力挥桨，在波涛汹涌的激流里迂回穿过。由于水深流急，险象环生，但船工们技术娴熟，常常化险为夷，有惊无险。两岸尽是原始森林，触手可及，自然风光，赏心悦目。

阮氏美告诉我们，在 20 世纪的“越战”期间，越南共产党在西贡建立了秘密据点，这些隐蔽的河道就是他们“游击战”的阵地。

回胡志明市途中，我们路过一个小村庄。“绿树村边合，青山郭外斜”，小河从村中逶迤穿过，类似国内的江南小镇，屋前屋后，栽着芭蕉等绿色植物。也许村里曾经历过战火的洗礼，如今依然看到用军用头盔制作的花盆，用废旧机枪装饰的庭院，但是，硝烟早已散去，农民们日出而作，日落而息，过着简单的田园生活，他们的脸上露出幸福的笑容。

这是我第四次去越南了。1996 年到河内参观展览会，2009 年去下龙湾旅游，2012 年到岘港休闲，这次自由行最为自在，从城市到农村，从陆地到海岛，短短一周，收获颇丰。

柬埔寨的温州商人

有这样一个群体，他们被称为“中国的犹太人”，走遍世界每个角落；他们在商海拼搏，敢为天下先，无所畏惧，勇往直前；他们吃苦耐劳，有一种“白天当老板，晚上睡地板”的精神；他们头脑灵活，聪明机智，善于迅速地积累财富——这个群体就是“温州商人”。

“温州商人”在改革开放初期崛起，经过30多年的风雨洗礼，一些人已经销声匿迹，更多的人依然挺立在风口浪尖。胡金林先生就是其中的杰出代表。他是新时代的“弄潮儿”，正如宋代词人潘阆在《酒泉子·长忆观潮》中所描写的“弄潮儿在涛头立，手把红旗旗不湿”。

胡金林是我的老朋友。1981年，他年仅31岁，在乐清柳市从事五金和电器产品的生产，年销售额达120万元，成为柳市的“首富”，人称“五金大王”，是赫赫有名的“八大王”之一。1982年，全国开展打击投机倒把经济犯罪活动，作为率先发展市场经济的温州成为“重灾区”。

与胡金林合影

“八大王”首当其冲，纷纷落网，大部分人被捕入狱。胡金林被问讯后，满腹委屈，却无法辩解，只得乔装打扮，浪迹江湖，开始他的逃亡生涯。这期间，他曾被通缉、追捕、坐牢，蒙受不白之冤，直到90年代才彻底平反。当时，时任浙江省副省长吴敏达专程来看他，鼓励他继续做大生意。心有余悸的胡金林仍不失幽默的风格：“老天爷很公平，堵住了你的一道门，又会给你打开一扇窗。”

2000年11月，国务院提出建立“中国—东盟自由贸易区”的设想，胡金林打算到国外发展，在东南亚考察后，他看中了内战后百废待兴的柬埔寨，决定在这里创业，开始人生中的“第二个春天”。

初到柬埔寨，胡金林走街串巷，调查市场。他看到金边等地电力供应短缺，配电设备落后，有的工厂只有一把闸刀和四根铜条，甚至还用炮弹弹片作为替代品。市场上的电器产品大都从欧洲进口，价格昂贵。同样一款产品，欧洲进货要1000美元，在温州进货仅需200美元。2001年7月，他重操旧业，创办了三林国际工程电器（柬埔寨）有限公司，带着翻译，四处走访，决心将温州电器打进柬埔寨市场。

胡金林在柬埔寨的第一笔生意来之不易。

当时，马来西亚人投资的吴哥啤酒厂由于电能浪费严重，生产成本增加，正与一家马来西亚的电器公司洽谈，准备进行电器设备改造，对方报价50000美元。胡金林得到消息，就去找这个厂的老板，他报价6000美元，并承诺安装两台省电柜，3台发电机只用开2台，就能满足生产线需要。老板将信将疑，提出先安装设备，调试成功后再付钱，胡金林一口答应。结果，两个省电柜安装后，功率从以前的1200万千瓦，降至700万千瓦，正好是两台发电机的功率。老板非常满意。

此后，胡金林又承接柬埔寨最大的制衣厂——台扬制衣厂30000美元的订单。安装完成后，每月为工厂节省电费45000美元，不到一个月，企业就收回投资。他和这家工厂的台湾老板开玩笑：“我帮你省下的钱，足够办一家新工厂了。”

凭着诚信、勤奋、执着与包容，胡金林博得客户的信任，很快就融入柬埔寨商业圈，“三林”公司逐步发展成为一家集电器批发、零售、安装设计和售后服务于一体的知名企业。柬埔寨有 300 多家制衣厂，其中超过三分之一的企业用上他的电器产品，胡金林的知名度和信誉度不断提高。此刻，身在异国他乡的胡金林重新找到了 31 岁时的感觉。

2006 年，中国汽车工业迅猛发展，逐渐成为“轮胎上的国家”，每年橡胶消耗量很大，自给率却仅有 20%，大部分依靠进口。于是，胡金林开始涉足橡胶种植业。柬埔寨的土地分“国有”和“私有”两种，政府划出大量的特许土地，允许外国人买卖。每亩土地折合人民币大约 198 元，和寸土寸金的温州土地价格相比，简直是天壤之别。但柬埔寨法律规定，每家外资公司只能买 10000 公顷土地。胡金林与人合资，注册了“伟业柬埔寨发展公司”等 6 家企业，一口气买下 60000 公顷土地，从事橡胶种植和农业开发。

不久前，应胡金林先生的邀请，我与 3 位温州企业家从广州飞往柬埔寨首都金边，考察投资环境。

金边是一座美丽的城市。这里没有曼谷的脂粉气息，也没有胡志明市的喧嚣繁华。空气新鲜，阳光明媚，绿树葱茏，民风淳朴。走在宽敞的大道上，随处可见庄严肃穆的寺庙、具有民族特色的建筑和光怪陆离的商店。东方的情调、西方的习俗在这里水乳交融，让人感到这座城市充满着青春活力。

“柬埔寨的经济建设刚刚起步，绝大部分商品供不应求，而中国产品凭借质优价廉，市场潜力巨大。”胡金林介绍说。当晚，他特地买了大螃蟹、琵琶虾、巴士鱼等海鲜在金边的总统大酒店设宴招待我们。席间，他打开珍藏多年的“熊胆酒”让我们品尝，酒味醇正，口感极佳。胡金林喜欢以酒会友，酒风好，酒量更好，但他从不抽烟。虽然他事务缠身，但还是决定陪我们到柬埔寨各地走走。

次日，在胡金林的陪同下，我们从金边出发，先后到柏威夏省、磅湛省、桔井省、上丁省和暹粒、西哈努克港两个直辖市。我们用半个月的时间，几乎走遍了半个柬埔寨。在这片被茂密雨林覆盖的广袤的土地穿行，我感到柬埔寨自然资源丰富，是一片亟待开发的处女地，有着广阔的发展前景。

在柏威夏省，我们参观了胡金林创办的木业生产基地。工人们把大树砍倒，然后用机器切割，再加工、拼装，然后将成品木地板运到国内销售。

前往磅湛省途中，路况极差。越野车走在土路上，尘土飞扬。两边是低矮的灌木林、参天的大树，还有无数纠结在一起的枯藤枝桠，周围肃穆无人。前方，几头瘦骨嶙峋的牛慢悠悠地溜达着，挡住我们的路。这牛也太瘦了，肩胛骨和肋骨清晰可辨。柬埔寨地处热带，什么都瘦。我正感叹这样的风景何等单调乏味，车子拐了一个弯，突然面前出现一片郁郁葱葱的橡胶林，令人精神振奋。

我们下车，在橡胶林里漫步。胡金林介绍说，柬埔寨是亚洲最早进行橡胶种植的国家之一，其历史可追溯到 1913 年的法国殖民统治时期。磅湛省是柬埔寨人口最多、面积最大的省份，也是橡胶出产大省，这个省的橡胶园占柬埔寨橡胶种植总面积的 60%。无论走到哪里，都能看到一排排整齐的橡胶树、一片片茂密的橡胶林。

沿着湄公河，我们来到柬埔寨东北的桔井省。这里与上丁省接壤，气候温润，土地肥沃，适宜橡胶树生长，现在已成柬埔寨橡胶工业的新区。胡金林购买的 60000 公顷土地就在桔井的湄公河畔。

“橡胶是经济树种，又是不可替代的资源。橡胶树种下后，4 至 5 年就可以割胶。割胶期可达 30 年至 40 年，利润相当可观。我国只有海南、云南种植橡胶。柬埔寨土地资源充足，少有自然灾害，因此，我决定在柬埔寨发展橡胶种植业。到明年，我种植的几百吨橡胶就可以运往国内了，这也是为祖国做贡献。”胡金林满怀信心地说。

听了胡总的话，我不由得想起一首描写橡胶树的诗：“伟岸的身躯，布满条条伤痕。岁月的刻刀，留下深深烙印。纵然是遍体鳞伤，也决不呻吟。默默地奉献洁白的乳汁，回报大地的养育之恩。”胡金林就是一株顶天立地的橡胶树，纵使遭遇挫折，历经磨难，仍坚强不屈，从容面对，正如他自己所言，胡金林是打不倒的温州商人。

在柬埔寨考察期间，胡总还带我们参观金边和暹粒的名胜古迹。

金边的大皇宫，虽然比不上北京的故宫，但具有古代高棉的建筑风格。金碧辉煌的宫阙，层叠繁复的飞檐，金光灿灿的尖顶，美轮美奂的雕塑，令人叹为观止。大皇宫前的广场是游人聚集的地方。广场上有黄色的地砖和绿色的草坪，色彩和谐。广场中央有一排旗杆，飘扬着国旗，非常气派，后面有西哈努克国王、莫尼克王后和现任国王西哈莫尼的画像。时而有鸽子成群结队在空中飞过，翅膀扇动发出银铃般的声音，十分悦耳。

暹粒是一座有着法式风情的小城，满是法国殖民统治时期的建筑，风采依然不减当年。“世界七大奇迹之一”的吴哥窟是各地的旅行者趋之若鹜的景点。柬埔寨国旗上有三个尖型塔庙的图案，便是仿照吴哥窟的外形而设计的。吴哥窟的雕刻千姿百态，精妙绝伦，无论圆柱屋檐，还是走廊墙脚，到处都是栩栩如生的雕刻。作为中心寺庙的巴戎寺，每座塔四面都雕琢着巨大的人物微笑着的脸庞，或深沉，或慈祥，或宽容，或端庄，令人感慨万分。那就是闻名于世的“高棉的微笑”。当昨日的辉煌已成过去，唯有微笑是永恒的，高棉人民没有在战火中失去信心，没有在贫穷中低头屈服，依然微笑，依然谦和，坚强地面对一切。愿这幸福的微笑，在这片神奇的土地上像鲜花一样永远绽放。

高棉的微笑

位于柬埔寨西南海岸线上的西哈努克市，是柬埔寨最大的海港。这是一个年轻的城市，建于1950年。和其他城市相比，西哈努克市更为现代化。战乱时期，西哈努克港曾改名为“磅逊港”，20世纪90年代又恢复了“西哈努克”的名字，简

吴哥窟

称“西港”。胡总说，吴哥窟是柬埔寨的骄傲，西哈努克市是柬埔寨最大的港口。当你走出暹粒的千年迷城，再来到西哈努克市享受大海，柬埔寨之旅才堪称完美。

那天傍晚，我们坐在西港的沙滩上一边欣赏落日的壮观，一边品味可口的海鲜，谈人生，谈事业。几杯酒下肚后，胡金林说，在他的一生中，2011 年 11 月 30 日是值得纪念的日子。这一天，全国人大特别邀请他回国，随团访问北京、湖南等地。在飞机抵达北京机场的那一刻，他竟流下激动的泪水。对以前的经历，他有过沮丧、有过灰心。离开祖国多年，他发现他还是深深地爱着这片土地。胡金林还说，这一生，他有 3 件值得自豪的事。一是与多位国家领导人合过影；二是与太太没离婚，感情始终如一；三是用一个手机号码，从未换过。问他最大的遗憾是什么，他说，在柬埔寨多年，还是没有学好英语。

回国前一天，胡金林接到一位温州商人的电话，说中国驻柬埔寨大使张金凤一行到西港的日月湾度假村考察，邀我们同去。日月湾度假村是胡金林朋友开发的项目。中午，主人设宴款待客人，张金凤大使对温州商人在柬埔寨投资创业表示赞赏，勉励大家为发展中柬的合作和友谊做出贡献。能在柬埔寨见到大使，我们也很高兴。

考察中了解到，在柬埔寨有2000多名温州商人，他们主要从事商业贸易、农业开发、五金电器、服装鞋革和房地产等行业，生意做得十分红火。2006年，在中国和柬埔寨建交50周年的时候，柬埔寨温州同乡会成立，胡金林当选为会长，并蝉联至今。这些年，温州同乡会以团结、合作、互助、发展为宗旨，开展丰富多彩的公益活动，如救助灾区、捐资办学、扶贫解困等等。温州同乡会还创办2000多立方米的正泰汽车修理中心，聘请4位中国师傅和20位柬埔寨员工，为在柬埔寨的华人提供汽车维修服务，受到广泛的好评。

这次柬埔寨之行，让我久久难忘。对我而言，这是一场丰富的感官盛宴和一笔难得的精神财富，那里的美丽景色，还有那里的温州商人，都将一直深深地印刻在我的脑海里。那些生动鲜活的故事，那些穿越时空的微笑，给我留下许多感动。

洞里萨湖的孩子

水上教堂

在柬埔寨参观访问期间，我经常听到洞里萨湖的相关报道。这个东南亚最大的淡水湖，宛如一块巨大的碧玉镶嵌在柬埔寨版图中央。它不仅与柬埔寨经济发展休戚相关，而且是柬埔寨人的衣食父母，被誉为“柬埔寨的母亲湖”。据了解，柬埔寨有150万人居住在洞里萨湖四周，占全国人口的百分之十。他们以捕鱼为生，渔业产量在亚洲渔区中名列前茅。同时，还有更多的农业人口利用洞里萨湖的水灌溉农田，养家糊口。可以说，洞里萨湖是上天赐给高棉民族最大的福祉。

洞里萨湖是一个神奇的湖。湄公河在首都金边与洞里萨湖汇合，从此，一湖一河，唇齿相依。每当雨季，湄公河河水暴涨，洞里萨湖的面积一下子从旱季的2500平方公里扩展到10000平方公里，容纳了400亿立方米的水量，简直像一个有巨大收缩功能的胃。

在金边，我们乘船游览洞里萨湖。船上，导游向我们介绍洞里萨湖的传说。很久以前，洞里萨湖住着一个名为NAGA的七头蛇神，有一天，蛇神的女儿要嫁给印度王子。于是，蛇神大嘴一张，把所有的湖水吸干，转眼间，湖变成一大片肥沃的土地，作为女儿的嫁妆。正因为有蛇神的守护，洞里萨湖在旱季、雨季，才会有如此明显的变化。

在波光粼粼的湖面上航行，视野特别开阔，心情也特别放松，时而看到一片片水上森林，时而听到水鸟的鸣叫。湖岸搭建许多简陋的木板小屋，这就是柬埔寨的水上人家。这里的居民长年累月地生活在湖上，于是，慢慢地形成一个个村庄，无论是学校、教堂、超市，还是鱼市场、加油站、警察所全部建在水上。他们遵循祖先留下的方式，以船为家，以湖为生，日出而作，日落而息，维持最起码的生活。

我坐在靠窗的位子，正在欣赏湖上风光。突然，一艘小艇靠近我们的大船，两个小孩攀住船舷，飞快地跳上来。他们还不到10岁，蓬头垢面，瘦骨嶙峋，但动作敏捷，看来是熟门熟路。一个小孩来到我身后，话也不说，就双手握拳在我背上敲起来。我转过身，摇摇手，示意我不需要敲背，但他不管你同意还是不同意，依然使劲地乱敲。我明白他的目的，就掏出2000柬币给他，他取走后，就在其他旅伴身上敲起来。

这时，另一个孩子已在后甲板翻起跟斗，后来又做几个“倒立”的动作，算是杂技表演了。然后，他脱下帽子，挨个向游客要钱。他们不停重复“one dollar”，纠缠着游客，想要得1美元的施舍。

看到这一幕，我心中感到不安，无心再欣赏美景。看到他们那期待的目光，谁也不忍拒绝，多么可怜的孩子。

游船在水上人家停靠，我们上岸体验当地人的生活方式。他们的房屋极其简陋，仅仅是在泥土里插上几根木头柱子，撑起一个木板房，能够挡风避雨就满足了。有的买不起木板，就用竹子或椰子树枝替代。他们的孩子从小就会游

水上人家

泳、划船、捕鱼，练就一整套水上功夫。到了上学的年龄，就到水上小学读书。其实，所谓的“学校”也不正规，半天上课，半天放假。有的家长干脆不让孩子读书，在旅游景点出售一些食品、画片补贴家用。

我走进一户人家。一进门，就闻到臭味。脚下的湖水浑浊不堪，附近堆满垃圾。一个女人在屋子里炒菜，浓浓的烟雾笼罩着小小的空间，屋顶早已被熏黑，房间里异常昏暗。然而，居住在这里的人并不在意，依然有一份逍遥自在的快乐。炊烟袅袅升起，高脚屋或是渔船里不时地飘出欢声笑语。

一位船老大告诉我，水上人家没固定的住所，他们像一群候鸟，随着季节的变化而迁徙。雨季的时候，湖面扩大，湖水加深，湖边的堤岸被水淹没，岸上高大的树也只露出树梢，他们就搬到近岸的地方。到了旱季的时候，水退去了，他们又搬回原处。尽管如此，天无绝人之路，洞里萨湖从来没有亏待他们，只要有水，他们就能捕鱼。在湖边、稻田、沟渠，我看到许多渔网、鱼篓，那是洞里萨湖人布下的“陷阱”。

游船到了水上超市，一群未成年的孩子簇拥过来，向游客兜售旅游纪念品。在门帘后面，一个衣衫褴褛的女人，也许是孩子的母亲，目光呆滞，表情麻木，期盼孩子能够为家里多挣几块钱。我看见一个孩子正用手握着船舱里大蟒蛇的尾巴，使劲地往外拉，大概想表演“蟒蛇缠身”的绝活。

洞里萨湖的孩子们

游船在湖上转了一圈，回到码头。上岸后，又有许多孩子围着旅游大巴，或兜售物品，或伸手要钱。一个男孩光着身子，怀里还抱着他的弟弟；还有一个穿着红色衣服的女孩，抱着一只可爱的小狗，大大的眼睛里闪烁着期盼和不安。当我把镜头对着他们时，他们有些羞涩，但没有拒绝。偶尔有两个小僧侣，从眼前走过，他们披着橙色的袈裟，悠然信步，任凭四周喧嚣嘈杂，总是保持肃穆的神态。据说，柬埔寨的男孩子都要在寺庙当几个月的僧侣，接受佛教的熏陶，这是每个人一生中必须要有的经历。

或许是地处热带，或许是营养不良，洞里萨湖的孩子们特别羸弱，他们个子小，都很瘦。说真的，在柬埔寨还真没看见过胖小孩。

这几年，我几乎走遍了"东盟"十个国家。在我的印象里，柬埔寨在"东盟"大家庭里是较为贫穷、落后的成员国。近代以来，柬埔寨饱经硝烟炮火的蹂躏，战事连连不断，国家动荡不安，成年人口大量损失，致使经济发展缓慢。如今，柬埔寨的儿童反而比成年人多，他们小小年纪就挑起家庭生活的重担。想到这些，总感到心中不是滋味。

大巴驶离湖区，水上人家渐渐消失在暮霭里。我的心始终牵挂着洞里萨湖的孩子们，牵挂着他们的父母和亲人。但愿我再次来到时，美丽的洞里萨湖不再贫穷，水上人家能过上富裕的日子，洞里萨湖的孩子们都有一个灿烂的明天。

柬埔寨四人行

日本之秋

叶落东瀛

立秋刚过，瓯江南北的绿地上铺满落叶，一片萧瑟景象。早年读欧阳修的《秋声赋》，受其影响，心中产生一种“悲秋”的情怀。随着年龄的增长，这种情绪愈发浓烈。在我看来，落叶像一个个凋零的音符，是生命结束的前奏；落叶是一声声沉重的叹息，是不可追忆的往事。面对这漫天飞舞的落叶，怎不叫人伤感？

一位朋友刚从日本回来。他说，日本的秋天特别美。这个时候，枫叶被秋霜染成一片火红，银杏树的叶子在风中纷纷坠落，为大地铺上一层金黄。到日本看樱花，还不如去赏秋叶。

他的一番话，加上对日式料理的向往，我的一次美景、美食的浪漫旅程就这样开始。没有过多的考虑，也没有刻意的准备，说走就走，跟着旅行社，我踏上从杭州飞往大阪的飞机。

秋天是一个多姿多彩的季节，虽然没有春天万紫千红的盛况，但绚丽缤纷的景色也令人向往。无论城市还是乡村，无论山野还是田园，天空湛蓝，湖泊碧绿，峰峦连绵，空气清新，徜徉在如诗如画的景色里，用心去聆听，去呼吸，去领悟，去体味，就会发现秋天的美无处不在。

据导游介绍，日本的秋季时间长，至少持续 2 个多月。9 月中旬，北海道结束了短暂的夏季后，全国渐渐进入秋季。这时，彩色的波浪自北向南扩展开来，到了10月，耀眼的红叶铺满山坡和田野，颇为壮观。

日本被视为世界上红叶最美的国家之一。在日本，欣赏红叶的方式多种多样，既可以到富士山、岚山那些闻名遐迩的观赏地，投入大自然的怀抱，尽情地感受红叶给人带来的惊喜；也可以在公园里，马路旁，庭园中，楼台上，近距离和红叶接触，即使没有前者大气磅礴，也别具情趣。此外，还可以前往寺院、神社、温泉等，一边品尝美食，一边欣赏红叶，自然景观与历史文化融为一体，相得益彰。

富士山

富士山是一座休眠火山，海拔3776米，自古以来就是日本民族的精神支柱。按高度区分，从山脚至山顶共分为“十合目”。当我们乘车来到海拔2300米的“五合目”时，看到高耸入云的山顶上白雪皑皑，就像一顶闪闪发光的“雪冠”，纯净而神秘。但山腰以下，方圆百里，满山遍野，层林尽染，经霜的枫叶一片红色，像一簇簇燃烧的火把，照亮蔚蓝的天空。

导游说，一年之中的大半时间，富士山都是云雾弥漫，朦朦胧胧，看不清远处的风景，唯独在天高云淡的秋季，居高临下，一览无余，美丽的景色尽情地映入游客的眼帘。在她的带领下，我们来到“富士五湖”中的河口湖。清澈的湖水倒映着蓝天白云，富士山优美的身姿在波光里荡漾。湖畔栽种的500多株枫树，披上红色的盛装，交织成一幅幅美丽的画卷。每年深秋，河口湖边还举行“红叶祭”，坠落的红叶随波逐流，翻滚跳跃，向人们展示“生如夏花之绚烂，死如秋叶之静美”的风采。河口湖四周有许多露天温泉，游客们浸泡在温泉里，陶醉在富士山的美景中。

京都是日本的古都，既令人感到历史的凝重，又感到岁月的沧桑和深沉。

京都金阁寺

京都岚山，广植枫树。秋风乍起，枫树摇动，发出沙沙的声响，宛如暴风雨，故名“岚山”。山下的渡月桥跨越大堰川，至今仍然保留着17世纪的风貌。岚山的红叶满山遍野，名冠日本。坐在渡月桥边，聆听红叶在夕阳中窃窃私语，我不由得想起唐代诗人王绩的名句：“树树皆秋色，山山唯落晖。”

京都的金阁寺、箱根的芦之湖也是赏枫的好地方。

金阁寺由日本幕府将军足利义满于1394年建造，因院内的舍利殿贴着20万张金箔而得名，1994年被联合国教科文组织列入《世界遗产名录》。寺院背靠青山，面对镜湖，四周是一片广袤的园林，环境清幽，景色如画，素有“仙源”之称。在这里，可以观赏亭台、奇石和枫叶在湖中的倒影。徜徉其间，不仅能看到日本历史上匆匆而过的名人身影，还能遇见周恩来、郭沫若等中国伟人和名人的深邃目光。

箱根芦之湖

芦之湖是40万年前火山爆发形成的湖泊，湖光山色，风景旖旎。这里每年都举办“红叶节”，无数的观光客纷至沓来，一览红叶盛况。

日本的秋天，银杏树的落叶也是值得观赏的景观。当朔风凛冽、气温骤降时，银杏树叶依依不舍地告别枝头，如一只只黄色的蝴蝶在盘旋，最后静静地洒在树林里、小河边，甚至撒在停靠路边的汽车上。遍地落叶，为大地铺就一层松软的地毯。几百年前，一位名叫葛绍体的诗人，目睹这壮丽的景象，赋诗赞美说：“满地翻黄银杏叶，忽惊天地告成功。”

东京的明治神宫外苑有一条银杏大道，在 300 多米的道路两旁，屹立着 4 排高大的银杏树。这些银杏树是日本营造局技师折下吉延为纪念明治神宫外苑落成而种植的，已有 80 年的历史。每到深秋，银杏树的落叶满地堆积，蔚为壮观，令人不忍践踏。许多游客在这里拍照留念，一些电视剧也在这里取景。几个小孩在铺满落叶的大道上坐着，他们捧起落叶，抛向天空，叶子又飘飘洒洒地落到地面，他们的脸上荡着幸福的笑容。

叶落东瀛

踩在密密麻麻的落叶上，感到特别的柔软。偶尔有一片树叶飘然而下，带着芬芳的气息，打在脸上或者落在身上，也觉得特别舒服。每一片落叶都是那样从容不迫，每一片落叶都闪烁着金黄的光泽。古人说得好，“芳林新叶催旧叶，流水前波让后波”，这是大自然的规律，不依人的意志而改变。它们坦然地离开枝头，是为了让新叶生长，年年岁岁，岁岁年年，周而复始，这样的世界才永远鲜活，充满生机。

我弯腰捡起一片落叶，一种莫名的惆怅袭上心头。这金黄色的落叶，经历春天的孕育，夏天的成熟，如今归于泥土，完成一次生命的轮回。“落红不是无情物，化作春泥更护花”，人生何尝不是这样？每个人就像一片落叶，年华蹉跎，两鬓如霜，总有一天会在风中凋零，不以物喜，不以己悲，才是一种淡定的心态。想到这里，心里也就坦然了。

这天晚上，我约几个旅友在东京浅草寺附近，品尝典型的日本料理。我们点了寿司卷、章鱼丸、白菜锅、大阪烧，还有豆腐、牛肉、墨鱼和拉面，外加几瓶清酒，美美地吃了一顿。席间，觥筹交错，气氛热烈。我不由得轻吟宋代词人朱敦儒的《西江月》词：“世事短如春梦，人情薄似秋云。不须计较苦劳心，万事原来有命。　　幸遇三杯酒好，况逢一朵花新。片时欢笑且相亲，明日阴晴未定。”微醉而归。

马六甲的中国味

马六甲

在马来半岛与苏门答腊岛之间，有一条 1000 多公里长的水道，这就是马六甲海峡。位于马来半岛南端有一座以“马六甲”命名的古城，2008 年 7 月 7 日被联合国教科文组织列入《世界遗产名录》。

早在唐宋时期，中国商人就乘坐载满丝绸和瓷器的船只，从广东沿海出发，穿越马六甲海峡，抵达印度，形成一条“海上丝绸之路”。明代三保太监郑和率领庞大的船队再下南洋，曾 5 次到访马六甲城。史书记载，1460 年，英宗皇帝将他的女儿汉丽宝公主嫁给马六甲州苏丹为皇后，500 名妙龄女子陪嫁而至。苏丹非常高兴，划出一块 65 公顷的山地，为汉丽宝公主和她的侍女们修建宫殿，并把这座山命名为“中国山”。由于郑和到访马六甲时驻扎于此，经常在山上散步，此山又名“三保山”。后来，侍女们全部嫁给当地人，死后葬于山上，这里成为中国境外最大的华人墓地。如今，马六甲城 70 多万人口中有三分之一是华人，这里的民居、民俗、民风充满着中国传统文化的元素，马六甲成为中、马两国人民亲善友好、和睦相处的见证。

几年前，我来到这座古城，探望一位华人朋友孙先生。他在马六甲鸡场街经营一家小餐馆。虽然面积很小，但生意相当不错。以他的说法是“优越的地理位置，让自己沾光”。

孙先生性格开朗，兴趣广泛，擅长电脑，喜欢摄影。生意之余，他背着相机，在绚丽多彩的光影世界里流连忘返，捕捉美丽的瞬间。他拍的照片，角度独特，构图优雅，充满诗情画意，有山的雄伟、水的妩媚、花的妖艳、草的青翠，又有社会百态、人间真情、城市风貌、生活实景。在马六甲的日子里，我随他到处走走，一边拍照，一边向他学习摄影技巧。

鸡场街是华人聚集的地区，街口立着一块石碑，上面画着两只公鸡，下方写着“马六甲老街老店老故事”一行汉字。这条街宽不到50米，长不过1千米，两旁都是低矮的楼房，古色古香，极富韵味。在街上，看到的是汉字招牌，遇到的是华人面孔，听到的是中国方言，一切都是那么温馨，那么亲切。中国人用闽南话互致问候。人们都说，来到鸡场街，好像置身福建省的某个小镇。

鸡场街最著名的是“夜市小吃”。每当周末，华灯初上，鸡场街就热闹起来。各式各样的摊子前挤满人群，摩肩接踵，空气里弥漫着诱人的芳香。孙先生还是个“食客”，带我品尝了那些最具人气的传统小吃，什么咖喱鱼蛋、榴梿煎饼、古城鸡粒饭等。在我看来，这些食品的制作没有秘诀，只是“食材新鲜，调料讲究”罢了。此外，商家注重包装，通过视角、味觉的协调，引起人们的食欲。

我们到了一家“三叔公糕点铺”，孙先生与老板是熟人。这家店铺历史悠久，品种繁多，生意特别好，有些柜台前还排起长龙。据了解，“三叔公”本名陈良滚，日本侵略中国时，他沿街叫卖糕饼、汤圆，后来，被抓到南洋充军，在马来西亚定居。战争结束后，他重操旧业，开了一家糕点店。由十他在家排行第三，后辈们亲切地称他为“三叔公”。几十年来，“三叔公糕点铺”靠诚信经营，代代相传，成了

马来西亚的特色建筑

马六甲一张“金名片”。

孙先生说，马六甲的中国味实在太浓。这里的华人至今仍保留着传统的中国风俗。春节时，家家户户贴春联，放鞭炮，挂灯笼，闹元宵；清明节，上坟扫墓，焚香祭祖；端午节龙舟竞渡，粽子飘香；中秋节赏明月，吃月饼。举行婚礼时，新郎甚至穿长衫，佩缎带；新娘则戴凤冠，坐花轿。和国内相比，正是“有过之而无不及”。

孙先生还认为，马六甲是马来西亚保存中国文化最多的地方。当年，郑和带领 2000 人下西洋，而马六甲居民仅 3000 多人。那时，马六甲居民不但没有遭到中国人的侵扰，还在郑和的帮助下，赶走了外国侵略者。在马六甲人的心目中，中国是一个强大却不会欺侮弱小的国家。

马六甲河

我们下榻的宾馆面对马六甲河。这条河蜿蜒地穿过城区，流向大海。据说，当年郑和的船队就停靠在这里。临河的民居鳞次栉比、色彩艳丽，大都是中国建筑师设计，他们喜欢用色彩装饰外墙，以显示活泼的个性。房屋构造也仿照中国的风格，大院落，小天井，四周有走廊、亭台，中央有水池、盆景，小巧玲珑，美轮美奂。如今，古老的民居大都改造成咖啡馆和小吃店。人们喜欢占据临河的座位，一碟小菜、一杯啤酒，可消磨一个下午。

马六甲所有旅游景点都离河不远。圣地亚哥城堡是葡萄牙人占领马六甲之后修筑的要塞，当时称为东南亚最大的城堡。1511 年竣工，1607 年在战火中毁坏，现仅存石头城门，右侧门边依旧摆放着锈迹斑驳的大炮，象征马六甲人坚贞不屈的战斗精神。

城堡后面有一座小山，那是圣保罗山。山不高，名气不小。山顶的圣保罗教堂是马来西亚最古老的天主教堂之一。每逢复活节，成千上万的教徒在这里举行烛光晚餐，可惜，如今早已冷落，只有教堂前的雕像，孤零零地站在那里，默默地诉说昔日的繁华。

往山下走，一排粉红色的建筑分外醒目，那就是马六甲的标志性建筑，当地人叫它“荷兰红屋”。孙先生介绍说，荷兰红屋建于1641至1660年间，原先是教堂，后改为市政厅，1980年成为马六甲博物馆。我们参观了各个展厅，了解到马来西亚沉痛的历史，在500多年的时间里，曾遭受到葡、荷、英、日的殖民统治，直至1957年才宣布独立。馆内珍藏着荷兰的兵器、葡萄牙的服装、马来西亚的金银珠宝，还有中国的瓷器。大量的历史文物证明，作为一个港口城市，马六甲呈现文化的多元性和包容性。

荷兰红屋前的广场上，人声鼎沸，热闹非凡。红色的钟楼高高耸立，与红屋交相辉映；以英国女王命名的“维多利亚喷泉”，袅娜的水柱随风摇曳。脚踏三轮车的马六甲人不断地招揽游客，他们把每辆车都打扮成花枝招展、光彩夺目的交通工具，载着游客，到达马六甲的任何一个角落。

荷兰红屋

马六甲马路几乎没有红绿灯，凡是有人经过斑马线，行驶中的车辆都会主动停下，为行人让路。

走过几条街道，我们来到马来村。这里是二十世纪五六十年代的马来人生活的地方。稻草铺成的屋顶，竹子撑起的房屋，简单中透出精巧，质朴里显出韵味。村里有几家正宗的马来菜馆及工艺品、土特产商店。孙先生说：“运气好的话，可以买到价廉物美的古董。”

在马六甲的最后一天，我们来到三保山，瞻仰中国伟大的航海家郑和的遗迹。

步入三保山的西南山麓，我看到一座白墙黛瓦的建筑，飞檐斗拱，雕梁画栋，大门正中的牌匾上写着“宝山亭”三个大字。孙先生说，这是马来西亚华人为纪念郑和修建的纪念馆，又名“三保庙”。相传这里的一砖一瓦都是从中国运来的，以表达对郑和的崇敬和怀念。庙前对联“五百年前留圣迹，四方界内显英灵”，浅显易懂，言简意赅，颂扬郑和的丰功伟绩。

郑和塑像

庙里供奉着郑和与妈祖的神位。在华人的心目中，郑和就是神灵，和天后圣母妈祖一样，永远呵护着远离祖国的亲人。后院有一尊郑和的塑像，他身穿官服，器宇轩昂，目光坚定，显示大国官员的风范和气度。

三保庙旁有一口古井，名曰“三保井”。孙先生说，当地华人认定这是当年郑和所掘的七口井中的一口。500 多年过去了，井水仍然清冽甘甜，被奉为“圣水”。

我们登上山顶，远眺马六甲海峡。天朗气清，惠风和畅，海面上碧波荡漾，几艘货轮缓缓地驶向前方。此刻，时光仿佛穿越几百年，我看到郑和的船队正在茫茫大海上行进，乘风破浪，所向披靡，不仅开拓了中国海外贸易的通道，促进经济发展，同时给马六甲及东南亚带来长达数百年的繁荣。如今，中国政府提出共建“一带一路”的倡议，即建立“丝绸之路经济带”和“21 世纪海上丝绸之路”，马来西亚等沿线国家又迎来新的历史机遇。

相信马六甲这颗璀璨的明珠，在新时代将焕发出更加美丽的光芒。

后　　记

每当完成一部作品，总有一种如释重负的感觉。《美丽并不遥远》是我的第六部著作，收录了自1994年至今我在海外旅行时写的56篇散文。每篇文字配发了若干幅图片，力求图文并茂，让读者感受世界各地的风土人情，从而获得视觉上的美感和心灵上的愉悦。

我出生于温州市鹿城区谢池巷。这条长不过几百米的小巷，有着深厚的历史渊源。东晋时期，著名的山水诗人谢灵运被贬为永嘉太守，在积谷山下开凿水池，取名“谢池”，并写下“池塘生春草，园柳变鸣禽”的诗句，故又名“春草池”。后来，文人墨客纷纷在此吟诗作赋，留下许多名篇佳作。如今，谢池四周已辟为 “谢灵运纪念馆”。被誉为“一代词宗”的夏承焘先生也曾在附近的“东山书院”居住讲学。20世纪中叶，我父亲在谢池巷开设“张大兴酒坊”。也许受到文化气息的熏陶，我自幼喜欢文学，父亲教我“读万卷书，行万里路”的格言，我一直将它作为人生的座右铭。

回顾几十年的创作历程，从书本上，从旅行中获益匪浅，我深切体会到“阅读是心灵的旅行，旅行是心灵的阅读”，两者相辅相成，不可分割。

上中学读书，我就开始背诵《唐诗三百首》《古文观止》中的许多篇章。每当漫步于书林，五光十色的奇景，令我目不暇接，正如王安石《游褒禅山记》中所描述的“入之愈深，其进愈难，而其见愈奇”。我常常沉醉于艺术美的享受之中，激动之情，真可谓“悠然心会，妙处难与君说”。偶有所得，或摘录卡片，或记于本中，日积月累，便有了洋洋数十万言的读书笔记。在此基础上，我写了《古诗艺术探胜》《诗林拾翠》两本书，探讨古典诗词的表现手法、艺术技巧、修辞方式等问题，分别于1992年11月和1995年12月由安徽文艺出版社出版。

参加工作后，我教过书，做过工，办过报，在建材行业干了40多年。在这段时间，我有幸认识了业内一大批企业家。有的思维敏捷，胆识过人，为国有企业的改革呕心沥血，无私奉献；有的勤奋敬业，与时俱进，为民营经济的发展做出杰出的贡献；有的审时度势，运筹帷幄，在市场竞争激烈的大环境中脱颖而出，打造出一个又一个品牌；还有的敢想敢干，能谋善断，从温州走向全国乃至世界，把事业做大、做强。他们是实干家，他们是成功者。然而，每一个创业者的背后都有一段鲜为人知的创业史，每一个创业者的背后都有很多感人肺腑的故事，每一个创业者的心中都蕴藏着喜怒哀乐、酸甜苦辣。我经常采访他们，与他们交朋友，与他们谈心。循着他们的脚印，透过他们的汗水，去感受他们的工作和生活，去领略他们的魅力和情怀。

每当采访归来，掩卷而思，我的心灵常常受到震撼，我感到自己有责任把他们的故事写出来，向广大读者讲述他们的辉煌、他们的失败、他们的喜悦、他们的烦恼……从这种剥茧抽丝的描述中，诠释他们的生活理念，揭示他们的成功秘诀。于是，相继完成了30余篇的报告文学，后来编辑成书，由人民日报出版社出版，书名为《人生风景》。

与此同时，我还专注散文写作，先后出版了《海外风》和《秋窗流萤》两本散文集，其中大部分文章在《海外星云》《中国建材报》《上海城市导报》《温州日报》等报刊发表过。我认为，散文的美感应表现在两个方面，一是感情之美，二是文字之美。人贵诚、情贵真，只有“诚”和“真”才能感动读者。至于散文的语言，力求精练、朴实，追求一种诗的意境。我的文章不长，往往截取生活的一个片断，或一人一事，或一情一景，以小见大，以少胜多，融情于景，铸理于情，赋予其内在的意义和审美的情趣。当然，这是我追求的目标，由于自己才疏学浅，作品难免浮光掠影，达不到上述要求，有的甚至失之浅薄，流于平庸。

从我的创作过程看，写过文学评论，写过报告文学，也写过散文随笔，虽然有点“杂”，但就自己的写作态度而言，还是认真、用心和严谨的。

在中国古代诗人中，我最钦佩的人是李白。他不仅是一位伟大的诗人，还是一位潇洒的旅行家。青年时期，他离开蜀地，“仗剑去国，辞亲远游”，古蜀道留下了他匆匆的身影，黄鹤楼回荡着他朗朗的笑声。香炉峰旁，他赞叹瀑布的雄伟；凤凰台下，他抒发怀古的情怀。“五岳寻仙不辞远，一生好入名山游”，他几乎走遍大江南北、黄河上下，甚至在梦里也游天姥，登云梯。最后在安徽当涂“下水捞月”，带着洒脱和遗憾离开人世。祖国山河的雄奇壮丽，使李白驰骋想象，诗兴激发，他的许多脍炙人口的诗篇大多是在旅途中写就的。

从小，我就有一个愿望，什么时候，自己也能像李白一样，徜徉山水，走遍名山大川，甚至跨出国门，周游世界。但是，在那思想和文化被禁锢的年代，实现这样的愿望谈何容易。正如一首歌中所唱的“外面的世界很精彩，外面的世界很无奈”。

20世纪80年代，改革开放的春风吹拂神州大地，“外面的世界”离我们越来越近了，对一般的中国人来说，走出国门已不是遥远的梦。

进入21世纪，随着人们生活水平的提高，出国旅游更是成为一种时尚。许多退休老人将旅游当作生活的一部分，三五成群，说走就走；上班族们虽然工作繁忙，也利用周末或休假时间，呼朋唤友，结伴而行。背起行囊，走在路上，享受新鲜的空气和温柔的阳光，洗去胸中的尘垢，焕发蓬勃的生机。

在我看来，旅游和旅行有所不同。旅游重在“游”，走马观花，寻求快乐；而旅行重在“行”，行成于思，追求心灵上的收获。套用哲学上的概念，旅游是“形而下”，旅行则是“形而上”。人生就像一场漂泊的旅行，相遇以后又分别，分别以后又重逢。许许多多的境界，都需要用心默默地体验。

当生命之舟泊在一个个令人眼花缭乱的外国港湾时，我不由得惊诧：这世上，还有许多美丽存在。古老的街道、优雅的建筑、迷人的景致、异域的风情，让人赏心悦目。停下脚步，可听听教堂钟声；坐在广场，看看鸽子翱翔；或在草地晒太阳，或到高坡看晚霞……正如法国艺术家罗丹所说：“美是到处都有的，对于我们的眼睛，不是缺少美，而是缺少发现。”悠久的历史是古朴的美，神奇的故事是流动的美，灿烂的文化是沉淀的美，民族的风情是缤纷的美，世界是如此的丰富多彩，美丽离我们并不遥远。

感谢安徽文艺出版社的领导和编辑为《美丽并不遥远》出版付出辛勤的劳动，他们以丰富的知识和深厚的功底，对书中提及的历史事件、时间地点、人物轶事反复核实，进行多次审校，甚至连一个标点符号都不放过，这种认真的态度和严谨的作风，令我万分感动。

感谢我的朋友、浙江省散文学会会长陆春祥先生在百忙之中，通读全书，并为之作序。他的鼓励和教诲，我将铭记在心。

感谢《经济日报》原副总编辑、《中国建材报》名誉社长张颂甲先生、温州大学副教授吴式南先生以及已经去世的辽宁省作家协会原书记处书记、主席阿红先生和浙江省文学院原院长盛子潮先生等国内著名作家、学者，他们都为我的著作写过序言或评论。阿红先生还为我写了“魂依真纯飞白雪，情结诗文绽红梅”的条幅，我倍加珍惜，至今还挂在客厅里。我想，只有勤奋努力，认真读书，多写出一些像样的东西，才是对他们最好的回报。

今后，我将继续遵循“读万卷书，行万里路”的理念，身体力行，坚持不懈。读书为“静”，旅行为“动”。读书时聚精会神，如拉紧弓弦，为“张”；旅行时身心舒畅，精神放松，则为“弛”。一静一动，一张一弛，劳逸结合，乃人生之快事也。然而，书海浩瀚，一个人所读之书，只不过九牛一毛；天下很大，一个人所见之景，无非一鳞半爪。因此，读书无止境，旅行无边际，我很欣赏一句话：读书和旅行永远在路上。

花开花落，春去春来。时光飞逝，青春不再。有生之年，我将努力学习新的知识，充实自己，增加对人生与世界的认知；我将笔耕不辍，不断地用文字带给人们更多的美丽和快乐，哪怕是片言只语，微乎其微。

新书付印前，我特别怀念父亲母亲，他们一生勤劳朴实，无私奉献。我清楚地记得，在我念高一的时候，父亲与世长辞，母亲默默地撑起这个破碎的家，含辛茹苦地抚养子女长大成人。这些年来，我走过 40 多个国家，母亲却从来没有走出温州城。每当我外出旅行时，她总是为我收拾行囊，千叮咛，万嘱咐，要我“路上小心，不要太累”，眼角闪烁着晶莹的泪花。我曾承诺，等我退休后，带她去见见世面，但终究未能实现，留下永远的遗憾。“树欲静而风不止，子欲养而亲不待”，而今，我只能用这些淳朴的文字，报答父母的养育之恩，告慰他们的在天之灵。

张绍光

2017 年岁末

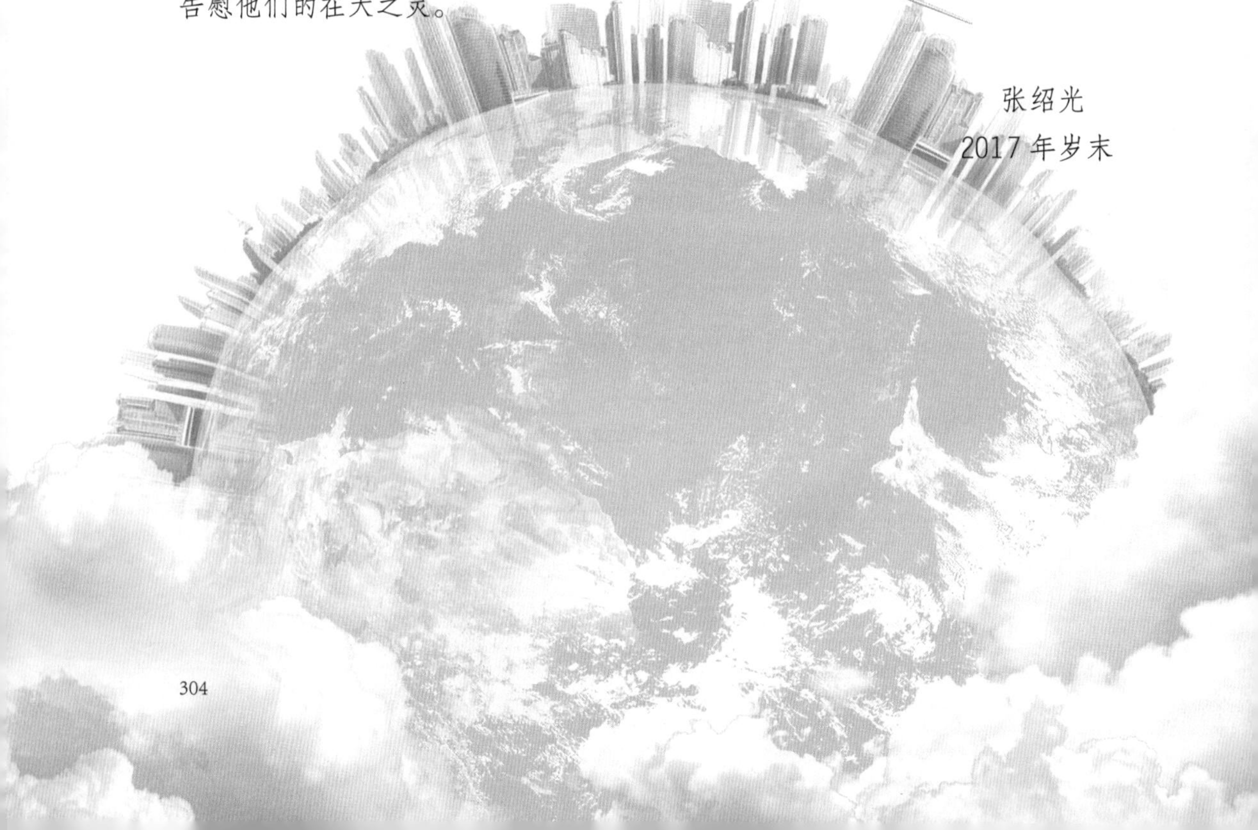